Arjen Lubach studeerde Wijsbegeerte aan de Rijksuniversiteit Groningen, maar vertrok zonder bul naar Amsterdam. Hij publiceerde vier romans, werkte bij de radio, als tekstschrijver voor televisie en theater en is muziekproducent. Bij het grote publiek werd Lubach vooral bekend door zijn televisieprogramma *Zondag met Lubach* dat bekroond werd met de Nipkowschijf en de Televizierring. Hij woont en werkt afwisselend in Amsterdam en op het platteland van Friesland.

Arjen Lubach
Stoorzender

Uitgeverij Podium
Amsterdam

Eerste druk 2020
Zevende druk 2022

Omslagontwerp Martine de Jong
Typografie Sander Pinkse Boekproductie
Foto auteur Merlijn Doomernik

ISBN 978 94 6381 056 2

www.uitgeverijpodium.nl
www.arjenlubach.nl

Voor Martine

Overeenkomsten met bestaande personen of
gebeurtenissen zijn niet geheel toevallig,
tenzij het voor gedoe gaat zorgen.

I

Los Angeles 11

II

Vlieland 61

III

New York 103

IV

Friesland 141

V

Zweden 179

VI

Amsterdam 219

Verantwoording 253

Dank 255

I
LOS ANGELES

Out where the skies are a trifle bluer,
Out where the friendship's a little truer,
That's where the West begins;

Arthur Chapman

Het duurt acht minuten voor een straal zonlicht aankomt op aarde. Met een snelheid van bijna driehonderdduizend kilometer per seconde flitst het licht door de ruimte en breekt vlak voor het mijn ogen bereikt in verschillende golven uiteen in de atmosfeer. Wat overblijft is de kleur die mijn hersenen nu een naam geven. Een blauwviolette hemel. En een soort paars dat ik alleen hier heb gezien, in de luchten boven de uitgestrekte heuvels vol walnoot- en laurierbomen, tussen een grid van kronkelwegen en bovengrondse telefoonlijnen. Ik neurie een lied zonder titel van een artiest zonder gezicht.

Mijn ogen voelen zwaar en ik leun met mijn rug tegen de gestucte muur van het huis. Ik weet niet meer hoe laat het is. Zo moe als nu ben ik in tijden niet geweest. Voor de duizendste keer vertel ik mijzelf dat het goed is dat ik dit doe, al is het maar omdat alles wat hetzelfde blijft uiteindelijk vast gaat zitten. De jetlag duwt deuken in mijn dag. Soms val ik op de bank in slaap en schrik weer wakker van de vogels die hier anders zingen dan thuis of van de Amerikaanse sirenes die van Hollywood naar de Valley echoën.

'Is dit wel slim?' had een van de medewerkers van mijn televisieprogramma gevraagd.

'Wat?'

'Dat je uit het ritme stapt? Zo midden in het seizoen?'

De behoefte om weg te gaan werd daardoor alleen maar sterker. Als er chaos is, zoek ik regelmaat, maar zodra die er is verlang ik weer naar chaos.

'Over twee weken ben ik terug,' had ik gezegd. 'Ik moet nog iets doen.' Alsof ik even langs het DHL-afhaalpunt in mijn straat ging voor een pakketje.

Het huis staat hoog op een heuvel, in een bocht aan het begin van Kirkwood Drive. De weg ernaartoe ligt verzonken in de aarde. Het wegdek is slecht onderhouden, zeker in vergelijking met de glimmende zoabvloeren waar we in Nederland overheen zweven. Als ik mijn geleende auto parkeer ben ik nog niet thuis, want de voordeur ligt pas aan het eind van een steile trap vol hindernissen: vuilnisbakken, gaten, losliggende tegels en door de zon verschoten speelgoed. Binnen staat het quasivictoriaanse meubilair dat in de jaren tachtig en negentig is verzameld bij de meubelzaken aan de eindeloze strips met winkels en fastfoodrestaurants. De deuren piepen, de vloeren kraken en de raamkozijnen kieren, maar het mediterrane klimaat maakt dat hermetisch afsluiten niet nodig is. Zelfs niet in februari.

Ik ben hier met Sacha. Samen vormen we The Galaxy: de muziek-act die ik een paar jaar geleden in anonimiteit oprichtte, waarna ik Sacha erbij vroeg. Toen we uiteindelijk onze maskers afdeden, wisten we een redelijke naam op te bouwen binnen ons subgenre, tot dat subgenre mainstream werd en wij dreigden te verzuipen. Daarom moet er met spoed nieuwe muziek komen.

Een paar maanden geleden spraken we met het agentschap dat onze optredens regelt. 'Tomorrowland gaat jullie echt niet nog een keer boeken als er in de tussentijd geen nieuwe muziek is uitgekomen,' zeiden ze. Dat had me overtuigd. In Nederland had het muziek maken altijd iets vrijblijvends: het was iets om de overgebleven uurtjes, spaarzame vrije ochtenden of juist een enkele doorwaakte nacht onder invloed mee te vullen – de volgende ochtend viel het resultaat bijna altijd tegen. Er was nooit een schreeuwende noodzaak. Om die te forceren zijn we hier, net als alle anderen die naar Los Angeles komen: om iets te forceren.

Vanaf mijn heuvel kijk ik neer op de weg beneden. Er slentert iemand met een gitaarkoffer voorbij. Muziek, denk ik. Dat is het. Mijn duivel en engel ineen. Als het lukt is er niks fijners, als het niet lukt is het een tantaluskwelling. Hiervoor laat ik de redactie in de steek, omdat er altijd ergens een nog onbereikbaarder stuk fruit in vierkwartsmaat boven mijn hoofd hangt.

Ik moet denken aan de vorige keer dat ik hier was om muziek te maken, een jaar of vijf geleden, ook in februari, ook met een vriend. De inspiratie kolkte door de avenues, klotste tegen de heuvels in het noorden, beukte in op de villa's in Hollywood en stroomde terug naar de oceaan. Er was die paar weken genoeg te maken, te voelen en te leven. Bij terugkomst in Amsterdam was mijn vertrouwen geschaad, was er een vriendschap verbroken en de geschiedenis herschreven. In het felle Californische daglicht was ik belazerd door iemand die ik als vriend beschouwde. Ook daarom is het goed dat ik hier ben, om iets recht te zetten, zodat deze stad niet voor altijd een schaduwplek op mijn wereldkaart zal blijven.

Mijn telefoon trilt. Voor de honderdste keer wrijf ik de slaap uit mijn ogen en lees het bericht van een vriendin.

'*Shit. Mies Bouwman is overleden.*'

Het klinkt meer als een waarschuwing dan als een mededeling. Alsof ik persoonlijk iets met de dood van Mies

Bouwman te maken heb en gevlucht ben naar LA, met een koffer geld, haar juwelen en een vals paspoort. *'Shit. Ze hebben Mies gevonden'* – zo klinkt het.

Omdat er een WK schaatsen wordt verreden, heeft mijn programma plaats moeten maken voor een liveverslag vanuit Thialf. Nu ik hier in de ochtendzon tegen de muur van het huurhuis sta, weet ik ineens niet meer waarom ik niet heb geluisterd naar mijn redacteur. Sacha en ik hebben al vaker de wereld over gevlogen, maar meestal ging het dan om een optreden in een club of op een festival. Een show van een uur is, hoe ernstig de jetlag ook is, met voldoende wodka of red bull nog wel op te brengen, maar iets nieuws maken in studiosessies die de hele dag duren is een heel ander verhaal. Niet alleen ben ik bang dat ik mijn focus op het televisieprogramma zal verliezen, ook lijkt het me sterk dat ik in deze staat muziek kan maken waar een ander plezier aan zal beleven, laat staan iets wat de tand des tijds zal doorstaan – en het zijn toch dat soort bescheiden ambities waarvoor ik mijn studie niet heb afgemaakt.

Sacha stapt vanuit de woonkamer de patio op.

'Ik word zo opgehaald,' zegt hij. 'Ik slaap vannacht bij Sophie.'

Hij is hier niet alleen voor de muziek, maar ook voor zijn vriendin. Ze woont nog hoger op de heuvels, met het uitzicht dat ik ken uit films: de zee van lichten, *city of light*, zoals Jim zong.

'Mies Bouwman is overleden,' zeg ik.

Hij graaft in zijn geheugen, houdt zijn hand boven zijn ogen tegen de zon.

'Wie?'

Als mijn muziek klinkt als een brij en ik niet meer kan horen wat goed of slecht is, neem ik een pauze en schrijf ik. Voor het eerst ongericht. Toen ik nog romans schreef, ging daar een zorgvuldige planning aan vooraf. Ook al traden er altijd verrassingen op, ik had voordat ik begon vaak wel een idee wat het zou gaan worden, qua stijl, lengte en inhoud. Nu niet. Er ligt alleen maar een globaal plan, waar ik me een beetje voor schaam. Als puber bestond ik voor 80 procent uit schaamte. Verder: 10 procent overleven, 5 procent frustratie en 5 procent groene Balisto. Nu is de schaamte grotendeels verdreven door ervaring. Ik ben nu een cocktail van overleven, liefde voor geliefden, hedonisme en een uitgeklede vorm van het humanisme, waarbij ik de mens niet al te veel credits wil geven – maar de god van Erasmus nog minder, dus dan maar de mens. Als ik echt moet kiezen.

Het is een halfslachtig plan om de balans op te maken. Ik bereik binnenkort een leeftijd die tot niet zo langgeleden een onvoorstelbare horde leek, maar waar ik toch ineens ben aangekomen. Alsof je tijdens een fietstocht een willekeurige bocht omgaat en – veel sneller dan verwacht – pal voor het pannenkoekenrestaurant staat.

Daar sta ik nu, met mijn fiets nog aan de hand, hijgend en vol ongeloof naar de ingang te staren. Ik heb nog helemaal geen honger.

Ik weet ook dat de balans opmaken me valse hoop op evenwicht geeft, alsof ik mag rekenen op nog precies evenveel jaren en ik dus zou kunnen leren van die eerste helft. Alsof ik dingen recht moet zetten die ik veel te lang verkeerd heb gedaan. Toch is het volstrekt onzeker hoeveel jaren er nog zullen komen en bovendien zijn de levenslessen grotendeels onbruikbaar. Ik weet weliswaar een beetje hoe ik lief moet hebben, welke vriendschappen duurzaam zijn – en waarom het niet erg is dat sommige vriendschappen helemaal niet duurzaam blijken –, dat iemand heel overtuigend 'nee hoor' kan antwoorden als je vraagt of ze verdrietig is, maar dat dat dan niet per se de waarheid is. Dat soort dingen weet ik nu. Maar ik kan niets meer met mijn talent voor het leggen van de logistieke puzzel van een interrailreis die ik nooit meer zal maken, de cheatcodes van een MSX-spelletje dat ik nooit meer zal spelen of met mijn kennis van het bereiden van een boeuf bourguignon die ik nooit meer zal eten.

Dus de reden om te schrijven zou eerder zijn: op adem komen. Ordening der dingen. Het dichtdraaien van sijpelende gemoedsaandoeningen in mijn lijf die geen functie meer hebben. De brandjes in mijn buik niet verstoppen, maar voorgoed blussen.

Natuurlijk is het een kunstmatig aangebracht evenwicht. De mijlpaal die ik nu bereik komt voort uit een gebrekkige wiskunde die in tientallen denkt, in combinatie met een generieke levensverwachting, die vermoedelijk nergens op slaat. Óf ik ga over een paar jaar al dood, óf een wetenschapper vindt over tien jaar eindelijk de Fontein, en die geeft me dan de eeuwige jeugd, of vooruit: nog eens tachtig jaar, waardoor ik nu pas op een derde zit.

Toch zijn er wel lessen te trekken, al hebben die vrijwel allemaal dezelfde conclusie: mensen zitten volkomen anders in elkaar dan ik dacht. In tegenstelling tot het beeld dat je hebt als je twintig bent, heeft eigenlijk niemand enig benul. Degenen die vooroplopen hebben negen van de tien keer helemaal niet meer talent, meer kennis of meer wijsheid, maar gewoon een grotere mond.

Ook de tweede avond in Los Angeles eindigde in een comateuze jetlagslaap, zoals ik die alleen maar ken na nachten doorhalen – iets wat ik al jaren niet meer heb gedaan, maar wat me vanwege de zeldzaamheid van de sensatie nog helder voor de geest staat; hoe de zon opkwam boven het treinviaduct bij de Hereweg in Groningen, de suikerfabriek een weeïge bietengeur verspreidde over de stad en ik me tegen de stroom wakkere werkenden in een weg baande de andere kant op, juist weg van het centrum waar de wereld van de anderen was, waar studentenverenigingen bijna gingen sluiten, waar de marktkooplui in hun bestelbusjes onderweg naar de Vismarkt fris en geschoren aan hun dag begonnen, op naar mijn bed waar alleen mijn wereld wachtte. Ik weet nog hoe die slaap voorafgegaan werd door een hallucinerend wakkere staat van zijn, alsof mijn reptielenbrein op adrenaline nog de mogelijkheid kreeg om te vluchten voor datgene wat mij al langer dan normaal wakker had gehouden, maar vroeg of laat bereikte de slaap toch mijn studentenkamer aan de Sterrebosstraat, mepte me op mijn hoofd en zo schoot ik het diepe zwart van het onderbewuste in.

Gisteren vroeg Sophie ons mee naar een film.

'Ik ben nog nooit zo moe geweest,' zei ik. 'Ik weet niet of het slim is.'

'Ga gewoon mee,' probeerde ze me over te halen. 'Mijn ouders komen ook. De stoelen zijn er heel comfortabel.'

'Dat lijkt me juist een probleem.'

Toch was ik meegegaan. We vlogen over Wilshire Boulevard, naar het westen, waar de zon in de Grote Oceaan zakte. In de toiletten van de bioscoop sloeg ik mezelf een paar keer in mijn gezicht.

Ik had nog nooit een Amerikaanse bioscoop als deze gezien. De stoelen waren rianter dan de breedste leunstoelen in het huis van mijn vader. Er lagen kussentjes en dekentjes klaar en je kon de rugleuning bijna horizontaal zetten, zoals in een goede businessclass. Het duurde een minuut of acht voor ik in slaap viel.

Ik werd tijdens de film twee keer wakker gemaakt door een ober die fluisterend naast me hurkte en vroeg of ik nog iets wilde drinken of eten. Omdat ik dacht dat het kauwen me wel wakker zou houden, koos ik een salade en truffelfrietjes. Na een minuut of tien werd er een maaltijd gebracht, alsof we in een restaurant zaten. Ik keek om me heen om te zien hoe anderen het voor elkaar kregen om languit liggend een film te volgen en tegelijkertijd een bord voedsel naar binnen te werken, maar zij hadden alleen drankjes besteld. Zij waren ervaren. Dit was Los Angeles. Ik wist niks.

Ik deed mijn best flarden van de film mee te krijgen, soms schrok ik wakker van het geluid en dan deed ik meteen heel casual alsof ik aandachtig zat te kijken.

'Wat vond je ervan?' vroeg Sophies moeder na afloop. Ik wilde geen flater slaan. Ze hadden mijn kaartje en het eten betaald. Ik kon moeilijk zeggen dat ik op hun kosten in slaap was gevallen.

'Spannend,' zei ik. 'En erg goed dat dit is gemaakt.'

Dat had ik veel mensen horen zeggen over de film, al voordat ik wist dat ik hem vanavond zou gaan zien. Overal las je hoe goed het was dat deze film er was gekomen.

'Absoluut,' zei haar vader. Ze knikten allemaal instemmend. Zij vonden het ook goed dat *Black Panther* was gemaakt. Of ze vonden het ook spannend, dat kan ook.

Ondanks de vermoeidheid werd ik vanochtend vroeg wakker en zit ik al uren voor me uit te staren. Ik heb niks in huis, geen koffie, geen ontbijt.

'Hoe laat moeten we weg?' vraagt Sacha in een bericht.

'Tien uur,' schrijf ik terug en ik kijk op de klok. Nog drie uur.

In de muziekwereld is het normaal om een krankzinnige hoeveelheid samenwerkingen aan te gaan, net zolang tot er iets beklijft. Dat is uniek aan muziek. Er bestaat niet zoiets als comedysessies, waarbij je de halve wereld over vliegt om grappen te schrijven met mensen die je nog nooit hebt ontmoet. Bij muziek is dat vanzelfsprekender. Ik heb het vaker gedaan, in Los Angeles dus, maar ook in Frankrijk, China en Zweden, tripjes waarbij ik altijd dacht: Ik hoor hier niet. Ik ben een meneertje uit Nederland dat per ongeluk geld is gaan verdienen met grappen schrijven en dat als hobby muziek maakt. Er haalt iemand een geintje met me uit en dat is pas geslaagd als die nieuwe hobby ook weer geld op gaat leveren.

Af en toe kwamen er succesvolle nummers uit de samenwerkingen voort, maar meestal verdween de muziek op een harde schijf om nooit meer gedraaid te worden.

De laatste samenwerking was in Amsterdam, een paar maanden geleden, tussen twee televisieseizoenen door. De artiest met wie ik zou gaan werken had al een paar hitjes en stond op grote festivals, maar ik had hem nog nooit ontmoet. Omdat ik geen flater wilde slaan, ruimde ik een paar dagen voor zijn komst mijn huis op. Tijdens het schoonmaken merkte ik dat de kraan bij het fonteintje in mijn wc vastzat.

'Is dat gênant?' vroeg ik aan mijn vriendin.

'Ja,' zei ze. 'Dat is gênant. Ook internationaal bekende

muzikanten moeten naar de wc.' Ze stond in de deuropening van mijn appartement en keek me trots aan, alsof dat iets was wat ik me nog nooit had gerealiseerd. Alsof ik al jaren overal aan het verkondigen was hoe de spijsvertering van sommige beroemde mensen gebruikmaakte van een gesloten systeem. Dat ik in cafés mensen aanklampte met de zin 'Wist je dat Céline Dion alles meteen omzet in energie?'

'Dan ga ik die kraan wel even repareren.'

'Koop WD-40,' zei mijn vriendin, die kennelijk in een robot was veranderd.

'Oké bliep-bliep-achtenvijftig,' zei ik terug.

'Dat is smeermiddel,' zei ze. 'Zo heet dat merk. Voor sloten en zo. Werkt ook wel voor vastzittende kraantjes.'

Ik probeerde het nog één keer, met beide handen, alsof het kraantje nu ineens wel open zou draaien, na het horen van die magische letter-cijfercode.

'Ik heb nog nooit van dat spul gehoord,' zei ik.

'Echt niet?' zei ze ongelovig. 'Dat is echt een heel bekend merk, over de hele wereld.'

Ik had mijn jas aangetrokken en was naar de ijzerwarenwinkel op de Rozengracht gewandeld. Het belletje van de deur rinkelde heel soepel.

'Ik zoek WP-40,' zei ik tegen de jongen achter de balie, als een oude man die zegt dat hij iets heeft getikt op zijn Apple Macintosh.

De jongen lachte. 'WD-40, bedoel je denk ik?'

'Dat denk ik ook.'

Hij liet me verschillende verpakkingen zien, variërend van een gigantische spuitbus tot een miniatuurvariant.

'Doe maar die kleinste.'

'Weet je het zeker?' vroeg hij.

'Het is de eerste keer in mijn leven dat ik het nodig heb,'

zei ik. 'Dus ik denk niet dat ik er ineens een hele bus doorheen ga jagen.'

Ik stelde me voor dat dit vanaf nu mijn ding zou kunnen worden, dat ik overal waar ik kwam aan mensen vroeg: zit er nog iets vast? Twee megabussen WD-40 in holsters aan mijn broekriem. *Deed hij vroeger niet iets op tv?* zouden ze zeggen. *Ja, hij was ooit de heerser van de zondagavond, maar nu is hij de koning van de WD-40.*

Ik keek naar het schap met WD-40-bussen.

'Nee, dat kleintje is echt meer dan genoeg,' zei ik tegen de jongen achter de balie.

'Twee doen dan?' zei de jongen. Hij pakte twee kleine spuitbussen die samen in één plasticje zaten uit het rek.

Ik keek hem lang aan, in de hoop dat het besef van zijn onnozelheid vanzelf binnen zou sijpelen, maar het onbegrip bleef tussen ons in zweven en hij bleef vragend kijken, strak en onverstoorbaar als een vastzittend kraantje.

Met de WD-40 liep ik terug naar huis. Zonder mijn jas uit te trekken ging ik naar de wc. Het werkte geweldig. De kraan kon binnen een minuut weer bewegen.

Ik facetimede mijn vriendin, die alweer in haar eigen huis was, waar alles werkt en nooit iets langer dan een halve dag kapot is. Zij is in staat dingen te regelen die in fracties onbeduidend lijken, maar die gezamenlijk een kolossaal monster worden dat je op je rug meedraagt.

'Het werkt!' riep ik naar het schermpje.

'Wat werkt?'

'De kraan, dat smeermiddeltje, alles! Alles werkt weer.'

'Goed zo!' riep ze terug.

De volgende ochtend kwam de internationale ster. Ik had nog voorgesteld om een luxe studio te huren of desnoods een jacht om hem af te leiden, maar zijn management zei dat hij huiselijkheid juist waardeerde en het liefst muziek maakte bij andere artiesten thuis. Je hebt altijd wel weer ergens het tegenovergestelde van. De wereld vindt een kwast uit en er zijn kunstenaars die met hun handen gaan schilderen. Je hebt de luxe van werken en wonen op dezelfde plek en mensen gaan op lange geasfalteerde stukken aarde stilstaan in een machine die bedoeld is om te bewegen.

De sessie verliep prima. Toen we zo goed als klaar waren in mijn thuisstudio, liepen we naar de woonkamer en de artiest vroeg of hij naar de wc kon. Vol enthousiasme wees ik hem de juiste deur.

Hij bleef lang weg. Langer dan lang. Omdat ik op gehoorsafstand van het toilet zat te wachten, liep ik maar weer naar de studio.

Ik stuurde een bericht naar mijn vriendin: 'Internationale sterren hebben zeker weten geen gesloten systeem.'

Uiteindelijk kwam de artiest de studio weer in. Zijn gezicht was rood en hij keek me verlegen aan. Hij pakte zijn tas en jas en mompelde: '*Thanks and nice working with you.*' Daarna verdween hij naar buiten.

Toen ik zelf naar de wc ging, viel me op dat de tegels op de vloer glommen. Even dacht ik dat ik het kraantje juist stuk had gemaakt in mijn poging het te repareren, dat er al anderhalve dag water over de vloer had gedruppeld, maar toen ik goed keek zag ik dat het geen water was, maar iets anders: iets vettigs en schuimigs. Het zat niet alleen op de vloer, maar ook op het kraantje, het fonteintje, de muren en op de wc-pot zelf.

Het leek een beetje op het begin van zo'n irritant raadsel waarbij één iemand een zin zegt en jij dan moet raden wat het verhaal eromheen is. Meestal ligt er een dode man in een bos of op de bodem van een meer of zo, maar ik ken ze ook met pelikanen, liften of telefooncellen. Het irritantste aan die raadsels is misschien nog wel de zelfingenomen glimlach van degene die het raadsel opgeeft.

– Oké, komt-ie. Er ligt een man dood in een macaronifabriek.

– Ja, dus?

– Dus, wat is er gebeurd?

– Weet ik veel, hoe moet ik dat nou weten?

– Nee, je mag alleen gesloten vragen stellen!

Hoe mysterieus de situatie in mijn wc ook leek, ik denk dat ik het raadsel met vrij grote waarschijnlijkheid heb opgelost. De grote artiest is naar de wc geweest. Hierbij heeft hij een geur verspreid en deze willen verdoezelen. De luchtverfrisser die in de vensterbank stond, naast de WD-40, bleek leeg en dus moet hij hebben gedacht dat de WD-40 ook een luchtverfrisser was. Royaal heeft hij het smeermiddel rondgespoten. En omdat het wc-papier ook op was, terwijl er minstens twee rollen moeten hebben gestaan, kan ik niet anders dan concluderen dat hij toen hij zijn fout inzag met het papier de WD-40 weg heeft willen poetsen, maar omdat het smeerolie is en geen Rivella, liet het spul zich niet makkelijk verwijderen. Dus feitelijk heeft hij de wc-pot, de vloer, de tegelmuren en het fonteintje ingesmeerd met een grote hoeveelheid WD-40.

Ik maakte in de keuken een sopje. Ondertussen belde ik mijn vriendin en vertelde het verhaal. Ze moest lachen.

'Dus je bent toch niet de enige die niet weet wat WD-40 is,' zei ze.

'Nee,' zei ik een beetje trots. 'De echt grote artiesten hebben geen flauw benul.'

Dit is Los Angeles en dit is anders. Ik draag geen verantwoordelijkheid voor vastzittende kraantjes. Tijdens de muzieksessies die deze week zullen plaatsvinden ben ik zelf de bezoekende artiest en mogen andere mensen reparaties uitvoeren voor ik arriveer in hun thuisstudio's.

Nog twee uur te gaan. Ik krijg honger. Van de vorige keer herinner ik me een café waar het goed werken was en waar een prima ontbijt werd geserveerd. Ik trek een schoon T-shirt aan, daal de trappen af en stap in mijn geleende auto. Onder aan de heuvel draai ik Hollywood Boulevard op. Zo af en toe wissel ik een blik uit met een medeforens. Alsof ik hier elke dag in mijn Amerikaanse kleding in mijn Amerikaanse auto naar Amerikaanse ochtendradio luister op weg naar een Amerikaanse afspraak. Ik word volledig in de ochtendspits opgenomen. Toch moeten de andere automobilisten iemand zien die hier niet hoort, denk ik, iemand die alleen maar kan herkauwen: Wat doe ik hier? Wat is dit nu weer voor moment in een dag in een leven dat zich maar blijft uitrollen?

Mijn verwondering wordt meteen beloond. De straat die me naar mijn ontbijt moet brengen is afgezet vanwege de uitreiking van de Oscars. Ik sta in mijn eentje voor een afzetting, de rest van de automobilisten is kennelijk wel op de hoogte. Gigantische vrachtwagens zijn aan het laden en lossen, in een tijdelijke expansiedrift van het theater waar de Oscars zullen worden uitgereikt staan overal witte tenten, ook op het wegdek. Linten en beveiligers houden iedereen tegen, want over vijftien uur zullen hier beroemdheden komen.

Als ik eenmaal in z'n achteruit de verkeerschaos uit ben

gereden, bedenk ik dat ik net zo goed gewoon hier ergens kan gaan zitten, in een ander café, minder sfeervol, meer gericht op toeristen die de Sunset Strip bezoeken, maar met een ruime parkeerplaats.

Dat het toeristisch is blijkt al na een minuut of tien, als er een vrouw naast mijn tafeltje komt staan.

'Wat doe jij nou hier?' vraagt ze in het Nederlands.

Op dit soort plekken zijn mensen altijd het meest verbaasd dat ze me tegenkomen, terwijl het voor het toevalselement niks uitmaakt of je mij tegenkomt in Hollywood of op de boot naar Texel.

'Een beetje werken,' antwoord ik vriendelijk. 'De hele straat was afgezet.' Alsof ik me moet verantwoorden, wijs ik naar buiten.

Ik weet ook wel dat ze het anders bedoelt, maar ik heb geen behoefte om in haar hoofd te kruipen en me samen met haar te verbazen over het feit dat er aan de andere kant van de wereld een bekende landgenoot in hetzelfde café zit. Dat beeld is van haar, ik heb daar niks mee te maken.

'Wat leuk om je te zien.'

'Insgelijks.'

Ze lacht ongemakkelijk. 'Mijn zoon gaat dit niet geloven. Mag ik met je op de foto?'

'Ja,' zeg ik. 'Graag zelfs.'

Ze neemt een selfie.

'Waar is je zoon dan?'

'Daar!' zegt ze en ze wijst naar de andere kant van het café. Hoezo zou hij dit niet geloven? denk ik. Hij staat er gewoon naar te kijken.

Ik ben me ervan bewust dat het een risico is om over mijzelf te schrijven. Al gaan de romans die ik heb geschreven ook over mij, geen website zou het aandurven om een uitspraak van een van mijn hoofdpersonen aan mij toe te schrijven. Fictie is eigenlijk niets anders dan geen verantwoordelijkheid willen nemen voor non-fictie.

Die vier boeken die ik heb verzonnen zijn in feite niet minder waar dan dit boek, maar toch neem ik nu een groter risico. Niet in de laatste plaats omdat ik allerlei dingen vertel die ik doorgaans voor mezelf houd. Ooit schreef ik een verhaal over de eerste keer dat ik met iemand naar bed ging en hoe dat meisje later ineens beroemd werd. (In het kort: ik beleefde in de eerste weken van mijn studententijd een romantische nacht met een meisje dat niet lang daarna verdween en pas na een jaar of zeven weer opdook in de oerwouden van Colombia als onderdeel van een rebellenbeweging, de FARC. Dat wil zeggen: zijzelf was niet opgedoken, maar er waren stukken van haar dagboek gevonden waaruit bleek dat ze in de oerwouden leefde. In de eerste weken na de vondst was er nog niks over haar bekend, behalve dat ze Nederlands was en halfnaakt door een rivier was gevlucht bij een aanval op haar kamp. Ik herkende haar op de foto die in de krant was gepubliceerd. Wie ze was hield ik in het verhaal bewust geheim, maar toen een krant een paar weken later haar identiteit had weten te achterhalen, stond mijn verhaal al op mijn website en kon men de link makkelijk leggen. Zeker toen ik niet veel later was overgehaald om het verhaal ergens voor te komen lezen en ik zo naïef was om te denken het nu toch allemaal niet meer uitmaakte.)

Het verhaal was in intentie artistiek. Ik had mijn eigen ervaring omgezet in kunst en deelde die met het publiek. In mijn naïviteit verkeerde ik in de veronderstelling dat als iets zou worden omgezet in kunst, de sensatie eruit zou zijn gekookt, zoals de alcohol in kaasfondue wel een smaakje achterlaat, maar je toch lastig aangeschoten kunt raken door een liter gesmolten gruyère met witte wijn naar binnen te werken.

Ik vergiste me. Ofwel mijn verhaal was niet literair genoeg, of de sensatie dat het meisje later lid was geworden van de FARC was groter dan de artistieke integriteit die ik had gehoopt op te roepen, maar aan het eind van de rit was de beeldvorming dusdanig dat het leek alsof ik op een dag wakker was geworden, mijn ochtendkoffie tegen de muur had gesmeten en had besloten: Weet je wát de lezers van nu.nl vandaag eens zouden moeten weten? Welke semibekende Nederlandse oerwoudvrouw mij heeft ontmaagd! En dat ik toen als een maniak had geprobeerd om dat verhaal naar buiten te krijgen.

Het verhaal was weliswaar niet zonder sensatie geschreven, maar ik hoopte dat de literaire prestatie zou prevaleren boven de werkelijkheid. Dat mislukte. Er ontstond een merkwaardige collectieve giechel die uiteindelijk leidde tot een televisieoptreden bij Paul de Leeuw, die de verbazing over mijn terroristenliefje nog eens dunnetjes overdeed, terwijl ik eigenlijk zou langskomen om over mijn nieuwe roman te praten.

Ook in dit boek komen fragmenten voor die makkelijk te kneden zijn tot nieuwsberichten. Voor de lezers van sommige websites zal het lijken alsof ik van mening ben dat de wereld een betere plek is met de samenvattingen van een aantal opmerkelijke persoonlijke ervaringen van Arjen Lubach. Ze zullen er geen moment bij stilstaan dat die berichten volkomen losgezongen zijn van mijn eigen zorgvuldig gekozen woorden.

De waarheid is dat inhoud en vorm altijd één geheel zijn. Als ik een nummer schrijf dan is dat niet hetzelfde als een voicememo inspreken met: *ik verzon een liedje en de melodie gaat ongeveer zo: 'laala lalalai'*. Het gaat uiteindelijk om de complete ervaring, waarbij het arrangement, de akkoorden, de melodie, de productie, de instrumenten, de mix en de plek waar het nummer gedraaid wordt niet zomaar terzijde geschoven kunnen worden. Dat geldt ook voor mijn ervaringen. En alhoewel ik het niet in de hand heb, zou het toch mijn vurige wens zijn dat – net als ik ooit het verhaal over mijn eerste keer de wereld in heb willen slingeren als verhaal, niet als ontboezeming – mijn ervaringen in hun geheel op aarde neerkomen, in het gezelschap van mijn woorden en intenties als parachutes, niet als platgevallen berichtjes op websites die advertenties willen verkopen door bezoekers te trekken met mijn naam.

Een half uur na de eerste Nederlander stond er een tweede aan mijn tafeltje. Of eigenlijk waren het er twee, een stelletje. (Suggestie voor nieuwskop: 'Arjen Lubach gespot in Hollywood'.)

'Echt grappig om jou hier te zien,' zeiden ze. De man had een T-shirt aan met de Hollywoodletters erop.

Nu wil ik absoluut niet de indruk wekken dat ik stoer doe over hoe vaak ik in Los Angeles herkend word – doorgaans is mijn roem verdampt zodra ik bij Venlo de grens oversteek – maar des te opmerkelijker was het dat er opnieuw mensen om een foto kwamen vragen. Toen ik mijn tas pakte en richting de uitgang liep gebeurde het zelfs nog een keer.

'Wat doe jij nou hier?' zei een man, de vader van een gezin.

‘Koffiedrinken,’ antwoordde ik vriendelijk en wees op het tafeltje waar ik net had gezeten, alsof ik daar een indruk in tijd en ruimte had achtergelaten die langzaam aan het vervagen was.

‘Grappig dat jij nou net ook hier bent.’

Ik moest lachen.

‘Maar,’ zei ik, ‘ik moet toch ergens zijn?’

Het moet bijna zielig hebben geklonken. Wanhopig. Alsof de wereld het liefst had dat ik nergens was, dat ik niet bestond.

‘Wat bedoel je?’ vroeg de vader.

‘Nou ja. Ik kan niet nergens zijn.’

‘Nee,’ zei hij. ‘Maar dan is het des te bijzonderder dat je juist hier bent.’

‘Nou ja,’ wierp ik tegen. ‘Voor mij dus niet.’

‘Leg uit,’ zei de man, die duidelijk in de vakantiestand stond, en ik dacht: waarom ook niet. Ik ging er even goed voor staan.

‘Kijk, gesteld dat – laten we voor het gemak zeggen – 40 procent van de Nederlanders mij herkent, en er in elke beschaafde uithoek van de wereld waar ik kom logischerwijs ook andere Nederlanders zijn, dan is de kans bijna één dat ik naar een plek reis waar er Nederlanders zijn die mij kunnen herkennen. En als ik daar dan maar lang genoeg blijf, of zoals nu in een toeristisch café ga zitten, dan is de kans nog groter dat er vroeg of laat – meestal vroeg – iemand komt zeggen dat het bijzonder is dat ik er ben. Dat maakt het volstrekt niet bijzonder dat ik er ben.’

De vader was even stil en lachte hard. Ik zag vanuit een ooghoek dat zijn vrouw trots haar dochter aanstootte. Papa heeft lol met iemand van televisie.

‘Mogen mijn dochters met jou op de foto?’ vroeg hij en

voordat ik antwoord had kunnen geven stond hij al naar ze te zwaaien dat ze konden komen.

'Ja tuurlijk,' zei ik, want ik vind foto's altijd goed. Alleen al het idee dat ik een persoon ben van wie mensen het bewijs van aanwezigheid willen vastleggen vind ik krankzinnig, laat staan dat ik dat iemand zou ontzeggen. Aangesproken worden door vreemden op onhandige momenten is gewoon de andere kant van de medaille die mijn leven over het algemeen een stuk aangenamer maakt.

De vader begon uitgebreid een grote camera uit zijn tas te halen.

'Hoelang zijn jullie hier al?' vroeg ik.

'Twee weken,' antwoordde hij. 'We zijn vanuit Portland komen rijden met een camper.'

'Wat leuk,' zei ik. 'Heb je in die tussentijd andere Nederlanders gezien?'

'Ja, heel veel!'

'En ook bekende Nederlanders van televisie?'

'Nee, dat niet.'

'En vorig jaar op vakantie?'

'Ook niet.'

'En het jaar daarvoor?'

'Hoezo?'

'Je moet al die keren meewegen in je kansberekening. De keren dat je niemand tegenkomt die je kent van televisie. En je moet eigenlijk ook alle bekende mensen die je weleens op televisie hebt gezien meerekenen.'

'Hè?'

'Je denkt toch ook niet bij elk café dat je deze vakantie binnenstapt: ben benieuwd of Sven Kockelmann er vandaag is.'

De vader reageerde met een hoge, schelle lach.

'Bedankt voor de foto,' zei hij.

Ik stak mijn duim op en liep naar de parkeerplaats. In de auto zocht ik naar de naam van het café en nu begreep ik waarom ik aan de andere kant van de wereld drie keer was aangesproken door landgenoten. Op een populaire reiswebsite las ik de tekst bij de aanbeveling van het café: '*een vrij grote kans om een bekende ster tegen te komen die gewoon van zijn lunchpauze aan het genieten is.*'

Ik moest lachen om het idee dat er Nederlanders op basis van die tekst het café binnen waren gestapt in de hoop Leonardo DiCaprio tegen te komen om vervolgens hun lokale televisieclown aan een tafeltje te zien zitten. Dat moet op zijn minst verwarrend zijn geweest.

Ik ben weer in het huis op de heuvel. Na de ochtend in het café bij de Sunset Strip ben ik teruggereden. De muziekplannen voor deze weken waren redelijk snel gemaakt. In eerste instantie was ik weer in mijn gebruikelijke ongeloof geschoten (wat is dit voor bizar leven waar ik in verzeild ben geraakt?), maar dat gevoel zwakte af toen ik merkte dat het betrekkelijk makkelijk was om onze dagen vol te plannen met schrijfsessies. De Amerikaanse producers hoefden niet eens echt te weten wie wij waren, een beetje googelen op onze naam leverde al een aantal releases, views op videoclips en livebeelden op. Dat was genoeg.

Feitelijk betekent een sessie: een dagdeel lang in dezelfde ruimte zitten met andere muzikanten, starend naar de rug van de versleten bureaustoel die voor de computer staat, tot iemand het voortouw neemt – meestal degene op de bureaustoel – en je na een paar uur dingen heen en weer roepen iets hebt wat je een ‘demo’ kan noemen, waarop die in een diepe dropbox wordt gegooid, om er hoogstwaarschijnlijk helemaal nooit meer uit te komen.

In Los Angeles kon ik me niet aan de indruk onttrekken dat er elk moment van de dag duizenden muzikanten onderweg waren in oude auto’s, bussen, metro’s of op de fiets, op weg naar de volgende *session*, in de hoop dat er dit keer wél een wereldhit uit zou rollen. Een kans die onnoemelijk klein is, maar dat vergeet je als je iets aan het maken bent, want alles wat je twee uur lang luid op repeat luistert, begint vanzelf goed te klinken. Bij negen van de tien liedjes denk je weken later: wat de fuck waren we daar aan het doen?

De ‘sessions’ hebben ook nog eens geduchte concurrentie van de ‘camps’, waarbij er een week lang een villa wordt afgehuurd en er specifiek voor – en doorgaans in afwezigheid van – een Heel Grote Artiest wordt geschreven. Na afloop van een van onze sessies waren er mensen die snel weg moesten omdat ze opeens waren uitgenodigd voor een Rihanna-camp. Samen met negen andere schrijvers kregen ze de kans een bijdrage te leveren aan één zinnetje of één melodietje van een van de veertig liedjes die zouden worden geschreven – waarvan de drie beste aan Rihanna zouden worden gepresenteerd, waarvan zij er eentje selecteert die op een album van veertien tracks op de laatste plek terechtkomt. Iedereen in een session of camp wenst dat zijn naam een van de namen is die in de credits staan van het liedje dat samen met duizenden andere liedjes in een trechter wordt gegooid, in de hoop dat juist dat nummer er aan de onderkant weer uit komt. Zo ontstaat het overgrote deel van de hits die je op de radio hoort.

Hoe meer ik over de muziekwereld en het maakproces van hits weet, des te sneller verdwijnt mijn verlangen om muziek te maken. Het lijkt een recht evenredig proces: de kennis over de kille massaproductie versus mijn inspiratie. Wie livesets van dj's bekijkt, ziet hoe er tegelijk met de dj een handjevol foto- en videografen het podium op komt rennen om de massa vast te leggen, zodat er op Instagram zo snel mogelijk verslag kan worden gedaan van de grootsheid van de artiest. Het publiek als de figuranten in een toneelstuk, een muziekcarrière die niet meer bedoeld is om kunst over te brengen, maar om het pad te volgen dat bedacht is op mediabureaus en managementkantoren en dat wordt gekopieerd van artiesten met de meeste followers en hoogste gages.

Dat het zo gaat kun je niemand echt kwalijk nemen, zoals je het jouw favoriete cafébaas niet kwalijk kunt nemen dat hij een tweede café opent omdat het goed loopt, maar vervolgens nooit meer lekker authentiek zelf achter de bar staat. Zo gaan die dingen.

Ik ben bang dat al die mensen in hun oude Honda's, met megabekers ijskoffie in hun dashboards en gitaarkoffers op de achterbank, zoeken naar uniciteit door precies te doen wat hun voorbeelden deden. Ze lijken vooral te dromen over het leven dat ze bij anderen denken te hebben gezien.

Ik kijk uit het raam van het gehuurde huis aan Kirkwood Drive; als ik me strek zie ik onder aan de heuvel het hoekje van de Canyon Country Store: een rommelige mix van supermarkt, koffietent en minimuseum. Ooit, in een ver verleden, zong ik al over deze winkel, omdat er in een nog verder verleden over gezongen was door Jim Morrison. Ik was zestien. Met een paar vrienden had ik een band opgericht met de naam Earp, vernoemd naar de legendarische boer, sheriff en bandiet Wyatt Earp. Ik was de gitarist. We speelden alleen maar nummers van The Doors. We oefenden in de serre van de moeder van de drummer.

'*There's this store where the creatures meet*,' blèrden we in het Groningse villadorp Glimmen, oneindig ver verwijderd van waar de *creatures* elkaar ontmoetten, niet wetende dat ik er twintig jaar later koffie zou halen in het gezelschap van enkelen van de overgebleven creatures, die elkaar kennelijk nog altijd treffen, met gezichten van gelooid leer en verhalen die al zo vaak verteld zijn dat de klemtonen zijn afgesleten.

Ik denk niet dat Jim Morrison deelnam aan sessies, anders dan die met zijn bandleden. Ik denk niet dat Jim Morrison vatbaar was voor mediastrategieën, behalve dan die ad hoc werden gedicteerd, ingegeven door lsd of spontaan geregisseerd door de kunstenaar in zijn hoofd.

Laat ik eerlijk zijn: het concept dat de kunstenaar de kunst zelf is, heeft me altijd het hoogst haalbare geleken. In mijn dromen ben ik een Post Malone, Kanye West, Vincent van Gogh of Herman Brood. Waar hun kunst begint en waar de kunstenaar eindigt is moeilijk te zeggen, hun penseelstreken gaan over in woorden. (Dan heb ik het vooral over die laatste twee, ik weet niet of Post en Kanye ook kunnen schilderen.)

Daarom heb ik ook moeite met kunstopleidingen. Met elk college, elke technische les, lijkt de opleiding de kunstenaar weg te trekken van de kunst, langzaam, in vier jaar, als het lospeuteren van een pleister, en alles wat ooit één was, is aan het eind twee: de kunst zelf en daarnaast iemand die met verstand van zaken en enige distantie zijn eigen werk kan beschouwen. Hij is zijn eigen klant geworden. Dat kan zo af en toe best wel wat opleveren, maar als de kunstenaar slaagt, dan is dat eerder *ondanks* dan *dankzij* die tweedeling.

Bij mij is dat dualisme aangeboren. Ik zie vaak snel wat mooi, goed, grappig of slim is aan mijn eigen werk, maar liever zou ik ermee samensmelten. Ik ben nooit echt één met wat ik maak: er is een maker en er is het product. Ik lever een boek af waar mensen plezier aan lijken te beleven, maar uit elk exemplaar hangt een duidelijk afgeknipte navelstreng. Ik maak een voorstelling en weet wanneer ik verbazing of opwinding of boosheid moet voelen, in plaats van het gewoon te voelen en te spelen. Weten in plaats van voelen.

Raoul Heertje zei me eens dat ik elke comedyshow weer opnieuw alles moest beleven. Een liefdevol en komisch stuk over mijn vriendin zou ik elke avond weer vol vertedering moeten brengen, een stuk over het vinden van een gek briefje op straat zou ik moeten spelen alsof ik opnieuw op straat liep en opnieuw dat briefje zag liggen en ik voor het eerst ervoer wat ik toen had gevoeld. En dat honderd keer opnieuw.

Dat vind ik het moeilijkste wat er is, want ik heb het al meegemaakt, ik heb het al beleefd, ik heb het al opgeschreven, het is nu geen onderdeel meer van mij, ik heb mezelf afgesplitst van het materiaal en het kost me de grootst mogelijke moeite om het elke keer weer aan mij vast te naaien, als een stuk donororgaan dat maar niet aan de gastheer wil wennen.

Mijn talent ligt juist in die tweedeling van kunst en maker. Omdat ik niet de onberekenbare cultfiguur met een drankprobleem ben die op de rails moet worden gehouden door een team van managers, ben ik zelf het beste prbureau geworden dat er is: ik weet precies waar mijn werk terecht kan komen, hoe ik het daar kan krijgen en hoe het daar blijft. Ik kan na al die jaren prima nummers bouwen, teksten en comedy schrijven of grappen punchen, maar nog beter ben ik in de nazorg die nodig is om het resultaat de wereld in te katapulteren.

Jarenlang was ik veel liever één met wat ik maakte en wilde ik door een strenge uitgever uit de kroeg worden gehaald en achter een tekstverwerker worden gezet op de zolder van de uitgeverij. Of door een tourmanager naar een theater worden gereden, zonder zelf enig benul te hebben van waar, wanneer en wie ik was, om vervolgens alsnog geadoreerd te worden door de menigte. Dat is nooit gelukt. Wel ben ik goed geworden in het vinden van het juiste podium en de juiste toehoorders op het juiste moment, iets waar ik niet per se goed in wil zijn.

Ik denk dat dat is waarom ik hier ben, waarom ik midden in het televisieseizoen naar Hollywood ben gevlogen. Een laatste poging om iets te worden wat ik niet ben.

Ik ben naar de Canyon Country Store gelopen om een broodje te halen. Achter de winkel staat het huis waar Jim Morrison woonde, samen met Pamela. Voor ik naar binnen ga, blijf ik even staan bij het hek van hun huis.

I see you live on Love Street
There's this store where the creatures meet
I wonder what they do in there
Summer Sunday and a year
I guess I like it fine, so far

Mijn nostalgie is verdeeld. Hier, waar ik sta, is de wereld van het liedje uit 1968. De winkel, het huis, de straat, de band, de muziek. Ik voel al die dingen als ik onder dezelfde bomen sta, de Californische wolkjes voorbij zie drijven, de zon op mijn gezicht, de geur van de bloemen in de tuinen aan de Rothdell Trail, maar nog meer voel ik het gekaapte sentiment dat hoort bij mijn versie van het liedje, het moment waarop het bij mij binnenkwam: het Paterswoldsemeer aan het eind van het millennium, de zeilboot van mijn vader, het meisje uit Roden, de bandrepetities, het eeuwigdurende fietspad langs de villa's tussen Glimmen en Groningen, waar ik tussen 1995 en 1999 de halve dag overheen raasde, honderden, zo niet duizenden keren heen en weer, van huis naar school, naar de band, naar de stad, en weer naar huis met alcohol in mijn bloed, een walkman op en Jim Morrison in mijn hoofd.

En nu ben ik hier. Het duizelt me. De kriebels uit het verleden en een nog verder verleden vermengen zich in mijn middenrif. In de Country Store staat een televisie aan. Het meisje achter de balie schrikt op als ik voor haar sta. De voorbeschouwingen voor de Oscars zijn begonnen. Verslaggevers staan naast de rode lopers en de witte tenten die ik net nog met eigen ogen heb gezien. Er wordt gespeculeerd over winnaars, verliezers en potentiële relletjes over ras, gender en geaardheid; een scheefgegroeide strijd die als de echte verliezer kan worden gezien.

In een krantenknipsel aan de muur van de Country Store lees ik dat Jennifer Aniston hier werkte, voor ze beroemd werd in *Friends*. Misschien is het meisje achter de balie wel een toekomstige beroemdheid en zit ze daarom zo gebiologeerd naar het scherm te kijken.

'*Are you an actress too?*' vraag ik, terwijl ik op mijn broodje wacht. Ik wijs op de beelden van de voorbeschouwing. Ze kijkt gepikeerd omdat ik ongegeneerd het cliché van de werkloze acteurs die in de horeca werken op haar smijt.

'*No,*' zegt ze. '*Musician.*'

Dan komt de medewerker die mijn broodje heeft gemaakt naar de kassa en zegt tegen haar: '*I thought you weren't coming to work today?*'

Ze geeft me mijn bonnetje en draait zich naar haar collega.

'*Yeah, I'm leaving early,*' antwoordt ze. '*I have a session.*'

Het is de dag na de Oscars. De avond valt. Mijn landgenoten slapen al een eeuwigheid, maar nu gaat ook eindelijk hier de zon onder. Gisteren schreef ik in een studio boven een garage in Cypress Park twee nummers, waarvan ik vrij zeker weet dat ze de computer nooit zullen verlaten. Daarna aten we *fish tacos* in een Spaanstalig restaurant ergens op een straathoek.

Sacha was door zijn vriendin uitgenodigd voor de Oscars-afterparty van Elton John. Ik keek in het huis op de heuvel naar de uitreiking. Het einde heb ik niet gehaald. Elke avond smokkel ik er een uur bij, maar dat neemt niet weg dat ik alsnog veel te vroeg in slaap val.

Vanmorgen haalde ik wat te eten bij een Trader Joe's en vertrok samen met Sacha naar Venice Beach. De vorige keer dat ik hier was, legde ik in mijn hoofd de kaart van Amsterdam over die van Los Angeles en schatte in dat een ritje vanuit Hollywood naar Venice vergelijkbaar zou zijn met een ritje van de Dam naar Amsterdam-Zuid. Ik zat vrolijk in een taxi, tot ik bijna ruzie kreeg met de chauffeur over de gigantische omweg die hij nam, om er pas later achter te komen dat hij helemaal niet omreed, maar dat je eerder Utrecht – Zandvoort moet rekenen.

Dit keer had ik een auto mogen lenen, dus dat scheelde. We reden Sunset af, staken door naar Santa Monica Boulevard – waar Sheryl Crow in mijn hoofd nog altijd de zon op ziet komen onder invloed van een kleine *beer buzz* – en reden via Pacific Avenue naar het zuiden.

'Wat een maf land is dit toch,' zegt Sacha.

Ik knik en doe het raampje naar beneden. Ik ruik de zee, hoor de meeuwen. De Verenigde Staten van Amerika zijn een grappig antropologisch-geografisch experiment, denk ik. Het is het ultieme antwoord op de vraag wat er zou gebeuren als we opnieuw konden beginnen. Als de mensheid een tweede kans kreeg. Op de plekken waar de beschaving al meerdere malen had gefloreerd en weer was uitgedoofd, zou zo'n herstart nooit een *clean install* kunnen zijn, maar altijd een reboot van oude ideeën, steden, culturen, staatsvormen en religies. De brute slachtpartijen op de oorspronkelijke bewoners daargelaten (in dit soort gedachtenstromen mag je al deze dingen even in één zin parkeren), kon Amerika destijds worden gezien als de ultieme kans om opnieuw te beginnen. Een leeg continent met een gevarieerd landschap en ogenschijnlijk eindeloze ruimte kon worden gebruikt om de beschaving opnieuw uit te vinden. Anders dan Australië was het geen strafkolonie, anders dan in Azië werden de bestaande culturen zonder scrupules weggevaagd, alsof ze nooit hadden bestaan. Anders dan Afrika werd het continent niet vooral gebruikt als tussenstop op weg naar bontere havens of als de plek waar je mensen haalde die niet gehaald wilden worden.

Ik heb altijd met verbazing gekeken naar de wereld die is ontstaan uit dit experiment. Nog meer dan in Europa zou je kunnen zeggen dat je aan de Amerikanen kunt zien wat de mens voor dier is. Gulzig, agressief, maar ook extreem nieuwsgierig en ondernemend. Zo ondernemend dat ze er uiteindelijk weer lui van zijn geworden.

In die zin is Los Angeles mogelijk nog interessanter dan New York. Die stad heeft het nadeel – om in de termen van het experiment te spreken – dat het een van de eerste landingsplaatsen voor Europeanen was en dat het door de strategische ligging een strijdtoneel werd waar belangen werden uitgevochten in naam van de landen in de Oude Wereld. New York is nog een dependance van die Oude Wereld, niet alleen vanwege namen als New Amsterdam en New York, maar ook vanwege de architectuur, mentaliteit en ideeën.

Voor Los Angeles geldt dat een stuk minder. Ik moet denken aan het huttenbouwdorp op het Hertenkamp in het Groningse Lutjegast, waar ik de eerste vijftien jaar van mijn leven woonde. Alle kinderen van het dorp deden mee. De bedoeling was om na het startsignaal (een toeter aan een fietspomp) als een gek een goede plek te claimen en bruikbaar materiaal te pakken van een grote stapel sloophout en bouwmaterialen. Dat zorgde in mijn hoofd altijd meteen voor een dilemma: als je eerst goede spullen ging halen waren de goede plekken weg, maar als je eerst je plek ging afbakenen waren de goede spullen weg. Ik werd daar gek van. Voor de andere kinderen was dit dilemma minder fnuikend, of althans: ze leken zonder enige overweging een keuze te hebben gemaakt, want al snel waren de geweldige plekken aan het begin van het Hertenkamp geclaimd, of stonden er semiprofessionele bouwwerken met dakpannen, iets verderop. Omdat ik zo lang had getwijfeld – eerst was ik naar de stapel gelopen, maar had me toen bedacht en was weer teruggerend naar de centrale plek, om me weer te bedenken en weer terug te rennen naar de stapel – was er weinig materiaal over en had ik genoegen moeten nemen met een locatie aan de rand van het huttendorp, met wat kromgetrokken planken, wat resulteerde in een merkwaardig langgerekte hut, zonder noodzaak om efficiënt met de ruimte om te gaan, zonder in het oog springend iconisch torentje of groteske entree. Er kwam niemand voorbij. Er kwam niemand kijken wat voor gaafs ik met mijn spullen had gedaan. Er wilde niemand een brug van zijn hut naar mijn hut bouwen. Mijn enige voordeel was dat ik uitbreidingsmogelijkheden had, zover het oog reikte. Dat wil zeggen, tot waar de sloot naast het voetbalveld begon.

Los Angeles ligt aan de rand van het huttenbouwdorp, het verst weg van waar we aan land zijn gekomen.

Als we over Washington Boulevard rijden en in de verte het water van de oceaan zichtbaar wordt, krijg ik een knoop in mijn maag.

'Wat is er?' vraagt Sacha.

'Hier zat ik de vorige keer.' Ik wees op de Oakwood-appartementen naast de Islands Burger.

'O dat,' zegt hij. 'Ja shit.'

De vorige keer in Los Angeles bracht me een te betreuren souvenir: de enige persoon ter wereld die ik daadwerkelijk uit de weg zou gaan, mocht hij mij naderen op de stoep.

Ik heb nooit opgezocht wat een angstgegner is – ik vrees dat het meer te maken heeft met de allergrootst denkbare concurrent op een bepaald gebied – maar na enige tijd ben ik hem mijn enige angstgegner gaan noemen, wat eigenlijk een te fraaie benaming is voor iemand die zich eerst een vriend noemde, maar mij vervolgens gewoon heeft genaaid. Angstgegner impliceert dat hij nog altijd een geduchte tegenstander is, maar ons spel is uitgespeeld. En ik heb verloren. Ik ben met doeltreffende precisie door hem uitgeschakeld, op een manier die ik nooit voor mogelijk had gehouden.

Destijds verbleef ik niet in West Hollywood, maar hier, in Venice, niet ver van de plek waar ik al heel vaak in *GTA V* over zonnebaders heen was gereden: met uitzicht op de pier van Santa Monica en vlak bij de bruggetjes over de *canals* waar Hank Moody in *Californication* zijn zondige leven overzag in quasidiepzinnige gesprekjes met zijn dochter.

Ook toen was ik naar Los Angeles gevlogen om muziek te maken. Niet met Sacha, voor The Galaxy, maar met een voorganger, een ander plan met een andere vriend. Laat ik hem Tony noemen. Verhalen met een Tony zijn altijd spannend. 'Tony reed met zijn Ford Mustang over de 404 naar de stripclub in the Valley' klinkt toch spannender dan: 'Kirsten en Joost kwamen onze nieuwe twee-onder-één-kap bekijken.'

Tony en ik vormden een pril duo dat zichzelf Kobalt noemde, genoemd naar de Kobaltweg in Utrecht waar Tony destijds een studio had. In Nederland en België hadden we al een tijd samen aan muziek gewerkt. Er lag een stapel demo's – liedjes die niet bedoeld zijn voor publicatie, maar moeten dienen als voorbeeld voor wat het liedje ooit zou kunnen worden. In Los Angeles zouden we een grote slag slaan: een paar weken zonder afleiding muziek maken.

Tony was een vriend geworden. In eerste instantie was hij alleen de vriend van mijn goede vriendin Carolien, maar toen zij suggereerde dat we misschien iets aan elkaar zouden kunnen hebben op muzikaal gebied, waren we steeds vaker zonder haar gaan afspreken, pogingen tot het veroveren van de wereld met onze muziek, wat gedeeltelijk lukte.

Tony haalde me op van het vliegveld. Hij was al in Los Angeles om aan r&b-achtige muziek te werken. Met mijn komst kwam de dancemuziek zijn huurhuis binnen.

We zaten er allebei voor 50 procent in. De enige manier om gedoe te voorkomen, wisten we. Dat houdt in dat wanneer je samen een nummer maakt, de opbrengsten en rechten gelijkelijk verdeeld worden, ongeacht de bijdrage van de een of de ander. Het kon dus gebeuren dat een van ons alleen maar de tekst schreef en de ander alle muziek. Of de een schreef de akkoorden, de ander de melodie en samen schreven we de tekst. Of de een schreef bijna niks, maar produceerde een demo. Zolang het liedje bedoeld was voor het project, zouden de opbrengsten en credits onder de fifty-fiftyafspraak vallen.

Ik had de slaap van de vlucht uit mijn ogen gewreven en keek vol opwinding om me heen in de auto van Tony. We reden langs een winkel: WINDROCKS stond er op de gevel.

'Coole titel voor een track,' zei Tony.

'Ja,' zei ik. 'Tof!'

Omdat Tony minder in de dance zat dan ik, luisterden we de eerste avond naar muziek die op dat moment populair was, om te kijken of we inspiratie op konden doen. We draaiden playlist na playlist en de nummers waarvan we dachten dat er iets in zou kunnen zitten: een bepaalde structuur, een bepaald geluid, een bepaalde sfeer, wat dan ook, schreven we op. We dronken bier en werden steeds extatischer over de nieuwe muziek die we alleen nog even moesten schrijven.

Toen de nevel was opgetrokken bleven er een paar ideeën over. Een van de nummers had een bepaalde groove – een bepaald soort stuwende syncope, een ander een akkoordenschema waar we aan waren blijven haken. Tony zat achter de piano en zong een paar noten op hetzelfde schema.

'Dit voel ik wel,' zei hij. 'Windrocks!' (Overigens was 'Windrocks' niet de echte naam van de winkel en het nummer, net zoals Tony niet Tony heette.)

'Ik ook! En dan met die syncoopjes van gisteren.'

'Laat me iets bouwen, dan stuur ik het zo naar jou.'

'Oké,' zei ik en haalde koffie bij The Cows End, die wel echt zo heet. De straat werd hier rustig en smal, het strand was in zicht, aan weerszijden felgekleurde huisjes met daarin winkeltjes en restaurants. Verderop sprieterige palmbomen. Ik liep de lange pier op, langs vissers en toeristen. Helemaal aan het eind ging ik zitten, met mijn rug naar de zee, met zicht op de surfers en meeuwen.

Op dit strand hadden Jim Morrison en Ray Manzarek elkaar ontmoet en waren The Doors opgericht. Verderop, bij Muscle Beach, waar bodybuilders zich al decennialang aan stangen optrekken, was in 1991 een gigantische muurschildering van Jim aangebracht.

'*In these days Venice wasn't like today*,' hoorde ik Ray een keer zeggen in een interview. '*It was dark and funky and Beatnik.*'

Nu niet meer. Venice was vrolijk geworden. Alsof de strandplaats had moeten afkicken en was ontwaakt onder schone en kraakheldere lakens. Heel soms kun je, net als in de Canyon Country Store, nog de schimmen uit het verleden voorbij zien trekken. Tijdgenoten van Jim en Ray, die misschien wel in de buurt waren toen The Doors waren opgericht, of – waarschijnlijker – pas later in navolging van die periode hiernaartoe waren getrokken, op zoek naar iets wat toen alweer aan het verdwijnen was.

Ik wandelde via de Ocean Front Walk langs alle nieuwe *condos* die de oude strandhuisjes hadden verdrongen. Ik zocht de filmsterren die hier buitenverblijven zouden hebben, maar ik zag alleen maar andere mensen die net als ik naar filmsterren uitkeken.

Bij terugkomst in het huis zei Tony: 'Ik heb je een opzetje gemaild.'

'Gaaf,' antwoordde ik. In mijn eigen appartement opende ik het bestand en maakte een eerste versie van de productie voor de demo. Ik schoof wat met zangpartijen en bouwde bas-, drum-, piano- en synthesizerarrangementen om de akkoorden heen. Aan het eind van de middag stuurde ik een bericht.

'Ik kan iets laten horen?' schreef ik.

'Kom!' antwoordde Tony.

Eenmaal binnen stak ik de stekker van de geluidsinstallatie in mijn laptop en speelde de demo af.

Tony begon te schreeuwen: 'Ja, dit is het. Dit is 'm hoor. Dit is het.' Een Nederlandse rapper, een vriend van Tony, die ook in het huis logeerde, hoorde het nummer en stond te stuiteren in de woonkamer.

'Kan je mij deze versie sturen?' vroeg Tony. 'Dan kan ik hiermee verder.'

Ik exporteerde een instrumentale versie van het nummer en stuurde het bestand via mail naar hem.

Zo ging het een paar keer heen en weer, tot we een versie hadden met twee coupletten en refreinen waar ik mee verder kon. Ondertussen was Tony's vriendin ook naar Los Angeles gekomen. Omdat Tony ook aan andere projecten werkte, reed ik met Carolien door de stad, lunchten we op Abbot Kinney, hingen we op de pier en reden we naar de televisie-studio's om het televisieprogramma van Conan O'Brien te zien. Ik maakte aantekeningen, omdat er plannen waren voor een eigen televisieprogramma bij de VPRO.

Een dag later, bij het verlaten van mijn Oakwood-appartement, viel ik van de trap en landde met mijn volle gewicht op mijn middelvinger. Ik moest mijn tranen bedwingen, zoveel pijn deed het. Carolien was bij me. We liepen naar het studiohuis op Pacific Avenue.

'Is hij gebroken?' vroeg ze ter hoogte van de Starbucks.

'Geen idee,' zei ik. 'Ik hoop het niet.'

Het eten stond op tafel toen we aankwamen. Ook de rapper-huisgenoot en twee vrienden van Tony zaten aan tafel. Het was een Nederlands stel dat de hele westkust aan het af rijden was. Ik liet ze meteen mijn middelvinger zien. Toen ze me vreemd aankeken, zei ik snel: 'Ik ben gevallen.'

De man stond op.

'Ik ben hockeycoach, laat mij maar even kijken.'

Hij bekeek mijn vinger van alle kanten.

'Arnica,' zei hij, 'dat moet erop.'

Ik wist niet wat hij bedoelde. Het ging ook wel weer. Ik kon de vinger een beetje bewegen en ik wist inmiddels vrij zeker dat hij niet gebroken was.

'Laat maar,' zei ik. 'Gewoon uitzitten, denk ik.'

'Nee,' zei de man vastberaden. 'Arnica.' En hij pakte zijn autosleutels en stormde de deur uit.

'Het is oké,' riep ik nog.

'Kleine moeite,' riep hij terug. 'Alleen even langs een drogist.'

Ik haalde mijn telefoon uit mijn broekzak en typte 'arnica' in op Google. Het bleek een homeopathische zalf te zijn. De eerste hit was een *Volkskrant*-artikel met de titel 'Arnica werkt nog steeds niet'.

Ik rende de deur uit.

'Wacht!' riep ik naar de auto. 'Ik vind het heel lief, maar het hoeft echt niet.'

'Onzin,' zei hij door het openstaande raampje, 'ik ben zo terug.' En hij vertrok richting Santa Monica.

Ik stond naast het huis, het was donker geworden. Er kwam een koele wind van zee. De eerste bries die ik in dagen voelde. Ik ging weer naar binnen en nam plaats aan de tafel. We dronken een paar biertjes. Ik nam me voor om niets te zeggen over mijn ongeloof wanneer hij zo terugkwam. Waarom zou ik hem daarmee lastigvallen? Ik zat met zijn vrouw en de anderen in de woonkamer. Mijn vinger was opgezwollen en een beetje paars.

Pas na een paar uur kwam hij terug. Met een tube zalf. Enthousiast draaide hij de dop eraf.

'Ga zitten,' zei hij, alsof we geen seconde te verliezen hadden. Alsof ik tijdens zijn uren durende zoektocht door Venice en Santa Monica steeds meer bloed was verloren.

'Wat doet het?'

'Stopt de zwelling, vermindert de kneuzing en verdooft.'

Ik dacht weer aan *de Volkskrant*.

Hij begon mijn middelvinger in te smeren en ik moest blozen, omdat het zo'n vreemd gebaar was en iedereen rond de tafel was komen staan om te kijken, alsof ik werd ontleed tijdens de anatomische les van dr. Nicolaes Tulp.

'Voel je het al?'

De waarheid was dat het iets meer pijn was gaan doen, omdat hij nogal hardhandig over de zwelling had gewreven. Iedereen in de kamer keek van mij naar de vinger en weer terug.

'Ja,' zei ik, en ik deed mijn best om te klinken als iemand die na twintig jaar was opgestaan uit een rolstoel. 'Wat fijn.'

Hij keek trots naar zijn vrouw. 'Zei ik toch?'

Ik liep naar buiten, rook de zeelucht en voelde de wind. Ik stak de straat over en liep langs de Starbucks en Islands Burger naar huis.

Ik stelde me voor dat ik een verfspuitbus bij me had. In grote letters verscheen mijn fabelschrift op de muur van Islands. *Where ignorance is bliss, 'tis folly to be wise.*

De dagen die volgden verliepen min of meer hetzelfde: Carolien kwam haar jetlag uitslapen bij het zwembad van mijn appartementencomplex, ik zat binnen aan het hoge aanrecht en werkte aan de demo's, waarbij het grootste deel van mijn tijd opging aan 'Windrocks'. 's Avonds kwam iedereen naar mijn binnenplaats om te barbecueën. Nadat we inkopen hadden gedaan bij Whole Foods gingen we naast of in het zwembad liggen tot het te koud werd. Soms was er nog een plan: The Comedy Store op Sunset, waar een vriend van vroeger optrad die ons op de gastenlijst had gezet, om met een *two-drink-minimum* naar zeer wisselende grapjassen te kijken. Of ik sprak af met Katja. Zij was in LA een carrière aan het opbouwen – waar ze niet lang daarna in slaagde – en ik vond dat geweldig, omdat ze in perfect Amerikaans alle wannabe-actrices uit alle vijftig staten het nakijken gaf.

We vierden haar geslaagde auditie en we zagen *The Book of Mormon* vanuit de nok van het Pantages Theatre, met twee kaarten die 63 dollar per stuk hadden gekost. Vlak voor de pauze had Katja er genoeg van om zelf te moeten raden naar de gezichtsuitdrukkingen van de acteurs; ze sloeg haar arm om me heen, bracht haar mond naar mijn oor en fluisterde: 'Ik zie daar voorin twee heel goeie plekken, rij 3.'

'Ja, dus?' had ik gevraagd.

'Daar gaan we straks zitten.'

In mijn eentje had ik dat nooit gedurfd, maar haar aanwezigheid en het feit dat het een ver en vreemd land was gaven me een onrealistische hoeveelheid moed, zoals ik me ook weleens op brugklaskamp had laten verleiden tot het zingen van een lied, puur en alleen omdat ik nieuwe vrienden had die niks van mijn verleden wisten.

We dronken koffie aan het strand in Santa Monica, waar Katja een huis had. Ik liep over het strand, over de pier, langs de canals, over Abbot Kinney. En elk tussenliggend uur werkte ik door aan de demo's voor Kobalt. Hoe laat het ook was, hoe moe ik ook was, ik draaide aan virtuele knopjes en schuifjes om 'Windrocks' zo goed mogelijk te krijgen. Soms werkte ik zo lang door dat ik met mijn kleren aan in slaap viel, maar ik wist dat dit de tijd en de plek was om het project te laten slagen.

Na twee weken vloog ik terug naar Nederland. In de Kobaltdropbox prijkte een map met acht nummers. In Amsterdam luisterde ik vaak naar de muziek die we in Los Angeles hadden gemaakt en vooral 'Windrocks' had mijn hart gestolen. Als Tony terug zou komen uit Amerika hadden we genoeg materiaal om de volgende stap te zetten. Ik kon niet wachten.

De dagen verstreken. Op een dag belde Tony op. Ik zat thuis aan mijn eettafel.

'Iemand wil een akoestische versie opnemen van "Windrock",' zei hij vanuit zijn verre strandhuis.

‘Je bedoelt “Windrocks”?’

‘*Windrock*,’ zei hij. ‘Zonder s op het eind. Zo heet het nu.’

‘Wat? Wie?’

‘Een zanger die hier gisteren was hoorde de demo en hij wil een pianoversie opnemen.’

‘Oké?’ zei ik. ‘Is dat goed?’

‘Hij kent managers van allerlei artiesten,’ zei hij. ‘Wie weet.’

‘Goed,’ zei ik. ‘Als jij denkt dat dat goed is voor het nummer.’ En ik dacht: wat goed is voor hem, is goed voor mij. Ik vertrouwde blind op zijn oordeel, sterker nog: ik was ervan overtuigd dat het volledig uit handen geven van het nummer beter zou zijn dan wanneer ik mij er vanuit een ander werelddeel krampachtig mee zou bemoeien. Ik leunde achterover, zoals je op de achterbank van een auto langzaam in kunt dutten als je de bestuurder vertrouwt met paardenkrachten en hoge snelheden.

Het voorjaar brak aan. Ik kreeg te horen dat het televisieprogramma waarvoor ik een pilot had opgenomen was goedgekeurd door de NPO, dus mijn dagen vulden zich met het uitwerken van het definitieve idee en het bij elkaar zoeken van mensen die later het team van *Zondag met Lubach* zouden gaan vormen. Ondertussen sliepen de demo’s van Kobalt veilig in een dropbox, ergens op een server in de Verenigde Staten.

Dat ik niet zoveel van Tony hoorde, weet ik aan het tijdsverschil en de afstand, aan onze beide levens, die van tijd tot tijd parallel liepen en daarna weer ontkoppelden, maar altijd wel weer bij elkaar zouden komen. Ik had het druk. Hij had het druk. Iedereen had het druk.

Totdat ik lunchte met Carolien.

‘Wanneer komt Tony terug uit Los Angeles?’ vroeg ik.

‘Die is al terug,’ zei ze.

‘O?’

‘En het is uit.’

‘O,’ zei ik en ik vroeg me af waarom dingen soms volledig langs me heen gingen. Toen ik jonger was had ik het idee dat goede vrienden altijd op de hoogte zijn van elkaars lief en leed, dat we als in een luchtverkeerstoren alle onderlinge relaties, activiteiten en emoties van anderen kunnen zien landen en vertrekken. Dat dat echte vriendschap is: zo veel mogelijk van elkaar op de hoogte zijn. Nu weet ik dat dat niet klopt. Ergens is dat idee verschoven: levens van vrienden kunnen veranderen buiten jouw zicht, zonder dat dat iets afdoet aan de vriendschap.

Ik stuurde een bericht dat ik het vervelend voor hem vond. Hij schreef dat het een lastige situatie was, zo na het verbreken van zijn relatie, maar dat we elkaar snel zouden zien.

‘Goed,’ schreef ik terug.

Een zomer ging voorbij, de eerste reeks van *Zondag met Lubach* zou in november van start gaan. Ik werd geleefd door vergaderingen, kennismakingsgesprekken met potentiële medewerkers, proefscripts, decors bedenken en het bepalen van de toon en inhoud van het programma. ‘Windrocks’ verdween gaandeweg naar de achtergrond. Daar zouden we wel weer mee verdergaan als Tony zich beter voelde en ik weer wat meer tijd had.

Op een winterochtend ging mijn wekkerradio. Ik werd gewekt door een melodie en een tekst die me bekend voorkwamen. Zoiets kan ik ook wel maken, dacht ik en toen ik wakkerder was geworden dacht ik: dit heb ik al eens gemaakt.

Op de radio hoorde ik – in een andere uitvoering – het nummer waar ik in mijn appartement in Venice Beach een week lang dag en nacht aan had zitten bouwen en schaven.

Er rammelde een tram door de straat. Ik zat rechtop in bed en luisterde naar een stem die ik niet kende. Ik stuurde een bericht aan Tony. Binnen een minuut kwam er een kort antwoord. 'Laat me je een e-mail schrijven.'

Schuld bekennen kan worden afgemeten aan het aantal woorden dat wordt gebruikt voor excuses. Wie aan zijn partner vraagt: kende jij die vrouw die net zo naar je aan het glimlachen was? En hij zegt: 'Schat ga even zitten ik moet je wat vertellen, want het zit zo: die vrouw over wie jij zo-even sprak, die met die haltertop en die sneakers van zonet… Ja? Nou, die vrouw heb ik in mijn hele leven nog nooit gezien', die persoon zou zich meer zorgen moeten maken dan wanneer hij gewoon 'huh nee?' had geantwoord.

De mail van Tony was lang. Het ging over mijn bijdragen aan een 'vibe', die wel degelijk aanwezig was geweest, maar toch echt onmogelijk in geld kon worden uitgedrukt. Het ging over aandelen in sferen, *contributions* in *moods*, maar nergens ging het over de nachten die ik had besteed aan de eerste demo van het nummer in mijn Westwood-appartement in Marina del Rey. Hoe ik met een opgezwollen middelvinger, druipend van de homeopathische zalf arrangementen heb gebouwd, op basis waarvan hij weer verder kon met nieuwe coupletten.

Het werd de grootste hit van het jaar. Wereldwijd. En het betekende de doorbraak voor de Noorse producer die het nummer uiteindelijk had gekocht. Pogingen om mijn punt te bepleiten stuitten op een warrige herhaling van wat Tony me eerder schreef: dat ik weliswaar een sfeer had gecreëerd, maar nergens van doorslaggevend belang was geweest. Dat hij – ook als ik niet naar Los Angeles was gekomen en hij dus niet muziek in die stijl had gemaakt, niet met mij naar inspiratiebronnen had geluisterd, niet die akkoorden had herhaald om voor Kobalt iets te maken, niet mijn demo had gekregen waar hij zo wild van was geworden en waarop hij een tweede couplet had geschreven – als door een kosmisch en magisch lot precies en exact datzelfde nummer had geschreven.

En dat is gewoon niet waar, hoezeer je het verhaal ook in zijn voordeel probeert uit te leggen. Dat is stomweg onmogelijk.

In de maanden die volgden heb ik pogingen gedaan te reconstrueren wat er precies was gebeurd. Ik heb Tony mails gestuurd met de mededeling dat ik het wilde laten zitten, om een maand later toch opnieuw te vragen hoe dit had kunnen gebeuren, omdat ik aan mijzelf ging twijfelen en er niet van kon slapen.

Er zijn advocaten geweest die me hebben gemaild dat ze hier zeker iets mee konden. Er zijn muziekcollega's geweest die zeiden dat ze in nog veel onduidelijker omstandigheden in het gelijk waren gesteld. Maar wat ik nog het ergst vond was dat ik was belazerd door iemand die ik als vriend had beschouwd. Misschien gebeurt het de meeste mensen al veel eerder in hun leven – er zijn kinderen die al voor hun elfde levensjaar onherstelbaar beschadigd zijn en hun vertrouwen in de mensheid zijn kwijtgeraakt –, maar omdat groot onrecht door menselijk toedoen me in mijn jeugd bespaard was gebleven en ik altijd heel zorgvuldig was omgesprongen met wie ik tot mijn vrienden had gerekend, was ik onervaren. Tot nu.

‘Blijft een vreemd verhaal,’ zegt Sacha als ik hem vanuit de auto het huis aanwijs waar ik vier jaar eerder een paar weken muziek had gemaakt om uiteindelijk teleurgesteld te worden in het leven als zodanig. In het huis zitten nu andere, nieuwe dromers.

‘Ja,’ zeg ik. ‘Dat is het.’

We zijn weer terug op de heuvel. Sacha is zojuist vertrokken naar Sophie en haar twee honden. Het wordt donker. Ik heb afgesproken om sushi te gaan eten met een zangeres uit Nederland die ik niet goed ken. Ik denk aan de vorige trip en hoe anders alles toen was. Lichter, helderder. Ik wist en wilde niks, behalve hier zijn en creëren. Nu ligt over alles de zweem van prestatie.

Er was toen nog geen boekingskantoor dat nieuwe muziek wilde om optredens aan te jagen, er was nog geen label dat smeekte om demo’s. Er waren nog geen fans die onder elke insta-post ‘*new music?*’ schreven. Dat maakte alles anders.

Ik kan me ook niet herinneren dat ik destijds zoveel last had van de jetlag. Misschien is het niet alleen het tijdsverschil, maar speelt toch ook mee dat ik midden in het televisieseizoen zit. Deze weken imiteren die van een paar jaar geleden, maar het lijkt alsof ik er nu naar kijk als door troebel spiegelglas.

Dit zijn de laatste dagen. Nog een paar sessies, nog een paar pogingen tot het schrijven van nieuwe nummers. Nu het bijna tijd is om naar huis te gaan, leef ik op bij de gedachte aan de Nederlandse winter en de boevenbende die ik voor *Zondag met Lubach* bij elkaar heb verzameld, en met wie ik op onze redactie in Amsterdam de wereld een minuscuul beetje uit het lood weet te grappen.

Ik weet niet of er muziek is gemaakt tijdens het Los Angeles van nu dat het Los Angeles van toen kan doen vergeten. Ik had de hoop dat de muziek zich om mij heen zou vormen, net zoals ik in de televisiewereld een hoekje had gevonden waar ik kon gaan zitten, waar het precies de juiste temperatuur was, waar anderen waren die dat hoekje ook zagen als de beste plek om te zijn. Waar mensen aan voorbijliepen en dachten: wat een maf hoekje, maar wat een toffe dingen komen eruit.

In de muziek is dat niet gelukt, dat hoekje bestaat niet of heeft zich nog niet aan mij geopenbaard. Ik sta in een open loods en om mij heen wordt geroepen, gefaket en bedrogen. De muziekindustrie gaat niet over die eerste twee lettergrepen, maar over de laatste drie.

Festivals met pompeuze façades, waarachter een wereld schuilgaat die verborgen moet blijven voor het publiek. Potemkindorpen waar de massa langs trekt en voor de gek wordt gehouden, dag in dag uit. Het stemt me verdrietiger dan ooit. In welke wereld ik me ooit heb begeven, literatuur, radio, televisie en journalistiek: misschien zijn ze allemaal even huichelachtig, maar de goeien zijn makkelijker te herkennen en het bedrog houdt minder lang stand.

Het wrange is dat juist dat berekenende van de muziek me in eerste instantie had aangetrokken. Dancemuziek is los van creatieve expressie ook een wereld van regels. Van software die te leren valt, van trucjes, het oplijnen van een goede mix: met bussen, parallelle effecten en de juiste routes naar de eindmix was het ook meteen een soort creatief programmeren. Dancemuziek is schaamteloos berekenend en niemand doet daar moeilijk over.

Punk vind ik om die reden ongeloofwaardig. Als ik ernaar luister, dan hoor ik een groep mensen die hun uiterste best doen om te klinken alsof ze niet hun best doen. Als je dat niet hoort, dan trap je erin. Een muziekstroming die klinkt alsof het anarchistisch tot stand is gekomen – iedereen die muziek maakt weet dat dat niet kan. Componeren vergt – wil het enigszins hoorbaar klinken, zoals punk heus wel klinkt – samenwerking, oefening, toewijding enzovoorts. Er heeft toch echt ooit iemand een akkoordenschema voorgesteld, de andere bandleden hebben daarmee ingestemd en als de drummer aftikt begint iedereen aan hetzelfde nummer. Elke afwijking van bovenstaande afspraken zou zorgen voor een onbeluisterbare en werkelijke anarchie, maar daar is nog nooit een punker beroemd mee geworden.

Veel liever luister ik naar muziek die geen moeite doet om te verhullen dat er zorgvuldig over is nagedacht, maar klinkt alsof het geen enkele moeite kost. Dat was de elektronische muziek waar ik me in wilde storten. Ik hield van de puzzel, maar nu die wiskundige puzzel zich niet beperkt tot de muziek, maar zich ook met de zakelijke wereld daarbuiten is gaan bemoeien, is de lol er een beetje van af.

De laatste avonden ben ik al weg, alsof ik wakker zal worden in mijn eigen bed in Amsterdam. Ik sta voor het raam en zie de hemel die je alleen hier ziet. Die paarse gloed die over de avond heen ligt verdwijnt langzaam in het zwart van de nacht.

Ik zweef boven Amerika. Alleen. Sacha is bij zijn vriendin gebleven. We zijn opgestegen boven de zee, draaien naar rechts en uit mijn raampje zie ik het panorama der clichés; het strand, Marina del Rey, in de verte de Santa Monicapier met het reuzenrad, daarna de I-405 met al het langzaam rijdend verkeer en nog tijdens het schrijven van deze zin de heuvels van Hollywood, met de letters en daarachter paleizen die het oude Europa imiteren, maar betaald zijn van alles wat zich daartegen heeft gekeerd. Wolken schieten aan het raampje voorbij. Steeds hoger en hoger, tot we door een wit plafond breken en ik niets meer kan zien van wat er beneden is.

Overmorgen is alles weer anders. Of eigenlijk: is alles wat anders was weer weg en heb ik mijn dagen terug. Dan regent het in Amsterdam en is het al ver in de middag als in een andere uithoek van de planeet de eerste creatures hun koffie komen halen in de Country Store aan Laurel Canyon.

Ik duw mijn rugleuning naar achteren en sluit mijn ogen. Eigenlijk is het een paar jaar geleden al begonnen, bedenk ik. Toen mijn wekkerradio ging, of misschien al wel eerder, toen ik in het huis van Tony in Venice zat en mijn middelvinger steeds dikker werd en er ondertussen een man die ik nog geen vijf minuten kende zo lief was dat hij heel Santa Monica afzocht naar een tube zalf die volgens *de Volkskrant* toch niks zou doen, of toen ik aan het hoge aanrecht aan de demo werkte terwijl Carolien bij het zwembad lag, maar nu, pas hier, voel ik de muziek echt uit mijn vingers glippen, dwars door de stoel, het bagageruim en een paar kilometer koude februarilucht heen, om beneden in de woestijn van Nevada of misschien al in de Rockies, in ieder geval nog in het land van onbegrensde mogelijkheden, in meer dan duizend stukken kapot te vallen.

II

VLIELAND

Een auteur raakt uiteindelijk gewend aan zijn publiek, alsof het om een redelijk wezen ging.

Heinrich Heine

Zojuist ben ik met mijn auto vol apparatuur de buik van de boot naar Vlieland in gereden. Mijn tafeltje trilt op de brom van de scheepsmotoren. Het ruikt naar frituurvet. Ik zit bij het raam, met koffie en een laptop vol teksten die ik wil uitproberen op vakantiegangers, tijdens tien try-outs in het kleinste theater dat ik ken, in de Dorpsstraat van een Waddeneiland, verstopt achter een ijssalon.

Wie een solotheatershow wil maken, stuit op drie drempels: de eerste is beginnen met schrijven. De tweede is de teksten voor de eerste keer aan anderen laten horen en de derde is: tegen jezelf durven zeggen dat de voorstelling af is. Ik ben nu amper bij stap twee, laat staan dat stap drie in zicht is.

Als ik eerlijk ben heb ik veel te weinig tijd. Eén zomer is niet genoeg om een voorstelling van twee uur te schrijven, verzekerden collega's me. Dat zijn collega's die anderhalf jaar de tijd nemen om te werken aan een nieuwe voorstelling en dan veertig keer try-outen voor ze gaan spelen. En terecht. Ik heb één zomer, dan weer een paar maanden televisie en daarna een paar weken repeteren voor ik de grote zalen in ga.

De afgelopen periode schreef ik de basis van het materiaal in een hotel in Friesland, niet ver van waar ik sinds kort woon. Omdat ik thuis niet kon werken vanwege een verbouwing die uitliep, huurde ik in een hotel een ruimte die ze 'de dokterskamer' noemen. Op andere dagen zit er een arts in die daar zijn patiënten behandelt. Tijdens het schrijven dwaalden mijn gedachten regelmatig af naar wat er zich dan in die kamer afspeelde: huilende mensen, lachende mensen, blote mensen, vieze mensen. Een lange aaneenschakeling van menselijk leed tussen vier muren, en de rest van de week een man die grapjes probeert te bedenken.

Iedere keer duurde het even voor die beelden weer uit mijn hoofd waren. Op een gegeven moment besloot ik het als een goed voorteken te zien: de dokterskamer onderging dezelfde metamorfose die een theaterzaal ook ondergaat, ook daar is het in een lege, tl-verlichte ruimte na een show vaak moeilijk voor te stellen hoe er een uur eerder nog iets bijzonders gebeurde. De ene dag zit er een grapjas op een kruk en een dag later worden twintig dansers op een roterend podium aan het publiek voorgeschoteld. Ruimtes die in vorm dienend zijn, maar waar verder in principe alles kan gebeuren, hebben iets magisch. Hotelkamers, theaters, televisiestudio's, de dokterskamer in Friesland waar ik mijn voorstelling schrijf.

'Heb je leuke dingen?' vroeg een vriend me vanmorgen. Ik scrolde door mijn documenten.

'Het gaat volgens mij weer voor meer dan de helft over het geloof,' stuurde ik terug.

'Schrijven is schrappen.'

'Eerst maar eens kijken wat werkt.'

Ik ben jaloers op een grap van de Britse komiek Simon Amstell, die in het begin van zijn carrière veel grappen maakte over zijn Joodse afkomst, tot hij er een keer klaar mee was en in zijn voorstelling *Do Nothing* verklaarde dat we gelovigen met respect en vriendelijkheid moeten behandelen, net zoals we kinderen behandelen die op feestjes rondrennen en roepen: 'Ik ben een helikopter.'

De eenvoud van die observatie is wat ik had gewild toen ik de dokterskamer betrad: vier simpele zinnen over religie en daarna door met echt relevante zaken. Maar dat is mislukt. Ik heb weer A4'tjes vol verhalen bij me over mijn jeugd in het gereformeerde dorpje in Groningen.

'Op welke leeftijd mag je eigenlijk geen coming-of-ageverhalen meer vertellen?' vroeg ik aan de vriend.

'Voorbij de dertig begint het een beetje pathetisch te worden.'

Ik slikte.

'Ook als je eerder geen tijd had voor dat soort theatervoorstellingen?'

'Je bedoelt geen tijd omdat je druk was met drie coming-of-ageromans?'

De meeuwen zweven kort voor de ramen van de veerboot voor ze naar beneden duiken, op jacht naar het eten dat ze door de toeristen wordt toegeworpen. Ik kijk om me heen, probeer met mijn bovenlichaam mijn beeldscherm te blokkeren, bang dat mensen mee kunnen lezen. Er lopen twee projecten door elkaar: de theatervoorstelling en deze kroniek. Ik weet nog steeds niet precies waarom ik dit schrijf. De redenen die ik in het stuk uit Los Angeles noem klinken nu ik ze een paar maanden later teruglees larmoyant. Een balans opmaken. Voor wie? Voor wat?

Toch twijfel ik nooit aan het schrijven zelf. Als filosofiestudent aan de universiteit in Groningen mopperde ik vaak dat ik mijn tijd verdeed met het leren van irrelevante kennis, maar wat ik altijd wel op waarde heb weten te schatten was dat het schrijven an sich een grote invloed heeft op mijn denken. Ongeacht de oorzaak, de vorm, het resultaat of het podium is het formuleren van zinnen al een vruchtbare bezigheid.

Schrijven duwt de gedachten eruit, dwingt tot nadenken. Het is een raar idee dat ik minder denk als ik minder schrijf. Mijn gedachten zijn als een ventilator om het verhitte bestaan te koelen. Ik zou niet willen dat ik er aan het eind van mijn leven achter kom dat ik al die tijd een mogelijkheid had om rust te vinden en de ventilator in de doos terugvind in een kast.

De boot is aan het aanmeren. Ik ben naar het dek gegaan omdat ik misselijk werd in het restaurant. Het duurt nog even voor we van boord mogen, dus ik ga zitten. Zo onderscheid je bewoners en terugkerende bezoekers van de eerstelingen. Die gaan al bij de eerste aanblik van menselijke beschaving met hun tassen bij de uitgang staan.

Dit keer ben ik zelfs met een auto aan boord gereden. Het is voor het eerst dat dat mag, omdat ik kom werken. Vlieland heeft een autoverbod voor bezoekers. Zo af en toe moet je uitwijken voor de lijnbus, eilandbewoners of bagage-autootjes, maar de gewone bezoeker verplaatst zich er lopend of per fiets. Het is verbazingwekkend hoe snel je de suggestie van gelijkwaardigheid creëert als je mensen hun gemotoriseerde vervoer afneemt en ze op een spartaanse huur-Gazelle zet.

De scheepshoorn blaast. Ik schrik, ook al wist ik dat het geluid zou komen. Als de toon is uitgestorven, vermengt die zich met de constante piep tussen mijn oren.

Er zitten machines in mijn hoofd. Onzichtbare, onvindbare machines die alleen voor mij draaien, zonder dat ik weet waarom en of ze ooit klaar zijn met hun werk.

Een paar jaar geleden is het begonnen. Eerst een snerpende slijptol, ergens in de hoogste registers van mijn gehoor, vooral aan de rechterkant, maar soms zwerft de toon door mijn hoofd, op zoek naar een plek om te landen, als een vlieg. Later kwam er aan de linkerkant een lage brom bij en daarna nog wat andere constante noten in het midden – een Fis en iets tussen een B en een C in, dat heb ik uitgezocht toen ik net een nieuwe piano had.

De meest recente – en misschien meest ingrijpende – akoestische ontwikkeling voltrok zich onverwachts tijdens een zomernacht. Ik lag in bed en eerst dacht ik dat er een lamp was gesprongen en daarna dat de wasdroger nog aanstond, maar toen ik mijn vingers in mijn oren stopte en het geluid niet af-, maar toenam, wist ik dat het een nieuw hoofdstuk was in de tinnituskronieken. Dat laatste geluid is net een van versnelling wisselende sneltrein – althans, zoals ik me de sneltrein herinner van toen ik nog met het openbaar vervoer durfde. Deze trein zit links en rijdt vooral als er spanning op mijn dag staat. De volgende ochtend onder de douche was de trein er nog steeds. En die avond ook.

Net als op een bouwplaats lijken de machines om aandacht te strijden. Soms winnen de piepjes het van de brom, soms is het alleen de trein, maar op boze nachten wordt er met alle machines tegelijk met man en macht gewerkt om een fictief bouwproject af te krijgen.

In het begin dacht ik dat het tijdelijk was. Ik had weleens vaker een piep in mijn oren gehad. Tien jaar geleden vloog ik speciaal voor een concert van de band Dark Tranquillity naar Barcelona, met mijn toenmalige geliefde en mijn beste vriend Jan. We stonden de hele avond naast de speakers in Sala Salamandra en de volgende dag wisten we alle drie zeker dat we doof waren geworden. Pas een paar dagen later trok de mist op en kwam ons gehoor terug.

Zo waren er altijd wel popconcerten of studiosessies geweest die tijdelijke piepjes hadden veroorzaakt, maar het was nooit blijvend.

Ik hoopte dat het met de trein ook zo zou gaan, dat ik een paar weken tussen de weilanden kon zitten en weer genezen zou zijn. Dat bleek niet het geval. Ondanks de steeds wisselende intensiteit komen de machines altijd weer terug.

We glijden voorbij de masten van de zeilboten in de jachthaven, de weg die het bos in verdwijnt, langs het zwembad, naar de camping en verder, met een bocht naar de huisjes in de duinen.

Twee mannen gaan vlak voor me staan. Ik houd mijn hand omhoog tegen de zon.

'Wij komen naar je kijken,' zeggen ze en ik schrik, omdat ik nu niet meer terug kan. Er zijn daadwerkelijk mensen van plan om de dingen aan te horen die alleen nog maar in mijn hoofd en laptop bestaan.

Een stem uit een luidspreker roept iets om. Ik luister niet, want ik ken de berichten uit mijn hoofd.

'Leuk,' zeg ik. 'Welke avond?'

'Morgen,' zegt een van hen.

'Maarten is een echte fan,' zegt de ander. Ik weet niet of hij zichzelf bedoelt en altijd in de derde persoon over zichzelf praat of dat de andere man Maarten is.

'Klopt,' zegt de ander.

Nu weet ik het nog steeds niet.

Als ik opsta om naar de uitgang te lopen hoor ik de stem uit de luidspreker nog een keer en nu neem ik wel in me op wat er wordt gezegd: de bestuurder van een van de auto's is nog steeds niet beneden en blokkeert de boel, of hij zo snel mogelijk wil komen.

Ik slaap boven het theater. Daar zit ik nu, met mijn laptop aan de eettafel van het miniappartement recht boven het podium. Ik ben van de boot gereden alsof ik nooit anders heb gedaan en parkeerde mijn auto aan de achterkant van het theater, in de tuin van de eigenaar. Hij stond op me te wachten in een blauwe jurk en omhelsde me.

'Goed dat je er bent. Alle avonden vol.'

'Doodeng,' zei ik.

Ik had mijn spullen uitgeladen en op het podium in het theater gezet. Bojan hielp me.

'Straks gaan we vuur maken,' zei hij. Zoals altijd. Ik wist niet of dat slim was. Ik moest nog dingen schrijven, dingen schrappen, dingen leren, dingen repareren. Bojan keek teleurgesteld.

'Ik kom om te werken,' zei ik. Alsof ik een maand in de bediening van het strandpaviljoen zou meedraaien.

'O ja,' zei hij. 'Dat is ook zo.'

Het is mijn derde vakantiebaantje op een Waddeneiland. Het eerste was op Terschelling, in een ver verleden. Ik was daar op vakantie met mijn jeugdvriend Jochem en zijn ouders. Het vakantiehuisje stond vlak bij een fietsenverhuur van de firma Zeelen – die ook vestigingen op Vlieland heeft. Omdat Jochem en ik ons overdag verveelden waren we overal om werk gaan vragen: bij de camping zelf, bij de supermarkt, bij een boer. Bij Zeelen hapten ze eindelijk toe. We moesten het houten gebouwtje schilderen, inclusief de kozijnen en deuren.

‘Schilderen kan iedereen,’ zei de baas.

Dat bleek een misrekening. Wij maakten elke fout die er te maken viel: we plakten de ramen af met tape die we pas aan het eind van de week verwijderden, zodat er hele stukken net geschilderd hout meekwamen. We drupten met onze groene verf op de vensterbanken die we net wit hadden geschilderd. We vielen van trapjes, we stootten volle verfemmers om over stoeptegels. Na een paar dagen kon de baas het niet meer aanzien. Hij duwde ons met tegenzin een envelop met geld in onze handen en zei: ‘Het is goed zo.’ Nog dezelfde avond dronken we de enveloppen leeg op camping Mast in Formerum.

Twintig jaar later ontmoette ik Bojan op Vlieland. Op het strand vertelde hij me zijn vluchtverhaal. Hoe hij op het eiland was terechtgekomen en hier wilde blijven. Hoe ze hem op Vlieland hadden gevraagd: ‘Maar wat wil je dan bijdragen aan de gemeenschap?’ En hoe hij de Vlielanders had geantwoord: ‘Zeggen jullie maar wat er nog niet is.’ En dat zij toen hadden gezegd: ‘Er is bijvoorbeeld nog geen ijssalon en ook nog geen bioscoop.’ En hij antwoordde: ‘Ik begin allebei!’

Voordat hij zijn ijssalonbioscoop opende had hij allerlei verschillende klusjes gedaan. Stom werk, leuk werk, wat er maar moest gebeuren.

‘Het was in de jaren negentig,’ vertelde hij. ‘Ik sprak nog geen Nederlands. Dus het werk was simpel: in de keuken van restaurants en in de vakantiehuisjes. En als allereerste klusje moest ik een keer in Formerum op Terschelling de fietsenverhuur schilderen, want dat was zo slecht gedaan, dat moest helemaal opnieuw.’

Dat is ons favoriete verhaal. Bojan vertelt het graag in mijn bijzijn. Nu heb ik het opgeschreven, waarvoor excuses, maar ik ga ervan uit dat het hem er niet van zal weerhouden het te blijven vertellen.

Ik kom al sinds mijn derde op Vlieland. Toen de geest van Jacques Gans nog aan de leestafel van Bruin zat en mijn vader het duinhuisje van onze huisarts huurde. Toen mijn broers en ik in bolderkarren door de bossen werden getrokken. Toen de ijssalon, het theater en het appartement waar ik nu zit nog niet bestonden, reed ik hier al door de Dorpsstraat, in een kinderzitje achter op de fiets bij mijn vader of moeder. Er is veel veranderd, maar niet alles. De winkels doen niet onder voor de boetiekjes in Laren, de restaurants hebben ingewikkelde woordspelingen op de naam van het eiland (Vlietnamese Loempia's, Vlibiza, hotelkamers met gratis vlifi), maar toch blijft ook veel hetzelfde.

Dit eiland heeft van het meeste maar één. Als je zegt dat je op de Badweg fietst, dan weet iedereen waar je bent. Als je zegt dat je bij de kerk staat te wachten, is het helder. De ijssalon, het dorp, de dijk, het zwembad, er is weinig zo overzichtelijk als het leven op Vlieland. Op goeie dagen is het rondlopen in de romantiek van een zomer uit een kinderboek, op slechte dagen is het een druilerige, kleine wereld waar niet uit te ontsnappen valt omdat de laatste boot uit de vaart is genomen vanwege storm. Maar zelfs dan is het een prettige plek.

Het toerisme heeft het eiland aangetast, maar nog niet verpest. Voor de gewone sterveling is het weliswaar niet meer mogelijk een duinhuisje te kopen, maar het verbaast me ook elke keer weer hoe leeg het toch nog steeds kan voelen als elk hotelbed, elk campingveld en alle ligplaatsen voor boten vol zijn. Zelfs dan kan het lijken op een doordeweekse dag in maart, in plaats van mid-augustus.

Net stond ik even in de Dorpsstraat. Het had geregend. De straat was leeg. Ik luisterde naar de wind door de iepen aan weerszijden van de straat. De bomen op Vlieland ruisen anders dan elders.

Mijn tweede Waddenbaantje kreeg ik toen ik net was gestopt met Romaanse Talen en Culturen aan de Rijksuniversiteit Groningen en het plan had opgevat om Filosofie te gaan studeren. Die zomer werd bij een uitzendbureau een baantje aangeboden als 'junior-havenmeester' in de jachthaven op Vlieland. Omdat ik uit ervaring wist dat alle andere baantjes die beschikbaar waren in Groningen te maken hadden met smerige borden, al dan niet het afwassen of het ophalen ervan – of in het geval van sommige restaurants, ze gewoon opnieuw uitserveren –, stapte ik meteen naar binnen. Het kostte verbazingwekkend weinig moeite om de baan te krijgen en voor ik het wist zat ik in de Wadloper naar Harlingen.

De zomer was een maanden durende Groundhog Day waarbij de kalender wel verschoof, maar de dagen zich herhaalden. Ik had afwisselend leuke taken – zoals de zee op varen in een motorbootje om grote schepen binnen te halen en ze vervolgens een plek aan te wijzen in de haven – en vervelende taken, zoals het vuilnis aanstampen in de containers en de toiletten inspecteren op 'ongelukjes' die niet konden wachten tot de schoonmaakploeg kwam.

Op de sporadische vrije dagen reed ik het eiland rond, vond ik plekjes in de duinen waar nooit iemand kwam en viel ik in slaap met mijn hoofd op een kussen van helmgras. Ik droomde van vuilcontainers, wapperende zeilen, lijnen om bolders, dansende steigers op het ritme van getijden en langzaam veranderde ik in een man van zout.

Ergens halverwege augustus kreeg ik een vreemd soort astma, op het spectrum van volledig inademen en volledig uitademen lukte het me alleen nog maar om ergens in het midden heel kleine teugjes adem te halen. Dieper en ondieper kwam ik niet.

De dokter van het eiland – dat moet dan denk ik dokter Deen geweest zijn, niet die van de televisieversie, maar de echte huisarts – luisterde naar mijn longen.

'Werk je met giftige stoffen?'

'Niet dat ik weet,' zei ik. Maar ineens realiseerde ik me dat ik meerdere keren per dag de buitenboordmotor van het rubberbootje bijvulde, en dan boven de dampen hing.

'O ja,' zei ik. 'Benzine?'

'Doe dat dan maar niet meer,' zei hij en hij gaf me een vernevelaar waarmee ik mijn ademhaling weer normaal kon krijgen.

Aan het eind van de zomer stopte ik mijn zuurverdiende zoutwatergeld in een envelop en vervolgens in het voorvakje van mijn rugzak. De laatste trein vanuit Harlingen kwam in Groningen aan toen het al na middernacht was. Ik weet niet meer waarom ik mijn loon cash bij me droeg. In mijn herinnering werd ik niet zwart betaald, maar misschien kon ik gewoon niet geloven dat ik daadwerkelijk geld had verdiend en had ik het daarom bij de Rabobank op Vlieland in één keer opgenomen zodat ik het echt in handen had. Ik weet het niet meer precies. Wat het ook was: ik had veel contant geld bij me.

Vanaf het station in Groningen is het een korte wandeling naar de Sterrebosstraat, waar ik op nummer 2 woonde, in een eenpersoons arbeidershuisje, maar toch wist ik het voor elkaar te krijgen om tijdens die paar minuten vlak achter het station, bij het oude hoofdkantoor van de PTT staande te worden gehouden door twee jongens op een scooter. Het was niet de eerste keer, tijdens mijn middelbareschooltijd had ik een merkwaardige maar onweerstaanbare aantrekkingskracht op adolescentjes met trainingspakken die in mij – slungelig, alternatief, angstige blik – telkens weer het ideale slachtoffer zagen. Meestal bleef het bij wat schelden of pesten of hier en daar een schop of een duw, maar een echte overval had ik nog nooit meegemaakt.

Nu wel.

'Heb je geld bij je?' vroeg een van de jongens die zijn helm boven op zijn hoofd had, als een soort gekke bolle hoed. Ze hadden de scooter dwars over de stoep gezet.

'Nee,' zei ik.

'Hoezo? Wat als jij iets moet kopen?'

Ik zei niks.

'Hij vraagt wat,' zei de andere jongen.

'Ik gaf toch ook antwoord,' zei ik. 'Ik heb geen geld bij me.'

Hij keek om zich heen, spuugde op de grond.

'Zuig mijn gespierde pik,' zei de jongen achterop ineens.

Er ontstond enige verwarring. En kennelijk niet alleen bij mij, ook de voorste jongen leek een beetje van zijn stuk.

'Een pik is van bloed, niet spieren,' zei de eerste, terwijl hij geïrriteerd half omkeek.

De eerste jongen keek hol terug, eerst naar zijn vriend, toen naar mij, alsof er niks was gezegd. Alsof er extra stilte was toegevoegd aan de wereld, in plaats van de terechtwijzing van zijn vriend voor op de scooter.

'Je klinkt als een mongool,' zei die nog.

De laatste sneltrein uit Den Haag raasde binnen met schel piepende remmen.

'Je klinkt zelf als een mongool,' zei de achterste.

In de verwarring die tussen mijn overvallers was ontstaan, zag ik mijn kans schoon en wist ik een tientje uit de envelop te frommelen en in mijn broekzak te stoppen. Toen ze uitgediscussieerd waren en er nog steeds niet echt een consensus was ontstaan over de anatomie van het mannelijk geslachtsdeel, keken ze weer naar mij.

'Geef gewoon wat je hebt,' zei de jongen met de helm als hoed, 'sukkel.'

Na enig geïmproviseerd zoekwerk vond ik in een broekzak ineens een tientje onder mijn weg gepropte sleutelbos.

'O wacht. Oké. Hier.'

'Zie je wel.'

Daarna schopte de voorste jongen me met een soort karatetrap een heg in. Als ik niet degene was die daar in die heg lag met mijn rugzak vol geld en een hoofd vol eilandgedachten, had ik erom gelachen.

'Kanker op,' riep de achterste nog richting de heg en daarna reden ze weg met hun gespierde pikken.

Gisteren was de eerste voorstelling in de zaal achter de ijssalon. Het zat vol, ondanks de lome hitte. Meestal waait warmte snel van het eiland, maar nu was de lucht onbeweeglijk en warm.

Je zou de eerste avond een valse start kunnen noemen, vanwege het speciale karakter. Omdat ik tien keer kon zeggen dat het de allereerste was, dat ik nog niets had uitgeprobeerd, dat het een uitzonderlijke avond was, stond ik met 5-0 voor. En in het licht van dat zelfgecreëerde ongedwongen artistieke karakter kan je honderd keer struikelen over de inhoud, zonder dat mensen zich zullen afvragen of het onvermogen is. Als je tijdens een première honderd keer struikelt lopen ze weg.

Ik had voor op het podium een papierversnipperaar gezet en mijn materiaal uitgeprint. Aan het eind van elk onderdeel vroeg ik aan de mensen of ze vonden dat het moest blijven of niet. Als Romeinse keizers draaiden ze hun duimen omhoog of naar beneden en zo eindigden zelfs de minst geslaagde stukjes toch in een lach, omdat het fysiek versnipperen van mislukt comedymateriaal van een bekende komiek alsnog komisch is.

Ik denk alleen niet dat de zeventienhonderd mensen die over tien maanden in het Nieuwe Luxor tegenover me zitten nog zouden accepteren dat ik roep: 'Oké, dit slaat allemaal nog nergens op, laat maar weten welke grappen ik nog weg kan flikkeren.'

Vanmorgen heb ik wat dingen herschreven, er nog wat bij geschreven en nu ben ik naar de jachthaven gelopen, waar ik bijna twintig jaar geleden als baardloos mannetje met een portofoon het toneelstuk van junior-havenmeester opvoerde.

Het is eb, de Waddenzee ligt op z'n droogst. Op het zand voor het eiland hebben platbodems zich droog laten lopen, een enkel kielbootje ligt schuin op een plaat. Op de strekdammen liggen de mosselen en oesters boven de waterlijn, dezelfde schelpdieren waar je in de restaurants in de Dorpsstraat grof geld voor betaalt. Ik ruik het eiland: naaldbomen, zout water, de duindoorn, de vislucht, het wier op de drooggevallen steigerpalen.

Na afloop van de voorstelling was ik ongemakkelijk in de ijssalon voor het theater gaan staan, waar een deel van de bezoekers nog iets aan het drinken was.

‘Ik denk dat ik nog college heb gevolgd bij jouw vader,’ zei een vrouw. Ik vroeg haar hoe langgeleden dat wel niet was, aangezien ze zelf ook niet de jongste was. Het klonk beledigender dan ik het bedoelde. We spraken kort over wat ze nu dan deed, wat ze van de avond vond en hoelang ze nog op Vlieland bleven. Haar man stond al die tijd naast ons en zei niks. Pas toen ik weg wilde gaan schraapte hij zijn keel.

‘Wat jij nog zou moeten doen,’ zei hij, ‘is de tijdgeest vangen.’ Hij kneep zijn ogen tot spleetjes. Hij leek er lang en grondig over na te hebben gedacht.

De vrouw knikte.

‘Ja,’ zei ze. ‘De tijdgeest.’ Alsof ze dat al die tijd niet had durven zeggen en daarom maar over mijn vader was begonnen.

‘O ja,’ zei ik. Alsof de tijdgeest een soort obscuur fenomeen was waar ik weleens van had gehoord.

Ik ben zelf nooit zo snel geneigd om iets over generaties of tijdgeesten te beweren. Vaak zijn het holle generalisaties die achteraf worden opgelegd door historici die liever verbanden forceren dan verhalen horen. Het is eigenlijk altijd *reversed-engineering*: er gebeurt iets in de wereld, dan gebeurt het op nog een paar plaatsen en voor je het weet hoort het bij de generatie en moet ik me verhouden tot de fratsen van een willekeurige tijdgenoot, terwijl ik me soms veel beter kan verhouden tot gelijkgestemden die al decennia dood zijn.

Toch moet ik toegeven dat onze generatie uitzonderlijk is. Niet omdat we onder invloed van een bepaalde stroming andere gedachten hebben gekregen, maar de wereld maakt dat we wel degelijk anders denken. Ik ben geboren in een wereld waar informatievoorziening bestond uit een eeuwenoud antiek netwerk van papier, catalogi, kartonnen administratie, post en rijen boeken in grote gebouwen en zal sterven in een wereld waar dat allemaal irrelevant is geworden. Ik ben geboren in een wereld waar communicatie moeite kostte, ik ga dood in een wereld waar communicatiemogelijkheden eerder irritatie opwekken dan verlangen aanwakkeren. Het is een ongekende revolutie geweest, tijdens de eerste helft van mijn minuscule bestaan, er nog steeds van uitgaande dat er nog evenveel jaren komen.

De snelwegen waar we overheen rijden zijn ongeveer dezelfde wegen als waar mijn vader op mijn leeftijd overheen reed, de treinsporen zijn hetzelfde en zelfs de grote vliegtuigen die toen vlogen zijn op enkele technologische verbeteringen na in principe gewoon dezelfde aluminium bakken die de oceanen oversteken en daarmee hetzelfde doel bereiken als de oudere modellen, maar hoe we de wereld en de aanwezigheid van medemensen tot ons nemen is onvoorstelbaar veranderd. We zijn nog steeds dezelfde dieren, maar de hersenen van mensen liggen inmiddels te weken in digitaal water, waar alles virtueel kan en mag. Iets als de fax heeft zo krankzinnig kort bestaan, veel korter dan de brief en de e-mail. Maar toch was de fax het apparaat waarmee ik tussen 1995 en 1998 driemaal daags met mijn grote liefde communiceerde. (De faxen werden beantwoord, de liefde niet.) Het is niet voor te stellen dat er in de veertiende eeuw een communicatiemethode maar vijf jaar heeft bestaan. Dat er ineens historisch materiaal opduikt waaruit blijkt dat er tussen 1364 en 1369 een manier was om via katrollen en paarden kokers met brieven naar een ander dorp te kunnen slingeren, maar dat dat vijf jaar later alweer enorm achterhaald was. Dat ze dan in 1380 grappen maakten: ‘Wacht, ik pak de katrol!’ En iedereen in het dorp lachen.

Toch is de fax op die manier en met dat tempo opgekomen en verdwenen. Twintig jaar lang werd video op magnetische tape bewaard, nu is dat iets uit een diep en duister verleden. Wat doet dat met mensen, met mijn generatie, die zich collectief in grote haast heeft moeten aanpassen aan de wereld die ons links en rechts voorbijraast?

Ik vraag me alleen af of ik daar een voorstelling over wil maken.

'Leuk dat jullie er waren,' zei ik tegen het echtpaar.

'Jooo. Succes ermee,' zei de man, en hij draaide zich om. Het stemde niet geheel vrolijk. Het klonk meer als iets wat je zou zeggen tegen iemand die alle hoop heeft opgegeven. Tegen iemand die na uren in de regen nog steeds pogingen doet om zijn marktkraampje overeind te houden. 'Jooo. Succes ermee.'

'Dank,' zei ik met de laatste adem van de avond. 'Leuk dat jullie er waren.'

Op een bankje aan de dijk luister ik een deel van de eerste voorstelling terug. En noteer ik wat wel en wat niet werkt. De twee mannen, van wie er eentje Maarten heet, komen voorbijgelopen en steken hun duim op.

'Tot vanavond!' roepen ze.

'Ja! Doodeng!' zeg ik weer, maar ik bedenk meteen dat dat misschien niet heel professioneel overkomt. Ik betwijfel of Ricky Gervais dat zou antwoorden als mensen tegen hem roepen dat ze naar zijn show komen: '*Yes! I'm terrified!*'

De mannen schuifelen voorbij, net te lang binnen mijn blikveld en gehoorsafstand om het gênant te maken. Eindelijk verdwijnen ze van de dijk, via een glop het dorp in. Ik luister weer naar mijn eigen stem van gisteren. Een dag jonger maar. Verwaarloosbaar weinig, maar ook de eeuwigheid trekt voorbij in dagen.

Ik luister naar een deel van een anekdote over mijn vader. Het is nog niks. Het echte verhaal is langer, groter, maar ook veel persoonlijker. Alhoewel het een van mijn doelen is om de voorstelling persoonlijker te maken, hoeft het wat mij betreft niet meteen sentimenteel te worden. Dat soort stukken in cabaretvoorstellingen moet wel echt heel goed zijn en in balans met de rest willen ze niet overkomen als goedkoop scoren met emotie. Bovendien is vanuit mijn televisiekarakter beredeneerd een verhaal over een snijplank al persoonlijk.

Op het bankje twijfel ik voor de zoveelste keer of ik het verhaaltje over mijn vader in de voorstelling wil. Het speelt zich af in de periode dat ik uit Groningen wegging om dromen na te jagen die ik nog niet kon omschrijven.

'Dat is toch het minste?' zei mijn vader toen. Hij maakte zich zorgen over mijn richtingloze toekomst. 'Dat je weet dát je iets wilt?'

Ik wist vooral wat ik niet wilde en dat was: in Groningen blijven, aan de universiteit waar hij werkte, waar mijn broer ook studeerde, in de stad die ik al vanbinnen en vanbuiten kende. Daarom had ik in een opwelling een kamer gehuurd in Hilversum. Het klinkt niet bepaald als het najagen van dromen, een kamer in Hilversum huren, maar het was een begin. Als ik in de buurt van de radio en televisie ga rondhangen, dan komt het vast vanzelf goed, dacht ik. En al kende ik niemand, niet lang daarna werd ik aangenomen als producer bij Radio 3FM.

Mijn vader had nooit laten blijken dat hij mijn nieuwe leven begreep. Ik ging ervan uit dat mijn baantje hem koud liet, dat hij geen idee had wat 3FM was en wat een producer deed. Waarschijnlijk dacht hij dat het een kwestie van tijd zou zijn voor ik weer terug zou komen naar mijn studentenkamer in Groningen.

Een paar maanden na mijn vertrek leende ik zijn auto en vond ik in zijn dashboardkastje een vreemd briefje met allerlei getallen, in combinatie met plaatsnamen. Pas nadat ik de mogelijkheid had overwogen dat mijn vader overal in het land scharrels had zitten, ontdekte ik wat er echt stond: hij reed al maanden rond met een briefje met frequenties waarop je 3FM kon ontvangen.

Ik zet de opname stil. Het kan wel werken, denk ik, maar het is moeilijker in te schatten dan de grappige elementen. Een lach is een lach, maar met gevoelige stukjes moet je op een andere manier voelen of iets werkt: is de stilte tijdens je pauzes stil genoeg of worden de gaten gebruikt om te hoesten? Kijken mensen naar elkaar, ten teken dat ze het hebben begrepen of om te zien of hun gezelschap het ook mooi vindt? Daarvoor weet ik nog te weinig. Ik zal het nog een kans geven.

Nog een uur en dan is mijn tweede voorstelling. Ik ga koffie halen in de ijssalon, check of alle instrumenten het doen en dan is het wachten tot het publiek binnenkomt.

'Daarna vuur maken op strand?' vraagt Bojan opnieuw.

'Misschien,' zeg ik. Maar ik denk: waarom ook niet.

Ik ben terug. Al mijn kleren stinken naar rook. Mijn haar ook. Ik heb net twee glazen rode wijn te veel gedronken, maar dat is morgenavond wel weer uitgewerkt. De tweede voorstelling was eigenlijk leuker dan de eerste, maar ook harder werken omdat ik niet meer kon zeggen: 'Welkom bij de allereerste ooit!' 'Welkom bij de tweede' klinkt toch minder spectaculair. De tweede is het net niet, de tweede mist het aanzien van de eerste en de ervaring van alles wat daarna komt.

Na afloop stond Bojan klaar in zijn strandjurk met een fles whisky in zijn hand.

'Ga je mee?'

'Ga alvast maar,' zei ik. 'Ik kom zo.'

Ik had de lichten in het theater uitgedaan en mijn spullen naar boven gebracht. Daarna was ik op mijn huurfiets gestapt en naar het strand gereden. Ik wist bij welke opgang ik Bojan kon vinden, en meteen toen ik het duin over kwam, in het donker door het doornenpad, zag ik zijn rode brandweerauto in het schijnsel van een groot vuur op het strand staan. De zon was onder, maar een deel van de hemel lichtte nog op boven de horizon, op het Noordzeewater. De sterrenhemel boven me was als een overdreven projectie in een planetarium: ondenkbaar veel en vol.

'Oi!' riep ik, terwijl het zand in mijn schoenen kroop.

Bojan zwaaide naar het duin.

Er stonden nog drie mensen bij het vuur. Het bleek om de twee mannen te gaan van wie er eentje Maarten heette. De derde was een vrouw die ik nog niet eerder had ontmoet.

Een van de mannen sloeg op mijn schouder en aanvankelijk vond ik dat nogal vrijpostig, maar later op de avond zag ik dat hij dat bij iedereen deed.

'Was leuk vanavond,' zei de schoudermepper.

'Dank je wel,' zei ik.

'Ik zal zeggen wat ik het leukst vind aan jou,' zei hij net iets te luid. Hij had een Brabants accent. Dat hoorde ik nu pas. Misschien had de drank bij het vuur het verleden in hem losgemaakt. Dat gebeurt mij ook altijd, als ik moe ben of gedronken heb klink ik ineens weer als een hybride Fries-Gronings kind.

'Het leuke is.... het is komisch, veel komischer *als* gewone talkshows, maar ook een beetje slim. En voor slimme mensen is dat gewoon fijn.'

Hij had het niet over de avond, dacht ik, maar over het televisieprogramma. Dat betekende niet veel goeds. Wel voor het televisieprogramma natuurlijk, daar ben ik net zo trots op, maar ik had op dat moment liever dat hij had gezegd dat deze avond alle andere avonden in zijn leven had overtroffen.

Dat is dus waar ik het al die jaren voor heb gedaan, dacht ik. Denken, schrijven, reizen, publiceren. Voor een Brabander die me wel een beetje slim vindt. Die zichzelf waarschijnlijk slimmer vindt.

'Dankjewel,' zei ik weer.

'Wat stem jij eigenlijk, vroegen wij ons vanmiddag nog af?' vroeg de andere man.

'Dat laat ik bewust een beetje in het midden,' zei ik.

'Hoezo?'

'Ik wil gewoon grappen kunnen maken zonder dat mensen het meteen politiek kleuren. Het is niet zo relevant.'

'O ja.' Hij was even stil.

'Maar mij kennende zal het wel een christelijke partij zijn, hè?' probeerde ik.

Ik ging ervan uit dat hun bezoek aan de try-out – die vol zat met verhalen over mijn afvallige bestaan – genoeg aanleiding zou geven om die opmerking niet serieus te nemen.

'Ja,' zei een van de mannen bloedserieus. 'Dan zit je wel safe, qua normen en waarden natuurlijk.'

Ik keek rond, misschien dat Bojan me kon helpen, maar

hij was in gesprek met de vrouw. Waarschijnlijk was ze op dat moment haar hart aan het verliezen en in haar hoofd al plannen aan het maken om al haar spullen te verkopen en voor hem naar Vlieland te verhuizen, terwijl hij straks zijn kleren uit zou trekken, het water in zou rennen om de zonden van zich af te wassen, om daarna terug te keren naar huis en zijn gezin.

'Het was een grapje,' zei ik tegen de mannen. 'Ik ben zo areligieus als het maar kan.'

'Dus je gelooft nu niks meer?'

'Nee,' zei ik. 'Helaas niet.'

'En jij, Ralf?' vroeg de man met de bril aan de andere man.

'Yes!' zei ik net iets te luid. Eindelijk wist ik wie Maarten was.

'Wat?' vroeg Maarten.

'Niks.'

'En ik wat?' vroeg Ralf aan Maarten.

'Qua levensbeschouwing.'

'Ach ik weet niet,' zei hij. 'Ik ben vooral een cultuurchristen.'

Hij keek tevreden rond, alsof niemand daar iets tegen in zou kunnen brengen. We konden hem niet pakken op rationele onvolkomenheden, op de absurde claims op onbewijsbare onzin, maar toch kon hij zichzelf iets noemen, iets wat hem moreel verheven zou maken.

'Een cultuurchristen?' zei Maarten tegen zijn vriend. 'O ja.'

Ze keken naar mij, alsof ik daar meteen een gevatte opmerking over zou maken.

Ik zei niks, maar vroeg me af wat ik liever heb: een christen of een cultuurchristen. Als je dan toch besluit om omwille van de lieve vrede te doen alsof de wereld een betere plek is geworden dankzij – in plaats van ondanks – de ongefundeerde overtuigingen van een uit de klauwen gelopen sekte, ga dan all the way, zou ik zeggen. Bidden voor het eten, danken voor het slapen, brood, wijn en valse orgels. Waarom niet. Het cultuurchristendom is niet meer dan de hypocriete overbrugging van het gapende gat tussen de onontkenbare Verlichting en de conservatieve hang naar een geromantiseerd verleden – onderwijl likkebaardend een stok zoekend om die verwerpelijke islam mee te slaan. En ook al ben ik de eerste die toegeeft dat we als mensenrechten minnende seculieren echt wel wat strenger mogen zijn tegenover alles in de islam dat haaks staat op dat geliefde vrije Westen, de cultuurchristen voelt toch een beetje als de pafferige veertiger die zich elke twee weken voor een paar uur in een professioneel wielerpakje hijst om op een veel te dure fiets te doen alsof hij het peloton de Col du Tourmalet over gidst. Doe het dan echt.

Naast het feit dat periodes elkaar nu eenmaal opvolgen en dat dat niet hoeft te betekenen dat alles wat nu als positief beschouwd wordt te danken is aan het recente verleden, is het ook nog eens zo dat de vrijheden zijn gekomen toen mensen zich wisten af te zetten tegen de streng christelijke doctrines. Het is echt lachwekkend om dan de christelijke traditie credits te geven voor alles wat zich er juist met moeite uit los heeft weten te maken.

Dat is zeggen dat een ontsnapte nerts nu zo vrij is dankzij het kooitje waar hij eerst in opgesloten zat.

Maarten en de cultuurchristen waren bij gebrek aan een zinvolle bijdrage van mijn kant nu met elkaar in gesprek, over allerlei zaken waar ik ook weleens over had nagedacht.

Mijn gedachten keerden zich naar binnen, naar de wereld die draaglijk bleef omdat ik hem had geschapen en die ik kon veranderen zoveel ik wilde.

Toen ik mijn ogen weer opendeed rende Bojan naakt de zee in, vrijwel onmiddellijk gevolgd door Ralf en Maarten. Ik bleef samen met de vrouw bij het vuur.

'Ging het goed vanavond?' vroeg ze.

'Ja,' zei ik. 'Ik geloof het wel.'

'Mooi. Ik kom niet kijken hoor.'

'Dat is goed,' zei ik.

'Ik ben niet zo van de humor.'

'Oké.'

Ik wist niet of het een grap was of ernst, maar dat gaf niet. Ze glimlachte. Dat vond ik genoeg. Tegen de tijd dat ik de moed bijeen had geraapt om een echt gesprek te beginnen, waren Bojan en de twee mannen weer terug. Hun conversatie ging onverminderd voort en verwaterde, onderwerpen gingen in elkaar over als de kleuren in een waterverfschilderij. Na een uur was het tijd om te gaan.

'Veel plezier nog!' riep ik en uit hun klanken meende ik op te maken dat ze zich de volgende dag niet meer zouden herinneren dat ik halverwege de avond was vertrokken.

Ik liet ze achter op het strand en liep de duinen door naar mijn fiets.

Nu ben ik terug, in het appartement, met een kleine buzz van de alcohol in mijn lijf.

Hoewel ik me vaker niet dan wel op mijn gemak voel in gezelschappen, is het niet zo dat ik me vanavond niet vermaakt heb. Ik houd van het strand, van het vuur, van Bojan, van de wisselende gezelschappen – zelfs als het mensen zijn met wie ik niet nog veel meer uren van mijn leven zou willen delen – van mijn gedachten die niet alleen hun eigen wereld moeten maken, maar soms buiten moeten spelen en daardoor nieuwe, onvoorspelbare routes nemen.

Maar het meest houd ik van de branding die de geluiden in mijn hoofd verdringt.

De eerste vijf voorstellingen zitten erop, ik ben op de helft. De dagen verliepen min of meer hetzelfde, tot nu. Vandaag zit ik vast in het zand.

'Jouw auto is vierwielaangedreven, toch?' had Bojan vanmorgen gevraagd.

'Ja?'

'Dan rijden we naar de Vliehors.'

De helft van Vlieland is een grote zandwoestijn die door de luchtmacht wordt gebruikt als oefenterrein. Alleen in het weekend mogen burgers daar komen.

'Met mijn auto?'

'Ja!'

Ik had geen idee of dat een goed plan was, maar ik zette mijn angst opzij en we vertrokken via de Postweg en het Pad van Twintig naar het strand. Eenmaal over het laatste duin begon Bojan te schreeuwen: 'Nu gas geven! Sneller!'

Ik schoot in een kramp en trapte het gaspedaal vol in. We stoven over het zachte zand in één rechte lijn naar de zee.

'Pas remmen als we op het natte stuk zijn.'

Ik voelde de banden wegglippen, maar door de vaart die ik had gemaakt bereikten we met gemak het stuk strand waar het water een paar keer per minuut overheen sloeg.

'Nu sturen en rustig rijden.'

Ik draaide naar links en voelde dat ik genoeg grip had om

zelfs op lage snelheid te kunnen sturen, gas geven en afremmen. Bojan sloeg me op mijn been.

'Dit is leven,' zei hij. En ik lachte, omdat ik wist dat hij het meende. Hij is in alles mijn tegenpool. Waar ik vooral berekenend en voorzichtig ben, is Bojan impulsief en spontaan. Waar ik zwaarmoedig kan zijn, is hij opgewekt. Zoals mensen soms klagen dat ik weinig van mezelf prijsgeef, zo deelt hij bij een strandvuur binnen een paar minuten zijn zielenroerselen met een groep vreemden.

Ik moet denken aan de keer dat ik op de boot naar Vlieland een kleinkunstenaar tegenkwam die diezelfde avond in het theater van Bojan zou optreden. Hij was alleen. Ik vroeg hem of hij geen technicus mee had genomen die het licht en geluid zou verzorgen, waarop hij zei dat hij had afgesproken dat Bojan dat voor hem zou doen.

Die avond, na acht uur, wandelde ik door de Dorpsstraat. Ik stak mijn neus om de deur van de ijssalon en zag Bojan uit het theater komen.

'Ben jij niet het licht en geluid aan het doen?'

'Ben ik ook,' zei hij. 'Staat aan.'

Ik keek hem verbaasd aan.

'En als er iets misgaat?'

'Gaat niet. Zwemmen?'

Hij trok me mee naar achter, griste een fles wijn mee uit de koelkast, sprong de Landrover in, wachtte tot ik ook was ingestapt, reed naar het strand, parkeerde de auto bij de branding, trok zijn strandjurk uit, rende de zee in, kwam terug, trok de fles wijn open, nam een paar slokken, gaf de fles aan mij, ging languit op het strand liggen, deed zijn ogen even dicht, droomde een gedicht, werd weer wakker, stapte de auto in, reed naar de oostpunt van het eiland en stoof bij de jachthaven het duin over, stopte bij zijn loods, rende naar binnen, pakte iets wat hij nodig had – een stuk hout of een ladder of een kabel of wat dan ook –, stapte weer in, reed terug naar het dorp, zette de auto achter het theater, liep de techniekruimte in en drukte vlak nadat de kleinkunstenaar op het podium 'En dan is het nu pauze' had gezegd de knop van het zaallicht in.

'Gaat niet mis,' grijnsde hij. 'Zei ik toch al.'

Dit komt misschien over als een nietszeggende gebeurtenis van een roekeloos iemand – het was geen Hemingway die een torpedobootjager bouwde om op Duitse onderzeeërs te jagen in de wateren rond Cuba – maar voor mij was het van grotere betekenis dan ik hier in woorden kan uitdrukken. Altijd als ik tegen mijn eigen calvinistische reserves aan loop denk ik aan het moment waarop Bojan is gaan zwemmen, terwijl hij de volledige verantwoordelijkheid droeg voor de techniek van een theatervoorstelling.

En hij is nog christen ook.

'Je weet wel dat je vier zonen van God nodig hebt om voor jouw zonden te sterven?' zei ik eens grappend. Hij moest hard lachen.

Onze gesprekken over religie verlopen altijd ongeveer hetzelfde: ik kom met een weerlegging van iets wat hij beweert over het leven, bijvoorbeeld dat het bestaan bijzonder is, zo bedoeld, speciaal vormgegeven om precies dit moment in de tijd te kunnen creëren. Ik zeg dat dat niet zo is, dat ik willekeur vanzelfsprekender acht dan een plan. Dan lacht hij en zegt hij: 'Ik vind mooi wat jij omschrijft. Dat heb jij dus van God gekregen, hoe je dat kunt. Graag gedaan.'

Zo moet religie zijn. Als je dan toch per se wilt leven in het geloof dat er een bepaalde bestemming is, lach dan om het feit dat anderen het niet begrijpen en lach om het feit dat je het zelf soms niet begrijpt. Veroordeel het onbegrip van de ander niet, want de bewijslast ligt bij jou en bovendien is een overtuiging zoveel sterker als die niet te krenken is door iemand die niet op jouw spoor zit. Vloek omdat je weet dat het verbod op vloeken door bange mensen in de Bijbel is gezet, niet door een almachtig wezen. Wie zijn geloof laat aantasten door een ongelovige gelooft niet echt.

Daarom vind ik de gereformeerden uit mijn jeugd ook ongeloofwaardig. Net als de wat intelligentere gelovigen van nu, mensen als Gert-Jan Segers en Tijs van den Brink. Ik denk dat zij hopen en willen dat het allemaal klopt wat ze geloven, maar vermoedelijk zijn ze doodsbang dat het allemaal luchtkastelen zijn en daardoor schieten ze in een stuip als iemand iets aan te merken heeft op hun ideeën. Waarom zou je je anders laten kwetsen?

Bojan is anders. Het kan hem geen reet schelen als iemand hem raar vindt, of als iemand niet gelooft wat hij gelooft. Zijn spirituele ervaring is zuiver persoonlijk en vloeit niet door in de levens van anderen – zoals dat bij de meeste gelovigen het geval is. Hij kan beweren dat er een heilige groene kat is geweest die hem heeft gered van magische muizen en nog zou ik dat respecteren. Omdat hij de consequenties van zijn bullshit nooit bij mij neerlegt.

'Gaat goed toch?' vraagt Bojan in mijn auto.

We glijden over het strand naar het westen. Toen we vertrokken zagen we twee wandelaars en een hond, maar nu is er al tien minuten niemand meer te bekennen. Er lijkt geen eind aan te komen, alleen maar zand, water en de felle zon die recht boven ons in het hemelsblauwe achterdoek is opgehangen.

Het eiland wandelt. Ooit kende Vlieland nog een dorp

aan de westkant, veilig verscholen achter een duinenrij, waar walvisvaarders woonden. De toren van het raadhuis diende als baken voor schepen. Toen er in de achttiende eeuw een stuifdijk werd aangelegd bij Texel, kreeg Vlieland te maken met sterkere zeestromingen en schoof de kustlijn op, tot het dorpje op het strand kwam te liggen en het zeewater door de straten klotste. De bewoners hielden het nog een tijd vol, bouwden zelfs nog een nieuwe kerk toen de oude door een orkaan was verwoest, maar moesten uiteindelijk toch de strijd staken. Ze namen alles van waarde mee, braken een deel van de huizen af en doekten het dorp op. In 1736 werden de laatste twee huizen ontruimd.

In een van de huisjes die wij vroeger huurden met het gezin lag een oud boek over Vlieland met daarin het magische zinnetje: 'Voor ettelijke jaren bespeurde men des zomers, bij stil weder en zeer lagen waterstand, op het uiteinde van de Hors, nog het plaveisel van de Kerkstraat.'

Daar rijden we nu, op het uiteinde van de Hors, alsof we zo rechts af kunnen slaan, de Kerkstraat in. Ik denk aan alle mislukte plannen van God. Ik stel me de laatste predikant voor die hier op de kerktoren heeft gestaan, uitkijkend over zee, tijdens een sterke westerstorm: weer een stuk dorp dat in zee verdween, weer een vluchtend gezin. Hij moet zijn handen ten hemel hebben geheven. Waarom, Vader?

'Die onzinnige willekeur maakt het toch nogal ongeloofwaardig?' had ik weleens plagerig aan mijn vader gevraagd als het over God ging. 'Zo vreselijk random, al dat leven.'

'Misschien,' had hij gezegd vanachter zijn krant. 'Ik weet het ook niet. Op zijn minst is het een leidraad voor hoe je zou kunnen leven. Als een moreel kompas. Dat spreekt mij vooral aan.'

Dat was een tijdlang zijn antwoord op alle vragen over

het geloof: het is allicht beter dan niks, het is op zijn minst een gebruiksaanwijzing voor hoe we met de wereld om moeten gaan.

Onbewust heeft dit me gevormd, want als het gaat om goed en fout heb ik nog lang de neiging moeten onderdrukken om christenen het voordeel van de twijfel te gunnen. Het idee dat mensen met een moreel kompas uit een boekje sneller goede daden zullen verrichten dan zij die keuzes maken op basis van hun gevoel – of welke argumenten de heidenen uit mijn jeugd dan ook aandroegen – bleef nog lang ergens in mijn brein smeulen, als een onwelkom vuurtje dat ik pas wist te blussen lang nadat ik had gezegd dat het onder controle was.

Ik kijk uit over de zee, beeld me in dat ik een torenspits boven de golven uit zie steken en denk weer aan de goedheid van de mens. Vlak nadat ik uit Groningen was ontsnapt en in Hilversum op een kamertje woonde, gebeurde er iets waarbij die door God gedicteerde goedheid in haar volle glorie binnendrong.

Ik was bezig met het opruimen van mijn kledingkast. De kleren die weg konden had ik snel in grote containerzakken gepropt. De ervaring leerde dat elke minuut dat de kleren nog in het zicht lagen de kans vergrootte dat ik me zou bedenken en redenen zou vinden om sommige kledingstukken alsnog te houden. (Een bijna nooit gedragen spijkerbroek van een duur merk bijvoorbeeld, of een ironisch gekocht jasje met het logo van Polo Club Wassenaar op de rug.)

Ik had de drie zakken naar buiten getild en achter in mijn oude auto gegooid. Daarna was ik in de avondschemering naar het Leger des Heils gereden, de enige plek die ik kende waar ze grote containers hadden staan.

Op de parkeerplaats had ik de grootst mogelijke moeite

om de zakken door de smalle gleuven te duwen. Hoe ik ook propte, het paste niet. Op grote stickers stond: KLEDING NIET LOS AANBIEDEN, dus het openscheuren van de zakken en de kledingstukken een voor een de diepte in werpen was geen optie.

Op een gegeven moment zat een van de zakken muurvast.

Even overwoog ik om het zo te laten; als zelfs de goede daden werden afgestraft door een logistiek probleem, welk bewijs voor de afwezigheid van een god had je dan nog meer nodig? Maar na enig overpeinzen vond ik het Leger des Heils toch niet de plek om de nihilist uit te gaan hangen.

Ik liep naar de ingang van het gebouwtje, waar ik licht zag branden. Door de inspanning was ik een knoop van mijn overhemd verloren en mijn haar zat wild. Ik stapte een felverlichte ruimte in. Overal hing kerstversiering. Achter een tafeltje zaten vier vriendelijke, opgeruimde muisachtige mensen met brillen die pas een decennium later weer hip zouden worden.

'Welkom,' zei een mevrouw.

'Dankuwel,' zei ik.

'Kan ik uw jas aannemen?' vroeg ze. En ik dacht: die kledinginzameling wordt hier wel heel erg opgedrongen.

'Nou, ja, kan, maar ik heb vooral een probleempje.'

'Snap ik,' zei de mevrouw, 'maar eerst een lekker kopje koffie.'

Voor ik het wist hing mijn jas aan een kapstok en had ik een beker en een sprits in mijn handen. Pas toen zag ik het grote krijtbord dat bij de ingang stond. '*Ontmoetingsavond voor mensen die alleen zijn of zich alleen voelen tijdens de feestdagen*' las ik.

Ik begon te lachen. Hardop. Iets wat in het licht van mijn

verkeerd geïnterpreteerde aanwezigheid alleen maar kon worden opgevat als versterking van de noodzaak dat ik vanavond was gekomen. Sommige vrijwilligers lachten hardop mee, alleen wisten ze duidelijk niet waarom. 'Hahaha,' klonk het in het zaaltje, mijn makkelijkste publiek ooit.

'Je bent hier nooit eerder geweest, hè?' vroeg een man.

'Nee,' zei ik. 'Nee.'

Ze keken me begripvol aan.

Ineens leek het me onmogelijk geworden om de ware reden van mijn bezoek te openbaren. Ik zat er te diep in nu. Die sprits was het point of no return geweest, dacht ik. Daarnaast: de totale ontroering die ik voelde bij de gedachte dat deze mensen hier vandaag heen waren gefietst, de vloer hadden gedweild, koffie hadden gezet, kerstversiering hadden opgehangen, achter tafeltjes waren gaan zitten en – afgaande op de aanvangstijd op het krijtbord en hoe laat het nu was – al een uur lang zonder enige aanloop op eenzame mensen hadden zitten wachten, misschien zelfs stiekem op een onbewaakt ogenblik hadden gemopperd: 'Verdorie, er is ook niemand meer alleen met Kerst tegenwoordig', dat er mensen waren die dat met hun leven deden en de absolute tegenstelling met de hedonist die amper gedragen merkkleding door te kleine gleuven kwam proppen – die ontroering kwam binnengolven en nam alles over.

Tegelijkertijd wist ik ook dat dit het argument was waar ik altijd zo'n hekel aan had. Als je in een discussie over religie aan het winnen bent en je wordt met dit soort mensen om de oren geslagen. '*En die weldoeners dan? Wat kun je dáár nou tegen hebben?*'

Ik heb niet veel gezegd.

'U hoeft niet te praten,' zei de vrouw, en ik dacht: godzijdank.

Na nog een sprits en nog een kop koffie stond ik op en wilde ik zeggen: ik moet weg, ze wachten thuis op me, maar ik bedacht me net op tijd en zei: 'Ik moet gaan. Naar mijn katten.' Ik had geen katten, maar dat leek me prima passen bij de rol die ik vanavond speelde.

'Volgende week zijn we weer open,' zei een van de vrijwilligers.

'Dat is fijn,' zei ik en ik liep het gebouwtje uit, langs de containers, zonder ook maar een blik te werpen op de grote zakken die ongetwijfeld nog steeds uit de gleuven staken.

Een paar weken later dacht ik een van de vrijwilligers te zien lopen in het centrum. Ik wandelde samen met een vriend door een winkelstraat, en ineens dook ik achter een reclamebord.

'Wat doe jij nou?' vroeg de vriend.

'Ik zag iemand die ons niet samen mag zien,' zei ik, alsof we in een affaire verwikkeld waren. Ik bleef me verstoppen, tot de vrijwilliger voorbij was. Voorzichtig kwam ik tevoorschijn.

'Oké, we kunnen weer,' zei ik.

Ik draaide me nog een keer om en zag de vrijwilliger uit het zicht verdwijnen, de vastberaden tred van de weldoener, de stoffen tas van het Leger des Heils in zijn vuisten geklemd en op zijn rug het trotse logo van Polo Club Wassenaar.

We zitten vast op het meest westelijke deel van Vlieland, waar het eiland alleen nog zand is. Helemaal op de punt staat een wit drenkelingenhuisje. In vroeger tijden was het een vluchtplaats voor schipbreukelingen, waar je droog kon zitten en het Posthuys kon waarschuwen. Er lagen jarenlang kleding en voedsel klaar voor de arme zeeman die van zijn schip was gevallen, tot de drenkelingen op andere manieren werden geholpen.

We hadden mijn auto stilgezet en waren uitgestapt. Er was niemand. Het zand stoof om onze voeten. De zon stond hoog.

'De grootste woestijn van West-Europa,' had Bojan trots gezegd, met zijn armen wijd, alsof hij alle zandkorrels hier persoonlijk had neergelegd. Ik wist niet of het klopte, dat van de grootste woestijn, ik had ook geen zin om te controleren of het klopte, want op dat moment was het waar.

Na een half uur niks doen, schelpen rapen, in de branding staan, wilden we weer weg, maar de auto kwam niet meer van zijn plek. De wielen groeven zich dieper en dieper in het zand. Wat we ook probeerden, twee wielen uit, twee wielen aan. Alle vier de wielen aan (ik wist niet eens dat mijn auto dat allemaal kon). Wrakhout sprokkelen om de grip te vergroten. De wielen uitgraven. Niets hielp.

'Ik bel broer,' zei Bojan. Ik dacht dat hij weer eens een bezittelijk voornaamwoord vergat, maar even later werd me duidelijk dat hij daadwerkelijk iemand belde die Broer heette.

'Hij komt. Kan even duren. En nu wachten.'

Daar zit ik nu.

Bojan heeft weer al zijn kleren uitgetrokken en is het water in gesprongen. Ik heb nog nooit iemand gezien die zo dicht in de buurt van zeehonden kan komen als hij. Alsof ze denken dat hij een van hen is.

Even denk ik dat ik in mijn favoriete kinderboek leef, *De torens van februari*, van Tonke Dragt. Iemand vindt het wachtwoord om tussen twee werelden te reizen. In die andere wereld kunnen mensen gedaantes van dieren aannemen. Ik verbeeld me dat Bojan zwaait, ondergaat, weer bovenkomt als zeehond en verdwijnt met de anderen. Ik ben alleen op de Vliehors.

In de verte zie ik Texel liggen. De rode vuurtoren van De Cocksdorp schittert in de zon. In de ondiepe stukken zee, midden in de transitie van land naar zee, liggen honderden zeehondjes.

Ik stuur een foto van het uitzicht naar Jochem Myjer, omdat ik weet dat hij daar, aan de overkant, op dat andere eiland altijd zijn landhond uitlaat. Niet lang daarna krijg ik een foto terug, genomen vanaf de andere kant. Ik probeer in te zoomen, kijk of ik mijn auto of mijzelf zie staan, maar het is te ver weg.

Over drie uur sta ik op het podium met mijn zesde voorstelling, maar op dit moment heb ik nog geen idee of ik die ga halen.

Het zit er bijna op. De laatste paar dagen komt mijn vriendin ook naar het eiland. Morgen komt ze met de middagboot.

Ik moet de show afronden. Dat wil zeggen: de bedoeling was dat ik nu zou weten wat werkt en wat niet werkt, maar als ik heel eerlijk ben, is dat een stuk minder duidelijk dan ik had gehoopt. Dat komt ook omdat het commentaar van toeschouwers de afgelopen tien dagen nogal tegenstrijdig was. De een vond de liedjes geweldig, de ander wilde dat ik meer over politiek zou praten, weer iemand hoopte op persoonlijke ontboezemingen en nog iemand wilde vooral lachen om niet al te ingewikkelde dingen. En er was ook iemand die zei: 'Ik hoop dat je snel weer een boek gaat schrijven.'

Een try-out is een vreemd principe: je probeert letterlijk uit wat werkt, maar tegelijkertijd is het niet de bedoeling dat je je materiaal volledig laat vormen door de grillen van het publiek. Wie dat doet kan beter óf een democratische cultuuruiting verzinnen waar de inbreng van de komiek wordt gemarginaliseerd tot een aangever van een breed spectrum aan grappen, waarna een stemmende massa bepaalt wat leuk is. Dan wordt mijn grap met de shredder werkelijkheid. Óf ik moet gewoon op volle kracht de massa als collectief zo veel mogelijk tevredenstellen, terwijl de smaak van de massa welbeschouwd helemaal niet de mijne is.

Het was overigens gelukt om met hulp van een Vlielander met de naam Broer los te komen uit het zand en vervolgens terug te rijden naar het dorp. We moesten een uur wachten, een uur waarin ik over de voorstelling na kon denken en Bojan in het water lag, of dingen van het strand opraapte en aan mij liet zien.

De voorstelling van die avond begon ik met wat foto's van het debacle. Ik was met zand in mijn haren en een verbrande kop op komen rennen om te verzuchten dat ik blij was dat ik het had gehaald.

Na afloop stond ik weer in de ijssalon.

'Dat stuk over hoe je vastzit met de auto zou ik eruit halen,' zei een vrouw. 'Ik weet niet hoelang dat leuk blijft.'

Ze is er. Ik stond vanmorgen bij de boot te wachten. Het was de 8mm-film van onze ouders, maar dan hun klonen die een paar decennia later dezelfde patronen zijn gaan volgen. Met stofjes op de lens en het ritmische tikje van de projector stonden we naar elkaar te zwaaien, zij vanaf het dek, ik vanaf de wal, alsof zwaaien ons sneller bij elkaar zou brengen. Zwaaien is misschien het beste substituut voor knuffelen, als dat fysiek even niet mogelijk is.

'Zo fijn dat je er bent,' zei ik.

'Ja,' zei ze.

We brachten haar spullen naar het hotel waar ik een kamer had geboekt. Ik kon boven het theater blijven, maar ik wilde niet met haar in het appartement slapen dat ik al tien dagen lang in mijn eentje had bevuild en waar de volledige inhoud van mijn tas uitgestald lag op alle denkbare oppervlakken.

Nadat we mijn spullen hadden verhuisd liepen we via het bos achter het dorp naar het strand, over de Badweg waar ik in de afgelopen vijfendertig jaar al ontelbaar veel keren op de fiets, lopend of in bolderkarren voorbij was gekomen.

Het was eb, de branding lag minuten lopen vanaf het duin.

'Ik vergeet altijd hoe stil dit strand is,' zei ze.

Mijn gedachten waaiden naar Terschelling. Ik zag de vissersboten deinen in de golven en heel ver, aan de horizon, trok een containerschip voorbij. Met daarop ook weer mensen, celdelend, met hun eigen donkere gedachten.

'In een vorig leven was ik iets maritiems,' zei ik.

'Een zeehond?' vroeg ze.

Bij de volgende opgang gingen we de duinen weer in. Langs de buitenrand van de Ankerplaats, waar de zomerhuisjes uit mijn jeugd werden verbouwd tot villa's met de maximaal toegestane afmeting, hoofdzakelijk om leeg te laten staan, want de vermogende eigenaren zullen ze niet verhuren aan badgasten.

Er reed iemand voorbij op een quad met een karretje erachter. Zijn hoofd was bruin, zijn haren waren wild. Hij leek gelukkig.

'Ik zou wel gewoon een baan willen waarbij je voor je werk op een quad moet rijden,' zei ik.

'Doe dat dan!' zei ze. 'Regel dat.'

'Nee, want dan verdien ik niet genoeg geld.'

'Waarvoor?'

'Om geen baan te hebben.'

Nu ligt er iets. Twee uur aan grapjes. Wat losse observaties. Twee liedjes. Dertig minuten religie.

Ik ben aan het inpakken. Alle spullen uit de zaal weer de flightcase in en die weer achter in mijn auto.

'Het is niet helemaal gelukt,' schrijf ik de vriend die mij aan het begin van deze tien dagen had geappt.

'Wat niet?'

'Om het geloof te reduceren tot vier zinnen.'

'Dat is niet de eerste keer in de geschiedenis dat dat probleem zich voordoet,' schreef hij.

Ik stop mijn telefoon weg.

Nog één keer dan, denk ik. Eigenlijk ontstaat deze voorstelling tien jaar te laat. Er kwam een televisieprogramma tussen. Ik had het zelf ook passender gevonden als ik op mijn achtentwintigste met een eerste soloshow was gekomen, waarin ik de eerste jaren van mijn volwassen bestaan toets aan de verwachtingen uit mijn jeugd, maar kennelijk is die behoefte niet uit te drijven door gewoon maar tien jaar door te leven, zoals kiespijn ook niet verdwijnt door er geen aandacht aan te besteden.

Nog één keer dan. En een liedje over de ex van Baudet natuurlijk.

We zitten op een bankje langs de weg naar het Posthuys, met uitzicht over de Waddenzee. Weer ligt het wad droog, nu voor de twintigste keer sinds ik hier ben. De getijden zorgen voor een goeie dynamiek. Ik heb al jarenlang een appartement in het centrum van Amsterdam, waar het hooguit zonnig of bewolkt is. Hier verandert niet alleen het weer, maar ook het zicht op land en zee. Een strook land waar mensen zijn gekomen en gebleven. Meeuwen krijsen, de mosselen en oesters liggen weer voor het oprapen.

Naast me zit zij.

We liepen net door het bos achter de vuurtoren. Er was niemand anders. De zon duwde stralen door de bomen naar de grond. Opeens bleef ze staan.

'Stil is het, hè?' vroeg ze.

Ik luisterde. Er was wel geluid, maar dat waren de machines in mijn hoofd, dus vertaalde ik haar vraag en tolkte aan mijzelf: '*als je verder alles wegdenkt, wat is het dan stil, hè?*'

'Ja,' zei ik. En ik concentreerde me op alles behalve de geluiden tussen mijn oren. Dat is wat ik heb geleerd, ook al lukt het eigenlijk nooit.

Mijn gehoor is ondanks de tinnitus beter dan het hare – want soms zeg ik: hoor je die ambulance? Of: hoor je die gekke vogel? Hoor je die hihat? En dan hoort ze die niet. Toch weet ik niet welke handicap vervelender is. Ik dacht altijd dat dat het ergste was wat er met je gehoor kon gebeuren: minder horen. Maar nu twijfel ik. Méér horen is misschien nog wel erger.

Na het bos lopen we door naar zee en gaan we op dit bankje zitten. Ik typ dit op mijn telefoon, zij leest een boek.

'Wat schrijf je?'

'Over hoe stil het net was in dat bos.' Ik zeg niet dat het sinds een paar jaar nooit helemaal stil is in mijn hoofd. Dat weet ze wel. Dat telt niet.

Ze glimlacht.

'Ja, maar wacht even,' zegt ze. 'Dan gaat iedereen daar straks heen. Is het meteen weer een klereherrie: hier stond Arjen Lubach dus van de stilte te genieten!'

Ik moet lachen.

'Ik zal nooit tegen iemand zeggen waar het precies is.'

'Oké. Afgesproken.'

Ze pakt mijn hand.

Ik heb twee uur theatermateriaal, een deel is goed, een deel kan beter, maar ik heb iets wat vertrouwen geeft. En dat is meer dan toen ik hier tien dagen geleden kwam.

III

NEW YORK

The show doesn't go on because it's ready;
it goes on because it's 11:30.

Tina Fey

Tijdens een jubileumvoorstelling van het improvisatiecomedygezelschap Boom Chicago ontmoette ik de Amerikaanse televisiekomiek Seth Meyers. Hij trad op als alumnus en omdat er ook wat Nederlandse komieken waren gevraagd, stond ik die avond een vrijwel onverstaanbare rap te blaffen op het podium van Koninklijk Theater Carré.

Voor de show sprak ik Seth kort in zijn kleedkamer.

'*I love your work*,' zei hij en ik was zo verbaasd dat hij wist wie ik was, dat ik een glas Rivella op de grond liet vallen.

Een paar uur later sprak ik hem weer. In de coulissen, vlak voor we allebei op moesten, fluisterde hij: 'Je bent altijd welkom in mijn show.'

Op het podium deed iemand een hond met drie poten na.

Ik fluisterde terug dat ik al eens bij zijn latenightshow was geweest. Als voorbereiding op *Zondag met Lubach* was ik naar New York gegaan om te kijken hoe zij het daar deden. Ik zei dat ik het zeker leuk zou vinden om nog eens te komen.

'Nee,' zei hij. 'Ik bedoel als gast. In de show zelf. Als je toevallig eens in de stad bent.'

'Oké, is goed,' zei ik zo nonchalant mogelijk, maar mijn stem sloeg over en in mijn hersenen ontbrandde een vuur. Aan het eind van de avond wisselden we nummers uit, voor als ik toevallig eens in New York zou zijn.

Een gelukkige combinatie van het toeval en een voor deze gelegenheid zeer bewust aangeschaft vliegticket van Norwegian Air heeft mij naar New York gebracht. Mijn vriendin en ik hebben van het programma van Seth een duur hotel in Midtown aangeboden gekregen en daar mogen we nu drie dagen blijven. Het is koud en overal in de stad is het al Kerst.

'Ik kan het nog steeds niet geloven,' zeg ik.

Ze staat bij het raam. Haar hoofd leunt tegen het glas. Ver beneden ons ligt de stad, zou ik willen schrijven, ware het niet dat de stad ook om ons heen bestaat. Aan de overkant van de straat zitten mensen achter hun bureau.

'Wow,' zegt ze.

'Wat?' vraag ik.

Ze is even stil.

'In dit hotel is *Gossip Girl* opgenomen.'

Ik ben vaker in New York geweest, maar het overgrote deel van die tripjes was ik er als consument, vooral om te zien hoe mijn soort televisiecomedy wordt gemaakt in het land waar het min of meer is uitgevonden. Ik ben soms jaloers op de droge, vanzelfsprekende humor waarmee elke Brit geboren lijkt te zijn, maar misschien nog wel meer op de Amerikanen, die het concept show als zodanig hebben uitgevonden of op zijn minst hebben geperfectioneerd. Het schaamteloze oppompen van inhoud, vorm, podium en publiek om tot de meest efficiënte vorm van entertainment te komen, dat vind ik zowel heel lelijk als geweldig. Misschien is dat het gevoel dat mensen hebben als ze door de Action lopen of in de kerstperiode naar Sky Radio luisteren.

Als New Yorker uit Brooklyn of Harlem kun je je leven leven zonder überhaupt iets mee te krijgen van Times Square en de toeristenindustrie, zoals de gemiddelde Amsterdammer ook nooit op de Wallen komt. Het is sommigen van mijn snobistische vrienden dan ook een doorn in het oog – die nemen vanaf JFK het liefst meteen een Uber naar een obscure kunstexpositie in Williamsburg – dat ik daar wel kom. Ze kijken afkeurend op als ik zeg dat ik weer kaartjes heb voor de zoveelste latenightshow en daarvoor naar Midtown ga. Ik vind het allemaal prima, want ik blijf het fascinerend vinden. De Amerikaanse theater- en televisiedroom is misschien nog wel sterker dan de Amerikaanse droom zelf.

Het optimaliseren van de showbusiness kent ook een keerzijde. Op Broadway zijn de theaters een soort entertainmentfabrieken geworden, waar mensen in lange rijen wachten tot ze naar binnen worden geschoven – zonder garderobe: de jassen en tassen moeten op schoot of tussen de benen. In de pauze zijn er te weinig toiletten, zodat je óf het volle kwartier in de rij staat, of het maar laat zitten en de tweede helft van de voorstelling je plas zit op te houden. Na een tot op de millimeter nauwkeurig gechoreografeerd eindapplaus worden de bezoekers via grote deuren meteen op straat gezet. Je denkt nu misschien: *o Arjen, je bedoelt vast dat je via grote deuren de gang in gaat en dan naar buiten?* Nee, de meeste Broadwayschuren hebben deuren die uitkomen op de stoep naast het theater. Zodra het zaallicht aangaat klapt één muur als het ware open, zodat bezoekers binnen een halve minuut uit een fictieve werkelijkheid vol muziek, lach en de gloedvolle hoop van de apotheose van het stuk, zo de ijskoude New Yorkse straat op worden geduwd. Je knippert met je ogen en vraagt je serieus af of je de afgelopen twee uur daadwerkelijk naar een theatervoorstelling bent geweest, of dat je al die tijd gewoon hebt staan dagdromen op West 50th Street.

De televisieprogramma's met publiek kennen een al even

onpersoonlijke logistiek. Die begint met een vreemde militaire drill, monotoon geschreeuwd door een meisje met een verder niet heel militair uiterlijk, uitgerust met een portofoon en een badge zo groot als een handtas: '*Everybody listen up I need you to form a single person line all the way around the corner please take out your tickets your ID and let the security check the contents of your bag and coats thank you*', gevolgd door een eeuwig wachten op stoepen, in halletjes en uiteindelijk in de studio, waar je door de beveiliging wordt aangestaard alsof je van plan bent eigenhandig de Twin Towers op te bouwen en weer in te laten storten.

Daarna volgt een opwarming die als voornaamste doel heeft dat zelfs de meest timide persoon in het publiek na een kwartier schreeuwt alsof-ie in een achtbaan zit. Of dat vanuit enthousiasme, interesse of pure doodsangst komt, dat doet er niet toe. De show zelf is in alles het tegenovergestelde: passie, professionaliteit, een vriendelijke en gastvrije presentator, enthousiaste gasten. Je voelt je welkom en thuis, tot het laatste shot erop staat en er weer een drill begint om je zo snel mogelijk naar buiten te krijgen.

De vorige keer dat we bij een televisieshow in New York waren en deze behandeling ondergingen, was mijn vriendin *not amused*.

'We zijn toch geen gevangenen?'

Ik glimlachte en dacht: leerzaam.

Nu ben ik zelf te gast in het programma, dus de rijen, beveiliging en schreeuwende publieksmeisjes blijven ons bespaard.

'Laten we de Nederlandse tijd aanhouden,' had ik tegen mijn vriendin gezegd voor we opstegen.

'Wat houdt dat concreet in?'

‘Dat we belachelijk vroeg gaan slapen, belachelijk vroeg gaan opstaan en na vier dagen niet al te geradbraakt weer in Nederland aankomen.’

‘Oké.’

Bij aankomst in het hotel was het nog net licht. Nu zit ik op het bed met mijn laptop. Het is een mooie kamer, zeker voor New Yorkse begrippen. Van de drukte beneden is niets te merken. Er kan geen raam open, maar het ventilatiesysteem pompt lucht naar binnen. Ik onderdruk de gedachte dat die lucht eerst door veertien kamers vol Russen met psoriasis is gegaan.

‘Moeten we echt nu al gaan slapen?’ vraagt ze.

Buiten is de wereld. Ze wil rondlopen in het decor van *Gossip Girl.*

‘Niks moet natuurlijk. Maar het is wel praktisch.’

Ze kijkt me aan alsof ‘praktisch’ het vieste woord is dat ik ooit heb gezegd. Welke gek gaat er in de hoogtijdagen van zijn leven, midden in New York, waar hij te gast is in een grote Amerikaanse latenightshow, vroeg naar bed omdat dat práktisch is?

‘Hoe ver weg zijn de anderen?’ vraagt ze.

Ik kijk op mijn telefoon, klik op de chat die speciaal voor deze gelegenheid is aangemaakt. Wij zijn niet de enige twee die na de uitnodiging van Seth heel toevallig in New York zijn beland. Ik zie de avatars van mijn broertje Joost, Pieter – de uitvoerend producent van *Zondag met Lubach* –, eindredacteur en mijn beste vriendin Janine en haar vriend David verschijnen.

Zeventig gemiste berichten. Over de logistiek van hun huurappartement, sleutels in kastjes met codes, maar ook wie Eddie Murphy allemaal speelde in *Coming to America*, wie de knapste is in *Queer Eye*, dat Erik Mouthaan een foto had getwitterd waarop het sneeuwt in New York, waarom Norwegian Air eigenlijk een directe vlucht van Schiphol naar JFK heeft. Of we niet ook naar een kunstexpositie in Williamsburg zouden moeten gaan.

Ik zoek het adres van hun appartement op.

'Wel twintig minuten rijden of zo,' protesteer ik.

'Moeten we niet uit?' probeert ze nog één keer. 'Naar de clubs?'

Ik trek de badkamerdeur dicht en ga mijn tanden poetsen.

We zijn vroeg wakker. Eigenlijk is het nog midden in de nacht, maar in Nederland staan de snelwegen al vol met forenzen. Als het echt niet meer vol te houden is, staan we op en lopen we naar buiten. Een koud, stil, donker Manhattan.

'Wel iets anders dan de vorige keer,' zegt ze. Toen waren we hier in het late voorjaar, met zomerse temperaturen en lange dagen.

Ze propt haar hand in mijn jas.

'Ja,' zeg ik.

'Hudson ontdekte Manhattan vast niet in de winter. Dan was-ie zo doorgevaren naar Florida.'

'Wat nou als ik compleet afga?' vraag ik haar.

'Gaan we dit nu de hele dag krijgen tot vanavond?'

'Ja,' zeg ik. 'Dat is de deal. Jij mag mee, ik mag klagen.'

'Oké schatje,' zegt ze.

Als we moe worden, springen we in een taxi naar East Village, op zoek naar de anderen en naar ontbijt. We eindigen in de Mud Spot, niet ver van hun appartementje.

'Herinner je je nog de vorige keer dat we in New York

waren?' vraagt Janine nadat we onze eerste Amerikaanse slurpkoffie ophebben.

'Ja,' zeg ik. Ook met haar ben ik al eens eerder in deze stad geweest.

In een ver verleden hadden we een muziekcarrière en een relatie. Nu is ze hier met een Zweeds-Poolse Amsterdammer uit San Francisco. Mensen vragen weleens: Is dat allemaal niet raar en ingewikkeld? En ik zeg dan: Nee, helemaal niet.

Dingen zijn zo raar als je ze zelf vindt. Een deel van mijn idee van 'normaal' en 'raar en ingewikkeld' komt voort uit de calvinistische mal die mijn voorouders en hun tijdgenoten voor ons ontworpen hebben. Zo vanzelfsprekend als het nu voor me is, zo lang duurde het voordat ik ging inzien dat relaties en vriendschappen geen voorbestemde vorm hebben, dat alles een optie is, zolang iedere deelnemer ermee instemt. Als je jong bent wordt er zoveel onzin verteld door mensen die maar één generatie langer leven en denken dat ze daarom de wijsheid van eeuwen in pacht hebben.

Oudere mensen zien voor de nieuwe generatie een leven voor zich dat ze zelf graag hadden willen hebben: een stabiele relatie zonder verwarrende gevoelens, kinderen die trouw zijn en bejaarden voor wie wordt gezorgd. Tegen hun kinderen zeggen ze dat dat is hoe het hoort, omdat het hun eigen ideaal is. Maar er hoort niks, er bestaat alleen willekeur en een poging daarmee om te gaan. De waarheid is dat we apen zijn die op een dag zoveel zijn gaan denken dat we ons bewust werden van ons eigen bestaan in relatie tot anderen en de wereld om ons heen, maar uiteindelijk zijn we nog altijd dieren met lichamelijke driften, lusten en lasten.

Hoe iets hoort is volstrekt iets anders dan hoe we iets

willen. Ik wil ook wel een usb-stick met nooit uitgebrachte meesterwerken van The Beatles, maar dat betekent niet dat die ook bestaat en dat ik 'm zou moeten krijgen.

'Ben je echt zenuwachtig?' vraagt Pieter.

'Nou ja, hier kent niemand me,' zeg ik. 'Thuis sta ik met 1-0 voor omdat ze weten: dat is die lollige vent. Hier komt er gewoon een grote blonde gast op die in een gebrekkige variant van hun taal begint te praten over dingen die ze waarschijnlijk niet interesseren.'

De groep kijkt me aan. Een golf van gespeeld medelijden rolt over me heen. De enige manier om mij uit te schakelen.

Hoe mijn geklaag op papier overkomt kan ik moeilijk inschatten. Ik moet denken aan de titel van een van mijn favoriete verhalenbundels: *Belangrijk is dat ik niet aan lezers denk*, van A.L. Snijders. Er zullen ook nu weer mensen zijn die hopen op een duiding van de tijdgeest, op tweehonderd pagina's politieke opinie, op een handleiding voor een televisiecarrière. Er zullen mensen zijn die dit een in zichzelf gekeerd epistel vinden. Af en toe kun je een opiniestuk lezen over hoe navelstaarderig hedendaagse schrijvers zijn, dat ze over de wereld zouden moeten schrijven, maar vooral geïnteresseerd zijn in hun eigen bestaan. Maar hoe groots en beschouwend je ook wilt schrijven, er zijn altijd mensen die willen dat het nóg beschouwender is. Het is net als met altruïsme. Er zal altijd iemand zijn die meer doet, altijd iemand die – wanneer jij tien euro geeft aan een goed doel – kan zeggen: Waarom geef je niet twintig, net als ik? Maar vlak naast degene met het twintigje in de hand staat iemand met honderd euro. En daarnaast iemand die op het punt staat zijn huis te verkopen. Wie echt goed wil doen ontkomt niet aan die helse glijdende schaal die hem van alle menselijke bezittingen berooft. Voor je het weet zit je bij de linkerflank van de SP.

Dus wie niet navelstaarderig wil schrijven, schrijft het liefst over alles behalve zijn eigen leventje, want zodra er een reisje naar New York in sluipt, liggen de corrigerende millennials in de bosjes om je op de opiniepagina's van *NRC* naar huis te schrijven. Terug naar je schrijfkamer, van waaruit je moet schrijven over de enige strijd die nog lijkt te tellen: sociale rechtvaardigheid. Het zal allemaal best. Ik schrijf in de eerste plaats voor mijzelf, daarna voor de mensen die geïnteresseerd zijn in wat ik te melden heb en in de allerlaatste plaats voor mensen die vinden dat ik over iets anders zou moeten schrijven.

Mijn vriendin begint weer over het hotel van *Gossip Girl*. Tijdens een hap van zijn *oatmeal pancake* kijkt mijn broertje op Wikipedia.

'Het klopt van *Gossip Girl*,' zegt hij met volle mond. 'En *Bassie en Adriaan*.'

'Wat?'

Ik pak zijn telefoon af. Het staat er inderdaad: *In 1994, the hotel was used for the popular Dutch children's show Bassie & Adriaan.*

'Een rijke traditie van Nederlandse entertainers is je voorgegaan,' zegt mijn broertje.

Nadat we allemaal de helft van onze pannenkoeken, *breakfast quesadillas* en *mud burritos* hebben laten staan, lopen we naar buiten.

'Wat is nu het plan?' vraagt Pieter.

'Aan het eind van de middag worden we allemaal opgehaald door een chauffeur van het programma. Daarvoor niks.'

Op de hotelkamer word ik nog zenuwachtiger. Een orkaan *imposter syndrome* trekt over Manhattan, door de straten naar Lotte New York Palace Hotel. Het is allemaal een misverstand. Of een grap. Ik kom straks in de studio's van NBC aan en helemaal niemand zal mijn naam op een lijst hebben staan. Ik zal Seth zien lopen aan het eind van een gang en ik zal mijn hand opsteken ten teken dat ik er ben, maar hij zal alleen maar verbaasd lachen, beschaafd zwaaien en daarna weer doorlopen.

'Kende je die gast bij de security?' zullen ze daarna aan hem vragen.

'Nee... Even dacht ik dat ik hem herkende, maar ik denk dat ik me heb vergist,' zal hij antwoorden. En ik zal een peperdure hotelrekening moeten betalen voor ik gedesillusioneerd terug zal vliegen naar Nederland. Ik zal tegen de receptionist van het hotel zeggen: 'Dit klopt niet. De rekening is voor NBC, ik zou te gast zijn bij Seth Meyers?'

En de receptionist zal antwoorden: 'Jaja. Wie denkt u wel niet dat u bent? Bassie en Adriaan?'

'Niet zenuwachtig zijn,' zegt ze.

Ik sta bij het raam en kijk naar beneden. Ik denk aan de keer dat ik hier met Janine was en aan hoe zij de relatie had verbroken. Midden in New York. We zijn toen ook voor dit hotel langsgelopen, dat kan niet anders, want ik herinner me dat we om St. Patrick's Cathedral heen wandelden. Ik leun voorover, alsof ik onszelf voorbij kan zien komen, twaalf jaar eerder. Jonger, jeugdiger, in die malle kleren van het midden van de jaren nul. De taxi's nog een model ouder, straten zonder Ubers, Tesla's, *boosted boards* en ledreclames in elk bushokje. Niemand met witte oordopjes zonder draadjes.

We keken even omhoog, naar het raam waar ik nu sta.

Hier ben ik vaker. Aan de andere kant van ooit, in een draai van honderdtachtig graden. Niet zozeer de andere kant van de wereld, in een volkomen ander leven, maar juist in precies diezelfde biotoop, alleen in een andere tijd, met uitzicht op exact hetzelfde, maar dan sociaal of zakelijk gezien in de rol van datgene dat zo onbereikbaar had geleken. Ik probeer dit zo nuchter mogelijk te beschrijven, niet als een gevierd artiest of geslaagd mens, maar eerder uit een misplaatst verlangen om te kunnen pendelen tussen die werelden.

Vanuit de hotelkamer op de vijftiende verdieping kijk ik uit over Midtown.

'Wat een merkwaardig leven,' zeg ik. Ik blaas een rondje condens tegen de ruit.

'Stel je niet aan,' antwoordt mijn vriendin en ze heeft gelijk natuurlijk, ze heeft altijd al gelijk gehad. Toch vind ik het merkwaardig. Ik in die grote glazen toren, terwijl ik zeker weet dat ik ook daar beneden nog ergens moet lopen. Met Janine, op weg naar een goedkoop hotel. Of een andere reis, met mijn broertje in 2005, toen we een auto huurden en na een week New York naar North Carolina waren gereden om familie te bezoeken. Of weer een paar jaar later, met Edo op weg naar David Letterman, die toen nog televisie maakte, lang voordat Seth Meyers een eigen show kreeg.

Wie steden van grote hoogte bekijkt, loopt het risico om in een contemplatieve modus te schieten. Net zoals sterrenhemels, oceanen en bergtoppen dat lijken te veroorzaken. Ik doel niet op het cliché dat een astronaut bezigt bij terugkomst op aarde, over het besef van de nietigheid van ons planeetje, dat vanuit de ruimte gezien al het leven zich afspeelt op dat bolletje – dat is ook nog eens heel beangstigend, maar dat is meteen weer ALLES en over ALLES iets voelen is bijna onmogelijk.

Ik vind het al verbazingwekkend dat een buurtfestival niet ontaardt in een anarchistische plunderbende – dat zal iets met de intrinsieke goedheid van de mens te maken hebben, maar dat moet je aan Rutger Bregman vragen –, en de gedachte dat een middelgrote gemeente als Heerenveen gemanaged moet worden kan me zelfs slapeloze nachten bezorgen, want altijd is er wel weer een tractortje bezig met het maaien van een totaal verwaarloosbaar perkje, dat dus niet verwaarloosd wordt, omdat de man op dat tractortje die ochtend is opgestaan, naar zijn werk is gefietst en daar een planning heeft meegekregen van iemand anders die al een paar weken eerder had bedacht dat het kleine perkje ook eens gemaaid moest worden, om vervolgens het tractortje op een aanhangwagen te rijden en het perkje op te zoeken om het te maaien. En dat dan duizenden keren, niet alleen met perkjes, maar ook met vuilnisbakken, rioleringskastjes, middenbermen, speeltuintjes, muren die van niemand zijn en vijvers die van iedereen zijn. Dat mechanisme is natuurlijk een stuk overzichtelijker dan hoe de cellen in je lichaam werken bijvoorbeeld of hoe de ozonlaag nu gaten vertoont doordat een vrouw met een kuif en een bus haarlak in de jaren tachtig haar haar omhoog heeft gespoten, maar toch. Het tractortje is net tastbaar genoeg om over na te denken.

Ik zit achter het iets te kleine bureau in de hotelkamer. Net heb ik een voorbereidend gesprek gevoerd met een redacteur van het programma. Ik verbaas me over het verschil met Nederlandse redacteuren. Die zoeken altijd naar actuele haakjes, urgente instarts, het uitvoerig behandelen van iets wat jijzelf of juist een ander al heeft gemaakt. Hier snappen ze dat het in het belang van iedereen is als een gesprek in de eerste plaats vermakelijk is. De kijker, het tv-programma en de gast zijn er geen van allen bij gebaat als het inhoudelijk helemaal klopt, maar er niet doorheen te komen is. Of er dan recht is gedaan aan het boek of de film of de kwestie waar de gast eigenlijk voor komt, doet er niet toe. Ik bedoel dit overigens niet ter promotie van de vervlakking van televisie, maar in komische talkshows wil je je gewoon vermaken en vermaakt worden. (Al gaat het wat ver als je een schrijver uitnodigt met de belofte om het over zijn roman te hebben om vervolgens alleen maar over een FARC-meisje te praten.)

'Welke verhalen vonden ze leuk?' vraagt mijn vriendin.

'Ik geloof bijna allemaal wel.'

Ter voorbereiding had ik een paar anekdotes gestuurd waarvan ik dacht dat ze zouden werken.

'Hij snapte het precies.'

'Sowieso komt het wel goed, omdat Seth jou ook leuk vindt.'

In Nederland heerst het misverstand dat een programma als dat van Seth of dat van mij een talkshow is. Feitelijk gezien klopt het: er wordt in gepraat. En in het geval van Seth ook nog met gasten, dus op het eerste gezicht lijkt het niet af te wijken van een programma als dat van Jeroen Pauw of Eva Jinek.

Het verschil is dat de comedy in onze programma's is gescript. Elke zin die ik uitspreek is van tevoren bedacht door mij en mijn team. Dat moet ook wel, want als ik ineens iets anders ga doen, dan worden mijn geïmproviseerde monologen niet meer ondersteund door plaatjes en video. Dit soort geschreven stukken bevat soms weliswaar stevige politieke meningen of serieuze beschouwingen, maar in de eerste plaats zijn ze bedoeld om mensen te laten lachen. Seth is geen journalist maar een komiek, en ook ik stond – voordat ik op televisie verscheen – al meer dan tien jaar op het podium met komische voorstellingen van Op Sterk Water en het Monica da Silva Trio. Zo af en toe schreef ik een opiniestuk voor een krant en ik wist vier romans te schrijven, maar mijn geld heb ik altijd verdiend met grappen. Voor mijzelf, voor anderen, in beeld, audio, schrift en muziek. Ik heb leren timen, leren improviseren, leren schrijven in punchlines en heb geleerd wat de meest effectieve zinsconstructie is om een grap te laten landen.

Soms hoor je een Nederlandse presentator zeggen: ik zou wel een latenightshow willen zoals David Letterman. Of zoals Ellen DeGeneres. Ze vergeten voor het gemak maar even dat Letterman en DeGeneres voor ze op televisie kwamen alle stand-uppodia van Amerika gezien hebben en daar meters hebben gemaakt, terwijl Nederlanders met dezelfde ambitie nog nooit een zaal plat hebben gespeeld of door de grond zijn gezakt van schaamte. Laat staan dat ze jarenlang aan hun komische timing en schrijftalent hebben kunnen schaven.

Het is alsof ik zou zeggen: ik houd van auto's, van snelheid, dus zou ik ook wel een keer rondjes willen rijden zoals Max Verstappen, zonder een poging te doen om te begrijpen hoe Formule 1-auto's en -circuits werken.

Tafelprogramma's zijn niet hetzelfde als satirische shows. Op een goeie dag is een tafelprogramma ook komisch en op een slechte dag is een satirische show slechts informatief, maar die twee zijn in de kern onvergelijkbaar. Toch worden ze beide talkshow genoemd.

'Zullen we wat eten bestellen?' vraagt ze vanaf het bed. Ik heb geen idee of het tijd is om te lunchen of te dineren.

'Oké,' zeg ik.

'Wat wil je?'

'Het voordeel is natuurlijk dat mensen niet weten wie ik ben,' antwoord ik, bewust het feit negerend dat ik dat eerder vandaag ook als nadeel heb opgevoerd. Bovendien was het niet echt een antwoord op haar vraag, maar dat maakt niet uit.

'Nee,' zegt ze. 'Mensen kunnen hooguit verrast worden. Er is nul verwachting.'

Ik denk terug aan mijn optreden in *Zomergasten.* Een talkshow. Toen was er wel verwachting, namelijk dat ik het intellectuele deel van de natie zou prikkelen en inspireren. Of dat ik een persoonlijke missie zou hebben waar ik zo gepassioneerd over zou zijn dat anderen die missie blind zouden overnemen, mocht ik de dag na de uitzending komen te overlijden. Ik voelde beide ambities niet. Ik prikkel het liefst met wat ik maak, niet met wie ik ben.

'Dat geeft niks,' zei de redactie van *Zomergasten* toen ik me na het accepteren van de uitnodiging zorgen begon te maken. 'Je hebt heel mooie fragmenten.'

Een week eerder had Thomas Erdbrink de omstreden panarabist Dyab Abou Jahjah te gast in zijn eerste uitzending als presentator van *Zomergasten*. De komst van de man die de aanslagen van 11 september 2001 als 'zoete wraak' had ervaren en die een paar jaar later voor de invoering van de sharia had gepleit, was op veel weerstand gestuit. Daardoor waren er niet alleen die avond zelf, maar ook tijdens de weken voorafgaand aan zijn bezoek en de dagen na de uitzending niet genoeg hekjes beschikbaar om alle #ophef te kunnen verslaan. Zelfs ik had me laten verleiden om korte Twitteroorlogjes over Jahjah te voeren met mensen die helemaal niet voor rede vatbaar waren.

Toen ik de studio binnenstapte, met een tas fragmenten en een hoofd vol meningen, legde de murw geslagen presentator in de gang een hand op mijn schouder en verzuchtte: 'We gaan er vandaag gewoon een gezellige avond van maken.'

'Ja,' zei ik. Maar ik dacht: echt?

Nu heb ik niks tegen gezellige avonden, maar ik had nog nooit een *Zomergasten*-recensie gelezen waarin enthousiast werd gemeld dat de presentator en de gast gezellig hadden zitten kletsen. Dat is toch een beetje alsof je na een vijfgangendiner naar de keuken loopt en tegen de chef roept: 'Man, wat zaten die stoelen lekker vanavond.'

Mijn drie uren als zomergast waren op zich niet onaangenaam. Van tevoren had ik een berichtje gekregen van Jim Taihuttu, die een jaar eerder zomergast was geweest. Hij schreef: 'Jij gaat daar niet gewoon in een trui zitten, hoor.' Zelf had-ie zich in pak en stropdas laten ondervragen. Ik durfde hem niet terug te schrijven dat ik speciaal voor die avond een nieuwe trui had gekocht.

Thomas was vriendelijk en geïnteresseerd, ik kon een aantal grapjes maken, mijn favoriete fragmenten laten zien, maar elk onderwerp waar ik iets dieper op in wilde gaan werd net te snel afgewisseld door een ander onderwerp waar we het luchtig over konden hebben, misschien omdat ik zelf niet de momenten greep, misschien omdat de fragmenten te weinig aansloten bij wat ik eigenlijk wilde zeggen, maar waarschijnlijk vooral uit angst dat de gezelligheid op d'r tenen de studio uit sloop, waardoor ik met een aantal onuitgesproken tirades onder mijn arm naar huis ging.

Bijzonder onderwijs, vrijheid van meningsuiting, een moeder missen, allemaal dingen waar je prima een *Zomergasten*-avond mee zou kunnen vullen, maar voor ik het wist was de avond voorbij en stond ik buiten in mijn nieuwe trui.

Hoewel ik bewust geen reacties heb gelezen, ook dat was me van tevoren aangeraden, begreep ik later dat er de volgende dag in een krant had gestaan dat ik eigenlijk een te gewone jongen was voor *Zomergasten*.

Een gewone jongen. Met gewone jongens win je tegenwoordig de verkiezingen, maar al die jaren dat ik me uit de naad heb gewerkt was 'gewoon zijn' nou niet bepaald de horizon waar ik op afkoerste. Mijn onvermogen om één te worden met mijn werk – waardoor ik tijdens het vertellen van mijn verhalen ook als een beschouwer mijzelf zie zitten – maakte dat ik 'gewoon' was geworden.

De poging van Thomas om de week ervoor te neutraliseren droeg ook niet bij. Je zou kunnen beweren dat Dyab Abou Jahjah ervoor gezorgd heeft dat een substantieel deel van Nederland nu denkt: *wat een heerlijk gemiddeld mens is die Lubach toch.* Ik weet niet wat ik erger vind, dat of zijn uitspraken over 11 september.

Inmiddels zeg ik weleens tegen mensen die niet weten dat ik er ooit zat: 'Als ik ooit in *Zomergasten* zit, dan laat ik een stuk zien uit het jaar dat Thomas Erdbrink het programma presenteerde.'

Ik zeg dingen hoofdzakelijk voor mijzelf.

Aan het eind van de middag komen de anderen naar ons hotel. We worden straks opgehaald met een auto, al is het niet meer dan vier minuten lopen naar het Rockefeller Center.

We verzamelen in de lobby. Iedereen die door de draaideur naar binnen komt slaakt een zucht van verlichting: buiten is het kennelijk nog steeds ijskoud.

Een chauffeur loopt op ons groepje af en vraagt: 'Ardjen?' en ik knik. Buiten stappen we in een zwarte Lincoln Navigator, een auto die ik zo zou willen hebben, maar die zoveel benzine slurpt dat ik daar niet met goed fatsoen in rond kan rijden, wil ik niet al te hypocriet overkomen als ik op televisie weer eens over het klimaat preek. Kees van Kooten noemde me ooit een 'humoralist', en ondanks de eer dat hij een neologisme aan me wijdde – waarbij ik moet aantekenen dat ik het woord later ook eerder in de geschiedenis in andere betekenissen tegen ben gekomen – deed het me ook een beetje gruwelen. Ik wilde nooit preken, maar kom soms ernstig dicht in de buurt. Mijn bewegingsvrijheid is door mijn eigen woorden ingeperkt tot een overzichtelijke cirkel, waar ik – voor zover dat gaat – ruim binnen probeer te blijven.

We rijden langs St. Patrick's Cathedral, een stukje over 5th Avenue en weer naar links op 49th Street, een minuscule triomftocht waarvan ik niet weet waar ik die aan te danken heb, behalve dat ik jarenlang harder heb gewerkt dan al mijn middelbareschooldocenten ooit voor mogelijk hebben gehouden. We rijden stapvoets langs het plein voor het Rockefeller Center. Voor het gebouw staat een standbeeld van Prometheus. Een prima symbool voor wat televisie maken inhoudt: het vuur stelen van de goden en teruggeven aan de mensen.

'Wisten jullie dat veel van de oude wolkenkrabbers hier mede gebouwd zijn door Mohawks?' vraag ik aan de rest.

'Mohawks?'

'Indianen.'

'Ga je dit straks op tv vertellen?' vraagt mijn vriendin.

'Het is echt zo. Omdat ze geen hoogtevrees hebben.'

Ze pakt haar telefoon. De auto stopt. Ook al willen we uitstappen en zelf gaan vragen waar we moeten zijn, we moeten wachten tot we worden opgehaald. De chauffeur heeft strikte orders en is druk aan het praten in een portofoon.

'Het klopt niet,' zegt mijn vriendin.

'Wat niet?'

'Ze hadden wél hoogtevrees, maar in hun cultuur is het niet gebruikelijk om dat soort angsten te laten zien. Daardoor dácht iedereen dat ze geen hoogtevrees hadden.'

'Oké.'

'Lees verder dan je Wikipedia-alinea lang is.'

'Oké.'

We worden opgevangen en naar een lift begeleid. In de spiegel zie ik ons staan: de uitvoerend producent, die als vanzelf is opgegaan in het vriendengroepje, mijn broertje, de fotograaf en vriend van Janine, zijzelf en mijn vriendin.

Ik wissel een blik met Janine. Langgeleden stond ik al met haar in deze lift, met een andere bestemming. Halverwege de jaren nul zeiden we in haar tuin in Groningen: 'Zullen we de relatie verbreken?' Dat leek ons allebei het beste.

'Maar hoe dan?' had ik gevraagd.

De boomgaard stond in bloei, peren en appels lagen om ons heen in het gras. Het Groningse land strekte zich kilometers ver uit. Er viel weinig te renderen.

'Op het Empire State Building?' vroeg ze. Dat leek haar het beste. De meeste mensen vragen elkaar ten huwelijk op het Empire State Building, maar dit was vast nog nooit gedaan. 'We maken het uit op het Empire State Building.'

Ik had ermee ingestemd.

Een paar maanden later vlogen we naar New York. Een groter contrast met het uitgestrekte Groningse weilandentapijt was niet denkbaar. We zagen wat voorstellingen, liepen door The Village en langs het toen nog braakliggende terrein van het WTC, dat in mijn misvormde herinnering nog smeulde, wat natuurlijk onzin is, aangezien het jaren later was.

Na dagen uitstellen en rondslenteren was het eindelijk tijd om het uit te maken. We liepen naar 5th Avenue, nadat we koffie hadden gekocht in Café 28, en kwamen aan bij het Empire State Building, waar tot ons ongenoegen een gigantische rij stond. Een kwartier lang keken we naar de sliert toeristen, in de hoop dat het een gelegenheidsgroep was die vanzelf zou verdwijnen, maar de rij werd alleen maar langer.

'Wil je wel in de rij staan om een relatie te beëindigen?' vroeg ik.

'Dat gaat me een beetje te ver,' zei degene die met het plan was gekomen om naar een ander continent te vliegen om het uit te maken.

'Dan gaan we naar een ander hoog gebouw.'

We hielden een taxi aan en reden uptown richting Central Park. Bij het Rockefeller Center stapten we uit.

De lift schoot voorbij de studio's van *Saturday Night Live* en de studio waar ik meer dan tien jaar later te gast zou zijn. Niet lang daarna waren we er: on Top of The Rock. De wolken trokken snel over, alsof de timelapse die bij deze scène hoorde zich realtime voltrok.

'Dat was het dan,' zei ze.

'Ja. Het was gezellig,' zei ik.

Ze keek alsof dat wat ik zei precies de reden was waarom die relatie geen stand had gehouden.

Nu zijn we terug, hetzelfde gebouw, dezelfde twee mensen, maar in plaats van door te gaan tot het dak stopt de lift op de zevende verdieping. En in plaats van de laatste minuten van een relatie te beleven zijn we hier nu allebei met een nieuwe geliefde.

Ons gezelschap wordt naar een kleedkamer gebracht, een kleine ruimte met een bank, een tafel met spiegel en genoeg snacks voor een klas op schoolreis. Het lijkt ze geen seconde te verbazen dat ik zo'n grote entourage heb laten overvliegen. Op een tablet naast de deur prijkt digitaal mijn naam. Naast ons zien we de kleedkamers van de andere gasten: iemand van *Queer Eye* – waar vooral de vrouwen en homo's in ons gezelschap nogal op aanslaan –, de acteur die Harry Potter speelt, Daniel Radcliffe, en de familie van Seth, want hij zal die avond meteen een aflevering opnemen voor de volgende dag: Thanksgiving.

'Wat ga je eigenlijk vertellen?' vraagt de vriend van Janine.

'Onder andere hoe jouw vriendin het met mij uitmaakte op het dak van dit gebouw,' zeg ik.

Waarschijnlijk denkt hij dat het een grapje is, maar dit is een van de anekdotes waar de redactie van Seth op aansloeg.

'Hey guys, deze bar is voor de gasten,' zegt iemand die we nog niet eerder hebben gezien. De vriend van Janine gaat meteen aan de slag met ingewikkelde cocktails. Ik wil niet te veel drinken, maar accepteer één drankje om wat losser over te komen.

Iemand van de internetredactie komt vragen of ik voor hun Instagram heel kort iets kan zeggen over hoe we in Nederland Thanksgiving vieren. Ik zeg dat dat geen enkel probleem is, maar dat het nog korter zal duren dan ze al hoopt.

Weer een ander gezicht komt zeggen dat ik over twintig minuten aan de beurt ben.

'Wat als ik val?' vraag ik.

'Wanneer?'

‘Tijdens de opkomst. Dat Seth mijn naam noemt en ik door het gordijn stap en vooroverval.’

‘Dan doen ze het vast opnieuw.’

‘Oké.’

Weer iemand anders komt vragen of de mensen die ik op de gastenlijst heb staan er al zijn. Ik zeg: ‘Volgens mij wel’ en ik stuur een bericht naar Katja, met wie ik in Los Angeles naar *The Book of Mormon* was geweest. Zij en haar vriend zitten in het publiek.

Ik val niet. Het gesprek verloopt na een initiële valse start – omdat ik toch wat zenuwachtig ben over het Engels – uiteindelijk vrij aardig, met veel gelach vanuit het publiek en de mogelijkheid tot het vertellen van de verhaaltjes die ik van tevoren had doorgegeven.

Dan is het klaar, neem ik afscheid van Seth en de andere gasten, trekken we onze jassen aan en staan we weer op straat in de ijskoude stad.

‘Ik dacht even dat ik net te gast was in een talkshow op de Amerikaanse televisie,’ zeg ik.

‘Wat een merkwaardige fantasie heb jij toch,’ zegt mijn vriendin.

Het is toch echt zo, want Katja stuurt een berichtje: ‘*You killed it!*’

Ik stuur een locatie terug en niet veel later voegen zij en haar vriend, een Australische acteur, zich bij onze groep.

‘We gaan uit eten,’ roep ik. ‘Ik trakteer.’

Mijn broertje gaat vragen of er plek is in de Rainbow Room, boven in het Rockefeller Center, maar hij wordt uitgelachen. Kennelijk is dat iets wat je niet last minute kunt vragen.

Uiteindelijk vinden we een italiaan waar nog plaats genoeg is voor onze groep.

'*That was great, right?*' vraagt de vriend van Katja.

'*Yeah,*' zeg ik. '*I guess.*'

'*What do you mean? You were rocking that room!*'

Ik kan nu doen alsof het een heel bijzondere prestatie was of dat er allerlei gênante dingen gebeurden, maar de waarheid is dat het vrij snel voorbijging. Ik werd – niet anders dan bij *Zondag met Lubach* – in de make-up gezet, had – niet anders dan bij *Zondag met Lubach* – kort een gesprek met een producer, een geluidsman en Daniel Radcliffe (dat was wel anders dan bij *Zondag met Lubach*), en voor ik het wist mocht ik achter het gordijntje wachten tot ik mijn naam hoorde.

Ik glimlach en neem een slok van mijn wijn.

'Laat hem maar even,' zegt mijn vriendin tegen hem. 'Hij moet eerst alle onzekerheden in zijn hoofd tot een maximum opblazen, om zich dan te realiseren dat het wel meeviel. Dat proces duurt een uurtje.'

Ik kijk naar haar en verbaas me er weer eens over hoe goed ze me kent.

'Dat klopt,' zeg ik, in het Nederlands, zodat de Australische acteur het niet kan verstaan.

'Ja,' zegt ze. 'Ik zeg niet zomaar dingen.'

Ik richt me weer tot hem.

'Alleen het Engels vond ik wel lastig. Ik ben echt jaloers op jullie.' Ik zeg 'jullie', er even aan voorbijgaand dat Katja uit Amsterdam zichzelf zo goed Engels heeft geleerd dat niemand meer om haar heen kan. Daar had ik ook voor kunnen kiezen. In plaats daarvan ben ik gaan schrijven.

'Nederland is zo klein wat dat betreft,' zeg ik, tegen niemand in het bijzonder.

Ik houd enorm van de Nederlandse taal, maar als ik fantaseer waar mijn werk terecht had kunnen komen als we in Nederland al eeuwenlang Engels hadden gesproken, vind ik het jammer dat ik ben opgegroeid in zo'n klein taalgebied. Vroeger moest ik zelf altijd lachen als een Nederlandse band verzuchtte dat Nederland te klein voor ze was geworden, maar toch heeft elke Nederlandse grap, liedje of stuk tekst per definitie een beperkter bereik dan wanneer het te begrijpen zou zijn door 765 miljoen Engelstaligen. De filmpjes die wij bij *Zondag met Lubach* in het Engels hebben geproduceerd (The Netherlands Second, NRA als aandoening en *Westeros*, de fictieve *Game of Thrones* spin-off) vlogen de wereld over. Toen wij in 2015 een sketch bedachten waarin ik zogenaamd Rutte via een zendertje souffleerde, keken er een paar honderdduizend mensen, toen de Engelsman Michael Spicer jaren later precies hetzelfde deed bij Engelse politici, kreeg hij een baan in Hollywood aangeboden.

Het doet me denken aan hoe ik een paar jaar geleden dineerde in het gezelschap van Richard Dawkins, evolutiebioloog en een van de aanjagers van het 'nieuwe atheïsme'. We zaten met een handjevol Nederlandse schrijvers, filosofen en biologen aan een lange tafel aan de Herengracht. Ik had er erg naar uitgekeken, op de manier waarop ik me voorstel dat groupies vroeger naar een ontmoeting met Doe Maar uitkeken: *O maar als Ernst Jansz* MIJ *ooit ontmoet, dan voelt hij ook de verwantschap die ik al jaren voel.*

Ze hadden me recht tegenover Dawkins gezet. Het was geen onaardig gesprek, maar omdat in mijn zinnen de Nederlandse woorden als eerste naar boven dreven en ik een soort innerlijke strijd voerde om die woorden weer onder te duwen en hun Engelse varianten naar boven te vissen, bleef het toch bij een onevenwichtig, semioppervlakkig gesprekje.

'*What do you do?*' vroeg hij op een gegeven moment en ik vertelde dat ik grappen schreef en speelde voor de televisie. Hierna begon hij tot in detail zijn favoriete *Monty Python*-sketches te omschrijven, die ik stuk voor stuk allemaal al kende.

Misschien heb ik het in de loop der tijd erger gemaakt dan het was, maar ik herinner me de avond vooral als een hoorcollege van zijn kant met mijzelf als een *heckler* met een accent.

'Hij had net zo goed tegenover een plant kunnen zitten eten, dan had-ie tenminste nog wat zuurstof kunnen binnenhalen,' zei ik bij thuiskomst tegen mijn vriendin.

'Wat doe je?' vraagt ze. Ik kijk over mijn laptop naar het raam van onze hotelkamer. Aan de overkant van de straat, in een andere wolkenkrabber, gaat gelijktijdig het licht van twee hele verdiepingen uit.

'*Namedroppen.*'

Na het etentje zijn we naar het hotel gelopen en maar in bed gaan liggen. De slaap laat op zich wachten. Er zitten nog te veel adrenaline in mijn bloed en te veel gedachten in mijn hoofd en langzaam zak ik weg in het moeras van eerdere ellende. Ik raak verstrikt in de gedachtenfuik en de eindeloze herhaling van het naspelen van wat er is gebeurd, wat er had moeten gebeuren of wat er kan gebeuren. Niet zelden graaf ik me dieper in dan nodig, haal ik eerdere frustraties aan, duik ik verder naar beneden, waar er schatkisten vol mentale folteringen klaarstaan.

Ik luister naar mijn ademhaling. Het ventilatiesysteem en de geluiden van de straat vermengen zich met mijn tinnitus.

‘Het was zo gaaf,’ fluistert ze tussen de sneltreinen door.

Ik draai me om en lig vlak bij haar. Haar grote groene ogen dringen door tot achter in mijn hoofd. Ze is eigenlijk niet te omschrijven, denk ik. Ik kan het wel proberen, maar ik zal nooit kunnen laten weten wat ik zie en voel. Zoals het ook onmogelijk is om een foto te maken van de maan die overweldigend groot aan de hemel staat. Wie een poging doet komt altijd bedrogen uit.

Ik adem rustig en kijk naar dit wezen hier in bed in New York, dat nog met mij mee zou reizen naar Mars en daar in een ruimtebed zou gaan liggen, als ik er maar was.

Op het moment dat mensen in Nederland onder de douche stappen of boterhammen met pindakaas aan het smeren zijn voor school, word ik wakker. Hoewel het mijn eigen plan was, voelt het allemaal nogal onnozel nu ik midden in een slapende stad moet doen alsof de dag begint. Een tijdje staar ik met open ogen naar het donkere plafond. Ik zet de televisie aan, zap langs wat kanalen en ineens is het daar: mijn debuut in een Amerikaanse talkshow.

Zij wordt ook wakker.

‘O is het nu?’

‘Ja,’ zeg ik. ‘Blijkbaar.’

Ze gaat rechtop zitten. Mijn naam komt voorbij in de leader. Ze duwt me hard in mijn zij, alsof ik dat zelf niet had gezien.

Ik word aangekondigd, eerst nog grappen over de actualiteit en Daniel Radcliffe. Je moet je plaats kennen. Eerst een tovenaar, dan ik, tuurlijk. Na twintig minuten wachten kom ik op, op de bekende Amerikaanse wijze: een zwaaitje naar het publiek, een knuffel met de host en een dansje bij het bureau en de stoelen.

Mijn initieel gehakkel valt me alles mee. Alleen een eerste zenuwstuip en wat Engelse onwennigheid, maar daarna verloopt het prima.

'Zie je wel?' zegt ze.

'Ja,' zeg ik. 'Oké. Het was oké.'

Na de uitzending blijven we in bed liggen.

'Het is Thanksgiving,' zegt ze.

'O ja.'

'*Wilt heden nu treden voor God den Heere*,' zing ik zacht in bed.

'Wat is dat?'

'Een Nederlands gezang dat ze hier zijn gaan zingen op Thanksgiving.'

Ik moet denken aan het artikel dat ik op de heenweg had gelezen in een toeristisch tijdschrift over de wintermaanden in Amerika. Over de pelgrims die eerst elf jaar in Leiden hadden gewoond, maar bang waren voor een vermenging met andere groepen – homeopathische verdunning zou je dat tegenwoordig noemen, afhankelijk van je positie op het politieke spectrum – en die uiteindelijk besloten de Nieuwe Wereld een kans te geven. Ze voeren met het schip de Mayflower naar Amerika, stichtten een gemeenschap, ondergingen een mislukte oogst en kregen daarna – met hulp van de Wampanoag-stam – alsnog een geslaagde late oogst, ver in het najaar.

Daarom waren ze dankbaar. En daarom spreekt mijn vriendin hier in het bed in de wolkenkrabber in Midtown de zin uit dat het vandaag Thanksgiving is. Pas na de Amerikaanse Burgeroorlog is het feest ingezet om heel Amerika te verenigen.

Het is onvoorstelbaar hoe snel mensen denken dat iets heilig is, puur door herhaling. Eigenlijk hoef je alleen maar te wachten tot iedereen die aan de basis van een traditie staat dood is en je bent er al. Het verheffen van een land met een bepaalde cultuur en een verzameling normen en waarden tot datgene waar tot in de eeuwigheid voor gestreden zou moeten worden, komt als je de hele geschiedenis in ogenschouw neemt op mij nogal naïef over.

'Zo veel mogelijk vrijheid voor iedereen' is het enige waar je gepassioneerd voor zou moeten strijden. Al het andere is geneuzel.

'Weet je nog dat we in Provincetown waren? Op Cape Cod?'

'Ja?'

'Daar kwamen de Pelgrims met de Mayflower aan land.'

'Ik weet niet waar je het over hebt,' zegt ze. 'Ik zit niet in jouw hoofd hè?'

Dat vergeet ik weleens. Ze zit overal, meestal ook in mijn hoofd, maar niet alles wat ik denk is toegankelijk. Ik ben blij dat ze mijn machines niet hoort.

Langzaam val ik weer in slaap, in flarden gedachten over pelgrims uit Leiden en talkshows en vroeger, altijd weer vroeger. Mijn moeder die ergens anders op de planeet een manier heeft gevonden om mij op de Amerikaanse televisie te zien, ik weet zeker dat ze dat zou doen, ze zou het hebben opgenomen of gedownload en rondgestuurd aan iedereen die ze kende en ze zou van me hebben gehouden, niet meer of minder dan eerst, maar gewoon evenveel en dat was precies goed. Ik weet zeker dat ze dat zou hebben gedaan, ware het niet dat de willekeur van de wereld iets anders in petto had, dat ze weliswaar heel veel van me heeft gehouden en misschien zelfs ooit al zag wat anderen pas later zagen, maar dat alles heeft niet kunnen voorkomen dat ze al in 1991 is gestorven in een huis aan een doodlopende weg in een Gronings dorpje.

We hebben ontbijt op de kamer laten brengen. Er is weinig waar ik haar zo gelukkig mee kan maken. Haar geluk begint al als we die lange strook invullen en vóór twee uur 's nachts aan de deur hangen en loopt helemaal door tot na het ontbijt, als het geplunderde dienblad weer bij de deur staat. Tussendoor geeft ze een gigantische fooi aan degene die het ontbijt heeft gebracht, alsof alle realiteitszin verblind is door een portie eggs benedict en een zilveren kannetje slappe koffie.

'Wat zouden Bassie en Adriaan voor ontbijt hebben besteld?' vraagt ze.

Ik moet lachen.

Inmiddels heeft in Nederland iemand opgemerkt dat ik te gast was bij Seth Meyers. Online wordt het hier en daar gedeeld, vooral het gegeven dat ik Harry Potter zou spreken. Iemand anders noemt Seth Meyers links-activistisch. Iemand noemt mij links-activistisch. Op die manier past het weer in het beeld dat een deel van de bezorgde Nederlanders van mij heeft. Lubach gaat op bezoek bij zijn Amerikaanse medestrijder tegen vlees, Trump, traditie, het negeren van de klimaatproblematiek – alles wat de gewone man belangrijk vindt.

Het blijft opmerkelijk: ik zeg iets links, dan ben ik een linkse activist, ik zeg iets rechts, dan ben ik een racist of fascist, ik zeg iets elitairs, dan hoor ik bij de elite, ik zeg iets tegen de elite en dan ben ik gecontroleerde oppositie, ik zeg iets groens, dan ben ik een klimaatgekkie, ik zeg iets klimaatkritisch, dan ben ik een ontkenner, zeg ik iets druifs, dan ben ik alle fruit, zeg ik iets zachts, dan ben ik de stilte zelf.

We zitten rechtop in bed.

'Veel leuke reacties, toch?' probeert ze.

Ik mompel wat. De leuke reacties zie ik wel, maar ik registreer vooral de reacties die me boos maken. Als ik die psychologische truc van mijn brein toch eens zou kunnen uitbannen.

Een trol zonder naam of foto beweert dat alles wat ik zeg wordt ingefluisterd door de zittende macht. En dat ik net als Meyers een handpop van de linkse elite ben, dus dat wat Seth en ik op televisie zeggen ook wel onderdeel zal zijn van een groots opgezet internationaal plan. Ik moet lachen en lees het voor aan mijn vriendin. Ze laat een halve grapefruit op het dekbed vallen.

'Mensen zijn krezie,' zegt ze.

Ik moet denken aan al die verwijten die me op social media zijn gemaakt en probeer me voor te stellen dat ik me op een dag echt voorneem om een bepaalde geheime politieke agenda door te drukken. Bijvoorbeeld dat ik een verhaal maak over misstanden in de bio-industrie, maar stiekem speelt er iets anders. Ik zou in het diepste geheim een ander motief hebben om mensen van het vlees af te krijgen, bijvoorbeeld omdat ik in opdracht van de elite de gewone man zijn pleziertjes wil ontnemen. Of omdat ik zou zijn betaald door de producenten van nepvlees. Of politici willen mij gebruiken als een handpop. Wat dan ook.

En stel dat ik dit onderwerp om een van die redenen zou willen behandelen op televisie, door informatie bewust te verdraaien en te liegen en te verpakken als comedy zodat het in een anti-bio-industrieverhaal past, dan is het bijna niet te omschrijven hoeveel obstakels ik tegen zou komen in het maakproces, van collega-schrijvers, van productiemensen, van producenten, van eindredacteuren, van omroep- en zenderbazen, factcheckers. De enige verklaring zou dan ook zijn dat ál deze schakels, al deze mensen, stuk voor stuk hetzelfde complot dienen en dat iedereen onderdeel is van dezelfde ideologische zwendel. Hoe je zo'n gigantische groep mensen scout en controleert, zou ik niet weten. Je zou bij elk sollicitatiegesprek van al die honderden mensen hebben moeten vragen of ze én hetzelfde perfide doel zouden willen dienen, en zo niet, of ze dan dit vreemde verzoek zouden willen verzwijgen na het sollicitatiegesprek.

Of de agenda is zo sluw vormgegeven dat alleen de top ervan weet (maar wie dan? De NPO? De VPRO? De eindredacteur?) en zo manipulatief te werk gaat dat iedereen op de redactievloer dénkt dat hij of zij in een open, vrije, eerlijke, redelijke journalistiek-satirische omgeving opereert, maar eigenlijk dus onbewust doet wat een klein groepje machthebbers wil. Subtieler. Door bepaalde onderwerpen wel of niet te behandelen. Maar in dat geval zou ik zelf op een gegeven moment moeten zijn ingewijd, apart zijn genomen door een baasje om mij bij het geheime genootschap van elitaire booswichten aan te sluiten.

Ik laat het weten als het zover is.

'O ja, de optocht is vandaag,' zegt mijn vriendin. Ze is aan het zappen en blijven hangen op CNN. Op televisie zie ik hoe bij Central Park gigantische ballonnen worden opgelaten.

'Dat is de route!' roept ze. 'Zullen we daarheen?'

Ik kijk naar de televisie en zie het liveverslag van het begin van de Macy's Parade, een soort bloemencorso, maar dan niet met praalwagens maar met gigantische heliumballonnen die door de straten worden getrokken.

‘Wat slim eigenlijk,’ zegt ze. ‘Macy’s is toch gewoon een winkel? Die hebben al jarenlang elk jaar een gigantisch lange reclame op meerdere televisiezenders.’

‘Echte commercie is hier uitgevonden,’ zeg ik.

‘Ze komen langs 6th Avenue, over twee uur.’

Ze springt op en zet het dienblad met de restanten van het ontbijt op de grond. Alsof we haast hebben. Alsof 6th Avenue twee uur lopen is.

De anderen zijn weer naar Midtown gekomen. De lucht is helderblauw, het is nog kouder dan gisteren.

‘Hier naar links,’ roept mijn broertje, die ik blind vertrouw als het gaat om zijn richtinggevoel. Dat is een familietic. Net als mijn vader en mijn twee broers heb ik de hele dag een vrij helder beeld van waar op de landkaart ik loop, waar het noorden is en waar ik al eens geweest ben. Mijn broertje is nog erger dan ik, omdat hij zijn innerlijke cartograaf weet te combineren met zijn kennis van dienstregelingen van het openbaar vervoer, wat betekent dat ik in zijn gezelschap mijn meerdere moet erkennen. Onze oudere broer is het ergst, maar zijn leven kruist het mijne minder vaak.

Bij een Duane Reade kopen we handschoenen en mutsen uit een aanbiedingenrekje. Naarmate we dichter bij de route komen, worden er steeds meer straten afgezet. Dat midden op de avenues lopen heeft iets onvoorstelbaars; tussen de wolkenkrabbers, zonder het drukke Manhattanverkeer. Alleen voetgangers en hier en daar een fietser verplaatsen zich nog door dit stuk van de stad.

‘Wanneer vliegen jullie terug?’ vraagt de uitvoerend producent terwijl we op 55th Street lopen.

‘Middernacht,’ zeg ik. ‘Jij?’

‘Zaterdag.’

Vlak voor we bij de route komen duiken we een Pret A Manger in voor koffie. Er zijn mensen met kleine kinderen, mensen die vroeg zijn opgestaan om op Manhattan te komen, maar ook mensen die nog wakker zijn, omdat de avond voor Thanksgiving een feestavond is, zoals Koningsnacht ook aan Koningsdag is vastgesmokkeld. Iedereen lijkt vrolijk.

‘Als ik land op Schiphol moet ik meteen door naar Groningen voor een try-out,’ zeg ik.

‘Echt?’

‘Ja.’

‘Het lijkt me dat je dan wel wat dingen bent vergeten?’

‘Nee joh,’ zeg ik.

‘O gelukkig.’

‘Ik ben alles vergeten.’

Hij moet lachen. En ik ook, maar vooral omdat het waar was wat ik zeg. Ik denk aan Vlieland. De warme zomeravonden in het kleine zaaltje, met de papierversnipperaar op het podium. Het lijkt wel of ik aan het eind van de zomer mijn hele hoofd in de versnipperaar heb gestopt.

Als we onze koffie hebben, lopen we naar buiten en blijven we staan op de straathoek.

‘Daar komen ze!’ roept mijn broertje en na een aantal motoragenten en cheerleaders verschijnt inderdaad de eerste wagen: een gigantische kalkoen, met voorop de zwaaiende pelgrims van de Mayflower, rechtstreeks door de eeuwen heen uit Leiden overgekomen naar hun beloofde land; ze worden begeleid door mensen verkleed als herfstbladeren.

Daarna komen de Macy's-sterren, zodat het duidelijk is wie hier twaalf miljoen aan uit heeft gegeven, gevolgd door fanfares, beroemdheden als John Legend en Diana Ross en natuurlijk de gigantische ballonnen, van allerlei onnavolgbare figuren: Pokémon, SpongeBob, Ronald McDonald, dino's, Olaf van *Frozen*.

De ballonnen doen precies waar ze voor gemaakt zijn; de figuren hebben iets magisch. Ze horen daar niet. Ze horen niet eens te bestaan. En zeker niet op dit formaat, hooguit op een klein schermpje. Het zien van de grote zwevende figuren is niet een imposante bijkomstigheid, zoals de wolkenkrabbers die als overweldigende reuzen in de stad staan, maar die in eerste instantie als kantoor- of woonruimte dienen. Dit niet. Dit is gewoon precies wat het is: enorme zwevende tekenfilmfiguren die aan touwen door de stad worden getrokken.

We gillen als kinderen, want feitelijk gezien is dat ook onze relatie tot deze optocht. Het is nieuw en groots. Achter ons staat een groep halfdronken Amerikanen de optocht ironisch te verslaan. Iets wat ik ongetwijfeld ook zou hebben gedaan als ik al sinds mijn derde door mijn ouders was meegenomen en nu weer diezelfde vergeelde commerciële onzin over 6th Avenue zou zien trekken.

De lucht is ongelooflijk helder. Snerpend koud. Okselfris, of hoe je dat ook allemaal noemt. We knipperen met onze ogen, omdat ze anders bevriezen.

Als we niet meer kunnen, nemen we afscheid van de anderen en gaan we terug naar het hotel.

Nu is het weer donker en pakken we onze koffers. Over een uur vertrekken we naar JFK Airport en vanavond vliegen we terug, tijdreizend door de nacht, om aan te komen in het

Nederland van morgen. Ik zal meteen doorrijden naar Groningen, om een voorstelling te spelen in de USVA, het theatertje van de universiteit. De eerste in vele maanden. Ik ben alles vergeten. Ik begin opnieuw.

IV

FRIESLAND

Toen ik daar kwam, was alles stil en zondagachtig, en warm en zonnig – het werkvolk was weg naar de velden; en in de lucht hing d'r dat soort vage gezoem van beestjes en vliegen waar het zo eenzaam door lijkt en alsof iedereen dood en begraven is; en als d'r een briesje langs blaast en de bladeren aan het trillen zet, dan ga je je treurig voelen, want je hebt het gevoel of d'r geesten fluisteren – geesten die al jaren dood zijn – en denkt altijd dat ze over jou praten.

Mark Twain, *Huckleberry Finn*

Thomas is bekend geworden vanwege zijn ongelovige aard. Toen Jezus drie dagen na zijn kruisdood weer was opgestaan en zich onder zijn discipelen begaf, was Thomas er niet bij. Daar ging het al mis. Misschien stond hij ergens op de verkeerde heuvel te wachten of lag hij nog in bed, dat weet ik niet, maar feit is dat hij het moment suprême gemist had. Thomas kon dan ook niet geloven dat de anderen Jezus springlevend hadden zien rondlopen. Hij moet een Aramese variant van 'ja, doei!' hebben uitgeroepen.

Een weekje later liet Jezus zich opnieuw zien. Nu was Thomas er wel bij en raakte hij alsnog overtuigd, zeker toen hij met zijn 'handen aan de wonden op het lichaam van Jezus voelde'. Ik weet niet waarom je aan wonden zou moeten voelen om ze als bewijs te accepteren, want de special effects in die tijd waren vast niet zodanig dat mensen aan de lopende band met geloofwaardige nepwonden rondliepen om een wederopstanding te veinzen. Maar goed, Thomas voelde aan de wonden van Jezus en was om.

'Ja nu ineens, omdat je me gezien hebt, geloof je,' zei Jezus toen tegen hem. 'Maar gelukkig zijn zij die niet zien en toch geloven!'

Dit was een slim zinnetje. Op deze manier wilden de schrijvers van de Bijbel voorkomen dat mensen later zouden zeggen dat ze eerst willen zien en dan pas geloven. Als de kinderen op een dag komen klagen dat ze geen bewijzen zien voor het bestaan van God, dan kunnen ze het evangelie van Johannes openslaan en over Thomas vertellen en hoe we toch gelukkiger zullen worden als we God wel accepteren, zelfs zonder enig bewijs.

Aftiteling en epiloog: Thomas is in zijn latere leven ver weg in India en omstreken gaan prediken, maar pas echt groot werd zijn faam na zijn eigen dood, toen hij net als zijn collega-discipelen als heilige over de hele wereld vereerd werd. Zijn rechterarm en -hand – de hand waarmee hij Jezus' wonden had moeten betasten om overtuigd te raken – werden bewaard en vereerd, zoals een puber zijn rechterhand vereert. Uiteraard ontstond er onenigheid over wat nou de echte hand en arm van Thomas waren geweest, met het gevolg dat er nu handen en armen te vinden zijn in onder andere Rome, Bari, Parijs, Soissons en Bologna.

Ook in de Sint-Servaasbasiliek in Maastricht staat een reliek met daarin een groot armbot dat aan Thomas wordt toegeschreven. Het bot is rond het jaar 1100 geschonken door Godfried van Bouillon en ligt sindsdien in de kelder in Maastricht. Wie al deze botten, kootjes en gewrichtjes uit de diverse relieken weer in elkaar zou zetten, zou een monsterlijke versie van het skelet van Thomas krijgen, als een hindoegod met meerdere armen, handen en vingers. Gelukkig zijn zij die niet zien en toch geloven.

Vanuit mijn huis hoor ik de klokken. Tien dagen lang worden ze geluid, te beginnen op de naamdag van de goede oude Sint-Ongelovige Thomas, helemaal tot het eind van het jaar. Het idee is dat we zo de kwade geesten verdrijven, terwijl iedereen weet dat die in onze hoofden wonen. Vroeger werd er in grote delen van Friesland aan Sint-Thomasluiden gedaan; mijn opa van moederskant was een professionele luider in Donkerbroek, een paar plaatsen verderop, maar momenteel zijn er nog maar twee kleine dappere dorpjes over waar ze tien dagen lang de klok luiden. En in een van die dorpjes woon ik.

Het geluid van de twee Thomasklokken drijft ver, over weilanden, over de heide en over het bos waar ik woon. Het is nog flink lastig om de twee klokken, een zware en een lichte, zo te laten swingen dat er een harmonisch geheel klinkt. Ik heb het zelf een paar keer geprobeerd. Omdat het zo moeilijk is, is er meestal een willekeurig geklingel hoorbaar vanuit het noorden, maar misschien vind ik dat wel het mooist; het doet me denken aan Taizé.

De geesten die verdreven moeten worden zorgden er volgens de Friezen voor dat de dagen steeds korter werden. Als je die redenering doortrekt zou dat betekenen dat de dagen in Groningen en Overijssel – waar de geesten immers niet werden verdreven – steeds maar korter werden. Misschien dachten ze dat het in Zwolle altijd nacht was, of zo. Ik weet nooit wanneer bijgeloof overgaat in metafysische arrogantie.

Thomas is verreweg mijn favoriete heilige. Omdat hij het allemaal eerst weleens wilde zien. En daarom houd ik extra van het luiden van zijn klokken in Friesland.

Ik ben hier alweer een paar weken, sinds de laatste aflevering van *Zondag met Lubach*. Er is niks meer nieuw. Toen we hier net een huisje hadden gekocht, waren de bezoekjes telkens een soort vakantie en was ons huis een soort vakantiewoning waar alles bijzonder was en anders rook. Nu lijkt het te zijn omgedraaid. Mijn appartement in Amsterdam komt me vaak voor als een vreemd huis, een plek waar ik naartoe kan omdat ik hoofdzakelijk in die stad werk, maar waar mijn ziel steeds meer uit lijkt te verdwijnen.

Ik houd van hier. In de zomer is alles licht en groen. We halen softijs in de buurt, wandelen tot het sluisje en terug, praten tegen de stoere Friese paarden in de weilanden, volgen de tractors die aan het oogsten zijn. Zonsondergangen op late avonden, de boerenwagens die het gemaaide gras komen ophalen, maisvelden, zonnebloemen, het kleine gele vliegtuigje dat in de boerenschuur verderop wordt bewaard en waar de eigenaar rondjes mee vliegt, de vuurplaats op de hoek van ons veld, een volle koelkast in de schuur, vleermuizen die onder de pannen in de blokhut wonen en pas tevoorschijn komen als de hitte uit de lucht is en de zon achter de horizon is verdwenen.

In de herfst wordt alles kleiner. De regen bouwt muurtjes. Een doolhof van water laat je rennen van droog naar droog. Het zomerplafond komt naar beneden en de witte wolken die een paar maanden eerder nog hoog in de lucht hingen, gekleurd door de atmosfeer, verlicht door de zon, zijn boos en vlakbij. Contourloos hangen ze voor je gezicht, in je gezicht, slaan ze op je longen.

Het bos is dan niet meer mijn bos, niet meer een verlengstuk van mijn leefgebied, maar een druppende hal waar ik maar af en toe eens kom. Het tapijt van bladeren veert mee onder je voeten, de herten schuilen voor de regen onder arrogante naaldbomen die hun groen weigeren te verliezen. Binnen is beter. Buiten is daar.

Wie hier wandelt, komt vaak dezelfde mensen tegen. Vrouwen met honden vooral.

'Die ken je wel,' zeggen ze tegen hun hond als ik voorbijkom. Ik weet niet of ze dan bedoelen dat de hond en ik elkaar vaker tegenkomen bij het wandelen, of dat ze denken dat hij 's nachts in zijn mand op een iPad stiekem *Zondag met Lubach* ligt te kijken.

Meestal wekken de honden niet de indruk dat ze me kennen, althans, hun reactie verschilt nergens van de eerste keer dat ik hier liep, maar het idee is mooi, dat honden een man in een winterjas onthouden, ook als ze hem maar eens per twee maanden op een paar meter afstand voorbij zien lopen.

Het is anders schrijven hier. In deze vorm. Ik ben niet op reis, dus ik beleef wel dingen, maar die zijn te onbeduidend: aanbiedingen in de supermarkt, een nieuwe kruiwagen. Of ze zijn juist groots en nemen jaren in beslag: emotionele groei, lichamelijke aftakeling, het aanleggen van een stenen vuurplaats. Het leven is ontzaglijk of futiel, maar meestal niks ertussenin.

Je kunt hier makkelijk verdwalen. Niet buiten, maar in gedachten. Als ik alleen ben kost het me geen enkele moeite om te verdrinken in een cocktail van SONOS-sonates – weemoedige muziek die mij wordt aangeraden door afspeellijsten, muziek die ik voel zonder ooit de naam van het stuk te kennen – melancholie, zielenleed, angst voor de wereld die aan de andere kant van het bos begint.

Omdat alles stil is, hoor ik ook mijn oren vaker suizen. In de stad helpen de trams en taxi's me mijn kwaal te ontkennen. Hier lukt dat niet. De sneltrein die van versnelling wisselt rijdt in volle vaart over het grasveld, langs de kas van mijn vriendin, om de schuur en diep het bos in, om niet lang daarna weer terug te rijden, mijn oren in en uit en in en uit.

Ik bevind me in het limbo tussen de première en een reeks van veertien shows in de Amsterdamse Stadsschouwburg, die ze om de een of andere reden hebben omgedoopt tot

ITA, het Internationaal Theater Amsterdam. Het waren vreemde weken. Als het leven dan toch met een achtbaan moet worden vergeleken, dan bevind ik me op het vlakke stukje na de eerste val. Ik kom op adem, maar voel de adrenaline nog in mijn lijf.

In totaal zal ik de show het komende half jaar zo'n honderdveertig keer spelen. Mijn uitvalsbasis wordt Friesland. Logistiek gezien is Noord-Nederland misschien niet het handigst, maar als Bert Visscher het kan, kan ik het ook.

Als ik andere noorderlingen vraag waar in Nederland ze het liefst zouden wonen, zeggen ze vrijwel allemaal dat het in principe niet echt uitmaakt, maar dat die rivieren toch wel een psychologische grens zijn. In *Vaders en zonen* van Toergenjev komt zoon Arkadi uit Sint-Petersburg terug naar zijn geboortedorp en wordt hij afgehaald door zijn vader.

'*Maar wat een lucht hier!*' zegt hij. '*Wat ruikt het heerlijk! Ik geloof werkelijk dat het nergens zo ruikt als in deze streken! En ook de hemel hier...*' Zijn vader Nikolaj reageert verbaasd. Hij loopt nog elke dag in die streken en geuren rond. '*Natuurlijk,*' zegt zijn vader. '*Je bent hier geboren, je moet hier alles wel bijzonder vinden.*'

Ik ben inmiddels zowel vader als zoon. Ik realiseer me dat het komt omdat ik hiervandaan kom, maar toch kan ik me niet onttrekken aan het gevoel dat ik heb als ik vanuit mijn Sint-Petersburg naar het noorden rijd. *Wat ruikt het heerlijk. En ook de hemel hier...*

Op kleinere schaal zijn er weer mensen die niet buiten een gemeentegrens kunnen leven, maar ik beschouw mezelf als gematigd bekrompen: alles boven de lijn Lemmer-Assen voelt voor mij als thuis, met Amsterdam als mijn geestelijke kolonie.

Ik heb nooit echt kunnen kiezen tussen Groningen en Friesland, ook al wordt me al mijn hele leven ingewreven dat je niet van allebei kunt houden. Je bent voor de ene of de andere provincie en wie die rivaliteit niet onderstreept is tegen allebei. In mijn geval ligt dat wat ingewikkeld. Genetisch gezien heb ik veel meer Fries bloed door mijn aderen stromen, maar ik groeide op in een Gronings dorpje, niet ver van waar ik nu weer woon, in Friesland.

Enkele wetenswaardigheden over dat dorp uit mijn jeugd: ontdekkingsreiziger Abel Tasman is er geboren, net als Klaasje van K3. Niet gek voor een boerendorpje met duizend inwoners. Ik verwacht op z'n tijd een driedubbel standbeeld voor het dorpshuis, een tableau vivant van een Abel, Klaasje en mijzelf, alhoewel ik me in prestaties of talent natuurlijk niet kan meten met de anderen.

De provinciegrens ligt vlak buiten het dorp, waardoor sommige winkels, stations en goeie schaatssloten net in Friesland lagen. Mijn ouders ontmoetten elkaar ooit op een reis van rechtenstudenten en vertrokken nadat mijn vader was afgestudeerd aan de VU naar het noorden. Later rondde mijn moeder alsnog haar rechtenstudie af en vond een baan in Leeuwarden, als docent. Mijn vader werd uiteindelijk hoogleraar aan de universiteit van Groningen. Ze gingen uit praktische overwegingen precies tussenin wonen, aan een doodlopende weg in een christelijk dorpje: daar ben ik opgegroeid.

Een deel van de ouderen in ons dorp sprak Westerlauwers Fries, een ander deel Gronings, de wat jongere generaties vooral een soort mengelmoesje. Wij spraken thuis ABN, alhoewel ik op oude cassettebandjes een plat pratend jongetje hoor dat dan misschien geen woorden uit het lokale dialect gebruikt, maar duidelijk niet uit Noord-Brabant komt.

We hadden een zeilboot in Friesland. Eerst een zestienkwadraat die mijn vader om de zoveel tijd moest schuren en lakken en later een stalen schouw met zwaarden en een kajuit, die traag en zwaar was maar wel knus. De boot lag in Akkrum. Daarvandaan voeren we bijna altijd hetzelfde rondje, via de Meinesloot naar Terherne, over de Terkaplesterpoelen naar het Sneekermeer en soms verder.

Naar de bioscoop gingen we in Groningen (Groningen), naar de Blokker in Surhuisterveen (Friesland). Vrienden van mijn ouders woonden in Buitenpost (Friesland) of Opende (Groningen). Soms gingen we wandelen in Bakkeveen (Friesland) of in Lauwersoog (Groningen).

Ondanks het feit dat die gekunstelde strijd tussen de twee provincies nog altijd wordt gevoed – alsof de Groningers niet ook gewoon Friezen zijn, ingesloten tussen de Duitse Oost-Friezen en de Nederlandse Friezen – heb ik me altijd zowel Groninger als Fries gevoeld, juist door dat dorpje vlak over de grens.

Dit is een van mijn eerste herinneringen aan Lutjegast. Ik weet zeker dat die me niet is opgedrongen door foto's of navertellingen, omdat ik aan het begin van mijn tienerjaren heb geprobeerd de anekdote bevestigd te krijgen, maar niemand in mijn familie leek het zich nog te herinneren. De andere hoofdrolspeler, mijn moeder, kan ik het niet meer vragen.

Ik zit bij haar achterop in een kinderzitje. Ze rijdt fluitend via de Heemskerkstraat de Zeehaanstraat op – een deel van de straten is vernoemd naar de schepen waarop Abel Tasman had gevaren. Mijn moeder en ik zeilen door het dorp, ik dein mee op de golven van de klinkers, steeds harder. Lutjegast heeft niet lang daarvoor verkeersdrempels gekregen en misschien zijn mijn moeders fietsgewoonten daar nog niet op berekend, of het is toeval, maar bij een van de verkeersdrempels schiet het kinderzitje los, waardoor ik achteroverklap. Door de riempjes om mijn benen en romp blijf ik in het stoeltje zitten. Ik herinner me de wereld op zijn kop: de lucht onder, de Zeehaanstraat boven. Ik zet het op een gillen, maar mijn moeder denkt dat ik ben geschrokken van de hobbel en begint me troostend toe te spreken: 'We zijn er bijna, lieverd', dat soort dingen. Ze heeft niet door dat ik ondersteboven achter aan de fiets bungel.

Pas na een eeuwigheid – het kan tien seconden geweest zijn, maar ook twee minuten – roepen omstanders dat ik op de kop in het losgeschoten kinderzitje hang. Mijn moeder stopt en begint te huilen. Niet omdat ik ondersteboven hang, maar omdat ze het niet heeft opgemerkt.

'Ik had het niet door,' zegt ze, terwijl ze me vasthoudt. 'Hoe kan ik dat nou niet doorhebben?'

Eén keer per jaar rijd ik terug naar het dorp, omdat mijn moeder daar begraven ligt, en hoewel ik weet dat ik er niks meer zal vinden dat me dichter bij haar kan brengen, trap ik toch in de val dat tegen haar grafsteen praten meer waarde heeft dan tegen een lantaarnpaal aan de Apollolaan.

Het dorp verandert nooit. Er is misschien één straat met ongetwijfeld een nautische naam bij gekomen, maar verder had het zo 1990 kunnen zijn, als je de 4G-masten en SUV's weg zou denken.

Ik heb al vaker geprobeerd dat verre vroeger in romans te vatten, maar echt helemaal zal dat nooit lukken. Ook in de voorstelling die ik nu speel zit weer dat oude, onschuldige, brave dorpje.

Ik sta voor het raam in Friesland en ik denk aan het verschil tussen het schrijven van een voorstelling en een boek. Het grootste verschil is dat een voorstelling schrijven het halve werk is. De uitvoering kan het totaal maken of breken. Een boek is af en wordt gedrukt, dan is er weinig meer aan te doen en ligt het in de macht van de lezer om er iets van te vinden. Ik ben ooit gestopt met het schrijven van filmscripts omdat ik het niet kon hebben dat ik na mijn geleverde prestatie nauwelijks invloed meer had. Ik had misschien wel een script geschreven, maar vervolgens was het aan producenten, regisseurs, castingdirectors, acteurs en editors om daar de film van te maken die ik in mijn hoofd had. Dat gebrek aan invloed kon ik niet verkroppen. Je kunt mijn boeken goed of slecht vinden, maar het is in ieder geval een autonome prestatie waar alleen ik op kan worden afgerekend.

Een theatervoorstelling bungelt ertussenin. Je hebt betere en mindere avonden, en het is zelfs tot de laatste avond nog mogelijk om dingen aan te passen. Het publiek is elke avond anders en weet in principe niks. Uiteindelijk ben ik degene op het podium die het op sommige avonden verpest of juist naar een hoger niveau tilt, waardoor het geheel mijn verantwoordelijkheid blijft. Dat is meteen ook de grootste oorzaak van de stress. Het is nooit af. Elke dag moet ik de door mij gemaakte wonden zelf weer schoonmaken en hechten. En hoe goed of precies ik dat ook doe, de volgende dag ligt alles weer volledig open.

Je moet je voorstellen dat je een boek hebt geschreven en dat je voor elk verkocht exemplaar nog een opdracht krijgt: de zinnen in de juiste volgorde schuiven, de actualiteit niet uit het oog verliezen en de woorden zo sorteren dat elke grap of gedachte overkomt. Pas dan kan het boek aankomen bij de lezer.

(Ik kan me trouwens voorstellen dat auteurs wanneer boeken uitsluitend digitaal worden uitgegeven hele zinnen of passages zouden blijven aanpassen, waardoor er een altijd-veranderend-kunstwerk ontstaat. Of het dan nog wel hetzelfde boek is zou je aan Heraclitus moeten vragen.)

Opnieuw denk ik: waarom kan ik nou niet vaker gewoon iets maken dat werkt, zonder zelf te willen snappen waarom? Dat zou een hoop schelen, als ik niet ook steeds wil begrijpen waarom iets goed of slecht is.

Er zijn romans waarin wordt geprobeerd in de huid te kruipen van schilders uit de zeventiende eeuw. Uitvoerig wordt omschreven wat er in de gedachten van de meesters omgaat: tijdens het ijsberen door hun atelier of het wandelen over de (altijd stinkende) grachten lopen ze maar te kauwen op technieken, kleuren, perspectieven, mogelijke interpretaties van hun werk en de rol die ze vervullen in de wereld. Ik denk dat de grote kunstenaars die stap juist oversloegen. Dat was hun genie: geen theorie, maar vanuit hun genialiteit meteen iets maken. Niet dat er niet iets diepers of hoogstaanders op het werk te plakken viel, maar het briljante was, en is, dat dat zonder tussenkomst van metagedachten meteen in kunst werd gegoten.

Hoewel we de overpeinzingen van Vincent van Gogh kennen dankzij zijn brieven, waren de genieën van eeuwen daarvoor hoofdzakelijk ambachtslieden die bij gebrek aan fotografie opdracht kregen om gebeurtenissen en personen vast te leggen. Die theoretische benadering is van de analyticus die er later – in context van tijd, plaats en psyche – allerlei dingen over heeft bedacht, vaak niet van de maker zelf.

Nog één andere herinnering vanuit mijn geboortestreek, en dan vertel ik over de theatervoorstelling en waarom ik een knoop in mijn maag heb.

Hier in het noorden viel ik van mijn geloof. Niet dat ene grote geloof – dat kwam pas later – maar de generale repetitie daarvan.

De dag voordat Sinterklaas bij ons op school zou komen, vertelde onze meester dat de Sint eerder die week al bij hem langs was geweest en dat hij een geweldig cadeau had gekregen. Vol trots haalde hij een videocamera tevoorschijn, die hij meteen op zijn schouder zette. Voor generatie-Z klinkt dit misschien vreemd, waarom zou je een camera op je schouder zetten? Dan valt-ie er toch van af? Vergeet niet dat dit de tijd was dat je je televisie uitdeed en dan nog een half uur lang een wazige witte vlek in het midden van het scherm zag, waar je met enige moeite nog de contouren van Harmen Siezen in kon zien.

Jeugdige lezers zijn gezegend dat ze in deze tijd opgroeien. Nu zul je zeggen: ja, maar wij hebben Thierry Baudet, en dan kan ik alleen maar zeggen: ja, maar ik ook.

Hoe dan ook, in die tijd waren er dus nog geen lcd-schermpjes en SD-kaarten, maar moest je je oogbol tegen een *view finder* duwen, het beeldmateriaal opnemen op videobanden en had je je lichaam nodig om het gewicht van de machine te ondersteunen. De meester zette de camera op zijn schouder en begon verslag te doen. 'Het is 4 december 1986, we zitten hier bij groep 5 van de School met de Bijbel in Lutjegast en ik ben dit aan het videotapen.'

Daarna moesten wij ons allemaal voorstellen en ik moet in mijn mengtaaltje van Fries, Gronings en ABN iets hebben gezegd als: 'Ik bin Arjen Lubach, zeum jaar olt en bin er trots op daddik de enige bin in deze klas die gien Grunnings praat.'

Ook op 5 december was het eerste wat wij zagen toen we de klas binnen kwamen de camera op de schouder van de meester.

'Ik ga de intocht filmen,' zei hij. 'Dan kunnen we er later nog eens van genieten als jullie allemaal oud en verschrompeld zijn.'

Wij waren zo zenuwachtig en opgewonden dat we alles prima vonden, ook het nieuwe inzicht dat we ooit zouden verschrompelen. Zo'n half uur nadat de les was begonnen werd er op de deur geklopt.

'Momentje!' riep de meester. Hij greep geroutineerd zijn camera, zoals een brandweerman zijn helm grijpt als het alarm klinkt, en stond op. 'Naar buiten jongens! De Sintmobiel is er!'

We renden naar buiten, waar Sinterklaas net was gearriveerd in wat mij toch echt de Kever-cabriolet van een vrouw uit het dorp leek, maar dat mocht de pret niet drukken. Bovendien: die vrouw was nogal groot en dik en de Zwarte Piet die hier achter het stuur zat ook, dus ik dacht dat het kwam omdat dat soort auto's veel gewicht aankunnen.

Iedereen werd naar de gymzaal geloodst, waar een grote versierde stoel klaarstond. Een ochtend vol cadeaus en liedjes en spanning volgde. Wat ik voor cadeau kreeg en wat Sinterklaas over mij voorlas uit zijn boek ben ik vergeten, maar ik weet wel dat onze meester alles opnam met zijn camera. Nadat Sinterklaas een uur uit zijn boek had voorgelezen en cadeaus had uitgedeeld, riep een juf van een andere klas: 'Jongens, Sinterklaas is moe, iedereen gaat nu terug naar zijn lokaal.'

De Sint vertrok zwaaiend naar buiten, met de eenmanscameraploeg in zijn kielzog.

Een week later, op vrijdagmiddag, zei de meester ineens: 'Leg je pen maar even neer.' Hij liep naar de televisie die op een kast was opgesteld en sloot zijn camera erop aan. 'Tijd voor de sinterklaasfilm,' zei hij.

We keken elkaar aan. De sinterklaasfilm? Nu al? Kennelijk had de meester geen tijd om te wachten tot zijn leerlingen oud en verschrompeld waren. Voor de zekerheid keek ik even naar mijn klasgenootjes, maar ze hadden nog altijd dezelfde strakke, blozende huidjes als een week eerder.

De meester drukte op play en meteen zagen we onszelf terug, zenuwachtig, druk, giechelend, in gespannen afwachting. Ergens achter in de klas zag ik mezelf een half potlood opeten van de zenuwen.

'Veel plezier,' zei de meester en begon dictees na te kijken aan zijn bureau aan de andere kant van het lokaal.

We beleefden 5 december door de ogen van de meester. De Sintmobiel, de gymzaal, het boek, de cadeaus en de liedjes. Het is nu misschien niet meer voor te stellen, maar het was toen nog echt bijzonder om jezelf met goed beeld en geluid terug te kunnen zien.

Nadat Sinterklaas de gymzaal had verlaten, werd het beeld even zwart, maar na een paar seconden en wat statische ruis ging het weer verder. Sinterklaas was samen met de meesters en juffen de lerarenkamer binnengekomen en was aan tafel gaan zitten.

'Koffie?' riep iemand op de tv.

En Sinterklaas zei: 'Graag. Ik werd helemaal gek van dat gekrijs.'

We keken een beetje geschrokken naar de meester, maar die was diep verzonken in zijn nakijkwerk.

Op het scherm zagen we hoe Sinterklaas koffie kreeg en aan zijn baard trok. Hij trok er niet alleen aan, het ding leek wel los te komen van zijn gezicht. Binnen enkele seconden lag de volledige gezichtsbeharing van de Sint op de tafel in de lerarenkamer. Daarna volgden zijn mijter, hoofdhaar en bril. Een dunne, kale Sinterklaas bleef over, alsof hij zijn huid had afgestroopt en nu als skelet aan de koffie zat in de lerarenkamer. Het geraamte zat breed te lachen, alsof dit niet, samen met Tsjernobyl, de meest gruwelijke beelden van heel 1986 waren geweest.

Inmiddels was de meester ontwaakt uit zijn werk, keek de klas in en zag onze geschrokken hoofdjes. Onze kaken lagen op de bankjes. Pas toen hij zich naar de tv draaide had hij door wat er te zien was. Zijn gezicht werd lijkbleek. Hij begon te rennen, naar de televisie, waar het karkas van Sinterklaas net een Van Nelle halfzwaar begon te draaien. In mijn herinnering rende de meester in slow motion door de klas, hink-stap-springend over onze bankjes en de hoofden van sommige klasgenoten. We konden nog net zien hoe de obese Zwarte Piet die achter het stuur van de Sintmobiel had gezeten vrolijk zat te lachen en ook een shaggie opstak.

Inmiddels had de meester de andere kant van het lokaal bereikt en zette de tv uit. Voor het eerst in de geschiedenis had hij die normaal overal een antwoord op had niks uit te brengen.

Na een minuut zei hij: 'Zeg maar tegen jullie vader en moeder dat ik ze vanavond even ga opbellen.'

Op de fiets terug naar huis begonnen de kwartjes te vallen. Van '*Sinterklaas heeft natuurlijk hulp nodig van andere mensen,*' naar '*hoe is het überhaupt mogelijk om de hele wereld en alle scholen in Nederland van cadeaus te voorzien?*', maar tegen de tijd dat ik bij onze doodlopende weg was aangekomen lagen alle kwartjes op de bodem van mijn gedachten. Het was allemaal één grote leugen.

Toen ik mijn fiets tegen de schuur zette dacht ik: wel echt fijn dat de meester vanavond mijn ouders opbelt om te vertellen dat Sinterklaas niet bestaat. Dan hoef ik dat niet te doen.

Er liggen vreemde weken achter me. Ik had verwacht dat ik na het televisieseizoen en het avontuur in New York genoeg tijd zou hebben om de voorstelling die ik had uitgeprobeerd op Vlieland af te ronden voor de premièreweek in Den Haag. Daarin heb ik me vergist. Niet alleen was al het materiaal na New York weer zo erg weggezakt dat het voelde alsof ik opnieuw moest beginnen, ook waren er veel te weinig try-outs voor ik in première zou gaan. Twee avonden Groningen, twee keer Meppel, twee keer in Bergeijk. En dat was het. Mijn cabaretcollega's hebben me uitgelachen.

Het liefst zou ik trouwens helemaal geen première hebben gespeeld. Het is een krankzinnig principe, dat iets wat zo kwetsbaar is en volledig afhankelijk van een veelheid aan factoren één toetsingsmoment kent. Dat is voor niemand leuk, voor het publiek niet, voor mij niet, voor mijn vrienden niet. Daarom nodigde ik geen vrienden en familie uit, maar ik begreep later van Peter Pannekoek dat recensenten juist rekening houden met het tegenovergestelde. Peter had iemand die voor de krant over cabaret schrijft ooit horen zeggen dat het publiek tijdens een première uitzinniger is omdat de zaal vol zit met vrienden en familie, en dat de reacties dus met een korreltje zout moeten worden genomen.

Peter was woedend geweest. Hij had – net als ik – bewust géén vrienden en familie uitgenodigd op zijn premières. Als de zaal uitzinnig reageerde, dan was dat dus enkel en alleen onze eigen verdienste. Het is dan ook behoorlijk frustrerend dat er een recensent in de zaal zit die denkt: oké, de mensen hier klappen, lachen en juichen misschien wel uitbundig, maar dat kan ik negeren, want dat zijn allemaal bekenden van de grappenmaker op het podium.

In mijn premièreangst had ik het trouwens onbedoeld alleen maar erger gemaakt. Mijn agent had me vorig jaar gevraagd of ik überhaupt in première wilde en zo ja: waar?

Ik had geantwoord dat ik niet echt in première wilde. Omdat er dan één avond vol stress zou zijn en als er iets misgaat, dan is dat de avond waarop de show wordt afgerekend. Zij had geantwoord dat helemaal geen première ook vreemd was, omdat je nu eenmaal een keer moet overgaan van uitproberen naar echte shows. Bovendien was het misschien goed voor de publiciteit.

Ik weet niet zo goed wat goed is voor de publiciteit. Ik heb altijd een eigen beleid gevoerd en nooit willen luisteren naar medewerkers van omroepen of uitgeverijen die aanvragen voor rubriekjes over 'je ochtendritueel in de badkamer' aanraden. Het 'vergroot je zichtbaarheid' misschien, maar je kunt ook te zichtbaar worden.

Een paar jaar geleden ben ik na een aantal slechte ervaringen maar helemaal gestopt met interviews geven aan geschreven pers. Altijd weer werden een aantal zaken opgerakeld: een dode moeder, het feit dat ik verschillende disciplines lijk te beheersen, dat *Zondag met Lubach* niet alleen satire is, maar ook journalistiek en van invloed op de maatschappij. Dingen waar ik alles al wel over gezegd heb en zo niet, dan schrijf ik ze wel op in een boek.

Toen *NRC* me een paar weken voor de première mailde of ze me mochten interviewen over mijn voorstelling, had ik geantwoord dat het niets persoonlijks was, maar dat ik ervan afzag.

Ik zou een handboek kunnen schrijven over omgaan met de media als je bekend bent, ware het niet dat ik wel wat beters te doen heb. Maar een van de eerste dingen die ik zou adviseren: beantwoord geen vragen over privékwesties. Hoe kort het tijdens het interview ook gaat over persoonlijke zaken, die dingen zullen toch altijd worden opgenomen in het interview en tot in de eeuwigheid worden aangehaald in nieuwe interviews, artikelen, recensies en portretten. Jaren geleden had ik eens geroepen dat kinderen en samenwonen niks voor mij zijn, om daar vervolgens een paar keer per jaar mee geconfronteerd te worden. Levens veranderen en inzichten groeien, maar daar heeft de knipselmap geen boodschap aan. De enige manier waarop je de informatie over je persoonlijke leven kunt updaten is dus nieuwe interviews geven, waardoor je je eigenlijk committeert aan het idee dat het publiek regelmatig op de hoogte moet worden gebracht van de details uit jouw leven, puur omdat je ze ook aan het lachen wilt maken of ze naar je muziek wilt laten luisteren.

Nog één tip dan: als je toch geïnterviewd wordt en je bang bent voor een bepaalde vraag – of vooral: bang bent voor jouw antwoord op een bepaalde vraag – verzin dan een onschuldig antwoord. Als je bijvoorbeeld niet wilt dat je op de vraag: 'Wat helpt nou echt bij het schrijven van een boek?' het eerlijke antwoord 'een milde depressie' geeft, zorg dan dat je in een halve seconde het antwoord 'gesprekken met vrienden' paraat hebt, dan ben je van de onthulling van de milde depressie af. Dat noem ik de wattenstaafjesmethode. De wattenstaafjesmethode is ontwikkeld door

Matthijs van Nieuwkerk, die in interviews op vragen over zijn onhebbelijkheden steevast antwoordt dat hij verslaafd is aan wattenstaafjes in zijn oren stoppen. Een futiele bekentenis, die naast wat onlinegegniffel nooit voor blijvende knipselmapschade zal zorgen. Op die manier hoeft hij niets te zeggen over zijn werkelijke angsten en is er dus ongetwijfeld een bak aan andere onhebbelijkheden verzwegen.

Mijn agent had gevraagd of ik dan geen interviews en geen première wilde. Ik had in mijn naïviteit geopperd dat we ook een 'zachte' première konden doen. Een periode waarin we overgaan van try-out naar reguliere shows. Drie dagen Den Haag en daarna zijn we begonnen.

Dat klonk slim, maar dat was het niet. Het gevolg was namelijk dat er nu niet één stressvolle avond was, maar drie. Elke dag stond ik weer doodsangsten uit in de coulissen, omdat er elke voorstelling weer een andere recensent in de zaal zou zitten om een oordeel te vellen over mijn show. Een show die ik nog niet helemaal uit mijn hoofd kende, en die ik de afgelopen weken nog maar zes keer had kunnen uitproberen.

'Je kan het nu niet meer veranderen,' zei mijn vriendin en dat klopte. Wat ik ook deed, wat ik ook bedacht: feit was dat ik in Den Haag drie dagen voor een publiek van een paar honderd mensen een show zou moeten opvoeren en dat die paar shows zouden worden besproken in de kranten. Ik kon natuurlijk mijn eigen dood veinzen of een valse bommelding doen, maar uiteindelijk kon ik niet anders dan hopen op het beste.

Terwijl ik dit schrijf, gaat de deurbel. Ik ben op mijn hoede. Soms staan ze hier in Friesland op het erf. De anderen. Dan maken ze een foto. Of ze rijden heel langzaam voorbij. Vorig jaar nog kwamen er drie jongetjes aan de deur, ze zagen er verhit uit, want ze hadden een uur gefietst. Ze wilden een foto. Dat ik net stond te koken en alleen een onderbroek aanhad kon ze niet op andere gedachten brengen.

Ik was akkoord gegaan, maar had wel gezegd dat ze het niet tegen anderen moesten zeggen, omdat het dan te druk zou worden. Verder wilde ik het huis niet op de foto en stelde voor om verderop in de tuin te gaan staan.

We liepen naar een bosje en een van de jongetjes maakte foto's met zijn telefoon. Ik deed mijn best om zowel vriendelijk als eng te kijken. Vriendelijk voor de jongetjes zelf en afschrikwekkend voor degenen die de foto zouden zien en op een idee zouden komen. Ik realiseerde me pas later dat er nu dus foto's bestaan van mij in onderbroek, samen met een paar kleine jongetjes voor wat ondefinieerbare bosjes, terwijl ik als een verwilderde maniak in de camera kijk.

Overigens kan het nog erger. Jochem Myjer vertelde me eens dat hij met regelmaat dagjesmensen aan de deur krijgt. Mensen die op een dag wakker worden in Brabant en denken: gaan we naar de Efteling of gaan we in een verre, vreemde stad aanbellen bij een cabaretier die we kennen van televisie?

Ik zit weer achter mijn toetsenbord. Ik ben zojuist lid geworden van de ijsvereniging in het dorp.

'Verwachten jullie ooit nog schaatsweer?' vroeg ik aan de pubers voor de deur. Ze keken plichtmatig naar de lucht en haalden hun schouders op. In het bezit van een jaarabonnement schaatsen op natuurijs kruip ik weer achter mijn computer.

Om mezelf iets van rust te gunnen tijdens de première-periode in Den Haag had ik die week een kamer geboekt in

Hotel Des Indes, niet ver van het theater. Des Indes is een fijn hotel, ooit gebouwd als stadspaleis door een of andere baron.

‘Er zaten hier Joden op het dak,’ zei ik tegen mijn vriendin toen we op de eerste dag in de lift van Des Indes stonden.

‘Wat?’

‘Ondergedoken in de duiventil.’

‘Maar hier kwamen toch juist altijd Duitsers feesten in de oorlog?’

‘Ja. Ook. Goed verhaal hè?’

‘Dat heeft nog nooit iemand tegen me gezegd,’ zei ze. ‘En zo vrolijk ook.’

‘Wat?’ vroeg ik.

De deuren van de lift gingen open.

‘Er zaten hier Joden op het dak!’ deed ze me na. Een ouder echtpaar keek geschrokken toen we uitstapten.

In Theater Diligentia viel halverwege de eerste voorstelling de techniek uit. Het paneel waarmee ik vanaf het podium geluid, licht en video kon bedienen communiceerde niet meer met de computer van de techniek. Zo goed en zo kwaad als het ging worstelde ik me door de avond, met geïmproviseerde grapjes en signalen aan mijn technicus, zodat hij kon doen wat ik normaal zelf deed.

‘Wie zaten er vanavond?’ vroeg ik na afloop.

‘*Telegraaf*, *Parool* en *Volkskrant*,’ zei mijn tourmanager.

‘Fuck,’ zei ik, en met een loden gewicht in mijn ingewanden sjokte ik die nacht terug naar Des Indes. In de badkamer vroeg ik aan mijn vriendin: ‘Waarom kan ik niet gewoon iets maken en alleen daarover nadenken? Waarom gaat zoveel procent van mijn energie naar hoe iets wordt ontvangen in plaats van wat ik wil zenden?’

Ze pakte me vast en legde mijn hoofd op haar schouder.

'In dat geval moet je ook je inkomsten van de tour terugstorten,' fluisterde ze.

Ik sliep onrustig. Vlak voor de slaap valt het brein uiteen, het cement tussen gedachten wordt weer zacht en alles vloeit in elkaar over: inhoud, plaats, tijd. Het bed aan het Lange Voorhout zweefde en ik droomde stukken voorstelling. De techniek van de wereld faalde. Op welke knop ik ook drukte, er gebeurde niks. Welk woord ik ook uitsprak, niemand die het hoorde. Onder mij de NSB'ers, boven mij de Joden in een duiventil en ik in een bed, rillend van de kou. Ik schoot door de muur heen, zag het gebouw van buiten, het Korte Voorhout, Lange Voorhout, de Hofvijver, het Binnenhof, de ministeries. Het licht achter mijn raampje werd steeds kleiner, hoger en hoger, ik zweefde over de spoorlijn, zag de verlichte snelwegen, de paleizen, een duinenrij, het Kurhaus, de pier bij Scheveningen, en uiteindelijk de zee.

De volgende dag, tijdens de lunch in Des Indes, stuurde mijn agent een bericht. 'Er staat straks iets in de krant,' schreef ze. 'In *NRC*. Maar ik begrijp er niks van.'

En ik dacht: *NRC*? Maar die zijn toch nog helemaal niet geweest? En hoezo begreep ze er niets van? Had ik zo'n onduidelijke voorstelling gespeeld?

'Ik stuur het je door.'

Er verschenen screenshots op mijn telefoon: degene die ik had afgewimpeld vanwege mijn geschrevenpersboycot had een plan B verzonnen. Hij was naar Meppel gereden om een van de try-outs bij te wonen en had daarna een interview verzonnen. Ik knipperde even met mijn ogen en herhaalde de realiteit; omdat ik geen interview had willen geven, had een kwaliteitskrant een interview *verzonnen.* Hoewel vermeld werd dat het een fictief interview was, deels gedestilleerd uit oude stukken, deels verzonnen, werd er ook geïnsinueerd dat ik in Meppel tegen het publiek had gezegd dat ik de rode draad van de voorstelling uit mijn duim had gezogen, wat niet alleen feitelijk onwaar was, maar wat ik ook zeker niet had gezegd in Meppel.

In een poging tot opheldering mailde ik de journalist. Hij vroeg of ik een rectificatie wilde. En ik dacht: van wat? Een rectificatie van een verzonnen interview waarbij vermeld is dat het verzonnen is? Hoe moet je zoiets rectificeren? '*Vorige week verscheen een verzonnen interview met Arjen Lubach in de krant. Ook al werd bij het desbetreffende stuk vermeld dat het fictie was hierbij nogmaals de mededeling dat het verzonnen was*'?

'Kom je ook nog kijken naar de voorstelling zoals die nu is?' mailde ik hem tot slot.

'Nee, ik stuur een collega vanavond.'

Aan het eind van de week vertrok ik uit Des Indes met drie zuinige sterrenballen per krant. Inclusief vermelding van falende techniek, onvermijdelijke verwijzingen naar mijn televisieprogramma en de hoop dat ik nog wat ontroering zou kunnen toevoegen aan een show waarmee ik niet per se had willen ontroeren.

Het verslag van de premièreperiode komt nu misschien wat klagerig over, maar uiteindelijk is er maar één schuldige aan te wijzen. En dat is niet de NRC-man die liever fictie schreef dan realiteit, niet mijn technicus, die ook maar één avond had kunnen oefenen met dit systeem, niet degene die op mijn verzoek de avonden had geboekt en ingepland. Drie sterren voor een cabaretvoorstelling was misschien ook helemaal niet zo'n ramp als ik nu doe voorkomen, maar ik had absoluut vaker moeten try-outen. En ik had beter moeten luisteren naar Janine, die mij al eerder een lijst met commentaar had gegeven, dingen die terug waren gekomen in de recensies. Maar het ergste was: ik had niet voldaan aan de eisen die ik zelf aan een voorstelling zou hebben gesteld.

Een paar weken zijn verstreken. Ik heb me teruggetrokken in Friesland, voel aan mijn eigen wonden en heb de afgelopen dagen gewerkt aan nieuwe versies van het materiaal. Nog honderdtwintig keer spelen met een driesterrenshow zag ik niet zitten. Ik repeteer in de woonkamer voor de kachel, ik bekijk de video-opnames van de eerdere voorstellingen, ik schrijf nieuwe stukken en schrap oude dingen.

De tinnitus is op z'n ergst. Tijdens deze stille Friese nachten werken de machines overuren.

'Stress,' zegt de onlinedokter voor de zoveelste keer. 'Dan verergert het.'

Nu ben ik eindelijk klaar voor de première, ook al ligt die in het verleden.

Het is Kerst. Het huis in Friesland ligt vol slapende logés. Ik sta voor het raam in de keuken en zie de lucht openbreken, van decemberduister naar een winterzon in duizend tinten rood.

De eerste twee voorstellingen in Amsterdam behoren tot het verleden. Ik had in de tussenliggende weken stukken verschoven, stukken veranderd, stukken toegevoegd en ik kende zonder haperen of spieken de hele show uit mijn hoofd. Mijn technische team had verbindingen getest tot ze geen snoer meer konden zien en alles werkte.

De eerste avond was de sfeer in de zaal anders geweest dan in Den Haag. Het applaus was harder, leek het. Het gebouw aan het Leidseplein had een beetje staan trillen.

'Dat was zo gaaf,' zei mijn technicus na afloop, die midden in de zaal had gezeten. En ook de directeuren van ITA kwamen breed glimlachend naar me toe.

'Zo moest-ie,' zei ik. En ze vroegen: 'Wat bedoel je?' Ik kon niet anders dan het nog een keer herhalen: 'Zo moest-ie.'

'Dit moment had ik al vóór Den Haag moeten hebben,' zei ik 's nachts tegen mijn vriendin.

'Ja,' zei ze. 'Maar je wist het niet.'

'Wat wist ik niet?'

'Je hebt er pas echt hard aan gewerkt omdat je zelf geen genoegen nam met de show zoals-ie in de kranten stond.'

'Ga je nou beweren dat de recensenten mijn show hebben geregisseerd?'

'Een beetje.'

Ik glimlachte.

'Misschien moet je dat maar nooit ergens zeggen,' zei ze. 'Dat versterkt waarschijnlijk alleen maar hun idee dat ze relevant zijn.'

'Oké, het blijft geheim.'

Ik stap over de slapende familieleden in de woonkamer heen, pak mijn jas en loop het bos in. Het is nog vroeg. Op mijn telefoon verschijnt een bericht van mijn agent.

'Kerstcadeautje!'

Onder een link vind ik een lovende recensie van mijn voorstelling. Ik word er warm van. 'Keuze van de recensent' staat er zelfs.

'Fijn!' schrijf ik terug. Ik moet denken aan de les die ik mijzelf ooit heb opgelegd: zoals je de betekenis van een matige recensie of een laag kijkcijfer bagatelliseert, zo moet je ook de betekenis van goeie recensies en hoge cijfers afzwakken. Je kunt moeilijk doen alsof het allemaal maar onzin is en of niemand je begrepen heeft wanneer het niet meezit en vervolgens bij een positieve waardering opgelucht de erkenning binnenhalen.

Dat adagium had ik jarenlang aangehangen, maar hier in het bos bedenk ik dat daar nog wel iets tegen in te brengen is, namelijk dat je het in intentie eens bent met degenen die op jouw hand zijn. Hoewel je in beginsel alle opvattingen over je werk dezelfde waarde zou moeten toekennen, is het ook weer niet gek dat je bij een positieve recensie even vergeet hoe je recensies als zodanig hebt veroordeeld toen ze iets minder positief waren, want jij bent de voorvechter van jouw materiaal, en als er dan iemand naast je in je loopgraaf komt liggen die zin heeft om mee te schieten op de gemene vijand, dan is het niet zo gek dat je die op zijn schouders slaat en zegt: Welkom. In plaats van: '*Laten we wel een beetje voorzichtig mikken, want aan de overkant liggen dezelfde soort stumperds in de modder.*'

Bij het eerste bankje ga ik zitten. Ik ben alleen. Met veel lawaai trekt er een vlucht ganzen over en ik vraag me af of ze uit het noorden komen om hier te overwinteren of dat het ganzen van hier zijn die nu op weg gaan naar het zuiden. Ergens, op de nek van een van hen, zit een klein mannetje met een hamster, dat wel.

Mijn adem maakt wolkjes. Ik sluit mijn ogen. Ik leeg mijn longen zoals ik in geen maanden heb gedaan. Vanaf het schrijven, afgelopen zomer op Vlieland, via het televisieseizoen, het bezoek aan New York en de afgelopen speelperiode, heb ik eigenlijk niet echt adem kunnen halen. Nu, hier op het bankje wel.

En dan, voor het eerst die dag, hoor ik de klokken. Het geluid drijft over de weilanden, langs het joodse kerkhofje in het bos, de krater waar op 14 september 1942 een Lancaster-bommenwerper op weg naar Berlijn neerstortte, dwars door de naaldbomen naar het bankje waarop ik volkomen hypocriet trots zit te zijn op mijn positieve bespreking.

Vanuit de verte klinken de klokken van Sint-Thomas. De beschermheilige van de ongelovige cabaretiers.

De mensen zijn wakker geworden. Kinderen rennen rondjes, de koffiemachine maakt overuren.

'Niet bepaald een eenzame Kerst,' zegt mijn vriendin en ik weet dat dit is hoe zij het altijd voor zich had gezien. Hoe misschien iedereen wel december voor zich ziet en ik betrap me erop dat ik niks voor me had gezien. Ik had nooit verwachtingen van kerstdiners met grote groepen mensen en ingepakte pyjama's onder de boom, sliertwandelaars en riante binnen- en buitenversieringen. Ik heb al die jaren vooral gedacht aan het mooiste boek dat ik zou kunnen schrijven en de leukste grap die ik kon bedenken, desnoods in eenzaamheid in mooie appartementen op bovenste verdiepingen van woontorens, waarvandaan je minzaam de stad en haar lichten kon bekijken, zonder eraan deel te hoeven nemen.

Aan het ontbijt raak ik verstrikt in een discussie over de grenzen van de grap. Op televisie is een interviewprogramma over dit onderwerp aangekondigd en tijdens de koffie vraagt iemand naar mijn mening.

Ik haal adem.

'Je mag alles zeggen. Je moet alles kunnen zeggen. En ik

kan me niet voorstellen dat er een grappenmaker is die daar anders over denkt,' ratel ik mijn gratuite opvatting af.

Een enkeling die hier geen zin in heeft verlaat de keuken met een smoes.

'Maar die vrijheid wordt toch ook niet echt bedreigd?' vraagt iemand. 'Alsof jij niet allang alles mag zeggen.'

'Toch kan ik wel wat dingen verzinnen die ik echt beter niet kan zeggen,' werp ik tegen. 'En over het algemeen wordt het allemaal wat benauwder, als we niet oppassen.'

'Ach, gelul,' zegt iemand in een pyjama met een rendier erop.

Ik moet denken aan een gesprek met een bevriende comedian, die mij een tijd geleden een mailwisseling met een opdrachtgever had doorgestuurd. Hij werd geïnformeerd over een cabaretavond voor studenten. Naast de aanvangstijd en locatie stond in de mail ook nog de waarschuwing bepaalde grappen te mijden. De letterlijke tekst: 'Rassen, religie en dergelijke kan gevoelig liggen bij deze relatief kwetsbare groep (jongvolwassenen van 17 tot 24 jaar oud).'

Ik verzin dit niet. Het was dus geen optreden in een bejaardentehuis met getraumatiseerde oorlogsveteranen, slachtoffers van mensenhandel of een voorstelling tijdens een Holocaustherdenking. Het ging hier om nieuwe studenten aan het begin van een nieuw studiejaar, die met z'n allen in Amsterdam zouden komen wonen en leren. Gewone studenten van allerlei verschillende afkomsten, man, vrouw en alles ertussenin. Die groep moet tegenwoordig beschermd worden tegen harde grappen.

Ik dacht lange tijd dat de slag om de Nederlandse moraal zich beperkte tot overgevoelig Twitter, wat podcasts en een incidentele avond in Pakhuis de Zwijger, maar inmiddels sluipt die strijd kennelijk ook de zalen in en de podia op. Dat is de morele crisis waarin we verkeren: een hond die te hard geaaid wordt, gaat op een gegeven moment bijten.

Zelf maakte ik eens een vergelijkbare situatie mee. Tijdens een bedrijfsoptreden – in de volksmond: een schnabbel – trof ik eens een gespannen evenementenorganisator aan.

‘Zou jij misschien bepaalde onderwerpen kunnen vermijden?’

‘Ik kan met vrij grote zekerheid zeggen dat ik, gezien het grote aantal onderwerpen in de wereld, de meeste onderwerpen vermijd,’ zei ik.

‘Wat bedoel je?’ vroeg hij.

‘Nou. Neem binnenvaartschepen. Die komen bijvoorbeeld helemaal niet voorbij. Zoals het er nu naar uitziet.’

Hij lachte zenuwachtig.

‘Fijn,’ zei hij, ‘maar sommige dingen zijn misschien nog iets noodzakelijker om uit de weg te gaan.’

‘Ik weet niet wat je bedoelt?’

‘Nou ja, je weet wel.’

‘Nee?’ zei ik. Dat was een halve leugen. Maar ik dacht: als die olifant dan door die kamer gesleurd moet worden, dan mag hij degene zijn die het doet.

‘Er zitten mensen met hoofddoekjes,’ zei hij.

‘En jij neemt aan dat die mensen daardoor niet zelf kunnen nadenken?’

‘Nee, juist niet.’

‘Je wilt ze niet aan het denken zetten?’

‘Ja, juist wel.’

‘Dus ik moet bepaalde onderwerpen vermijden, zodat ze over andere dingen na gaan denken dan hun eigen overtuigingen?’

Op dat moment kwam er een vrouw naast ons staan.

‘Marco, de flip-overs zijn naar de verkeerde hal gebracht.’

Hij keek van haar naar mij.

‘Weet je, laat maar.’

Ik snap gewoonweg niet wie we een dienst bewijzen door alles wat we op een podium willen zeggen te toetsen aan de mogelijkheid of er iemand gekwetst kan worden.

‘Betekent dat dat je alles maar moet zeggen omdat het kan?’ vragen mensen dan. En het antwoord is uiteraard: nee, dat moet niet. Het lijkt me alleen ruimdenkender om niet a priori een set regels op te stellen, maar achteraf te kijken of een grap sommige mensen misschien heeft gekwetst. En om daar vervolgens een discussie over te voeren. Op die manier verbreden we onze blik, komen we onvermijdelijk grenzen tegen, grenzen die in de loop der tijd opschuiven, naar binnen of naar buiten, maar we voorkomen in elk geval dat we onszelf de hoek in verven.

‘Links wordt op dit moment opgegeten door ultralinks,’ zeg ik aan de koffietafel tegen het gezelschap in pyjama. ‘En dat is doodzonde.’

‘Het gaat hier toch niet over links en rechts?’ vraagt iemand.

‘Blijkbaar wel.’

Rechts en links zijn termen die vaker als strijdmiddel worden ingezet dan als een objectieve kwalificatie van waar iemand staat op het politieke spectrum, maar bij gebrek aan beter doe ik er nog even aan mee. Net zo kwalijk als de domme generalisaties van het rechtse kamp zijn, vind ik de overgevoeligheid die links heerst.

Ik ben naar boven gelopen.

‘Ik ben weer op televisie,’ zegt mijn vriendin vanuit de slaapkamer. Zij schrijft ook boeken. Op de televisie wordt ze geïnterviewd over haar tweede roman. Het is een herhaling van vorige week.

'Waarom doen we dat eigenlijk?' lijkt de echte versie aan haar televisievariant te vragen. Maar de vraag blijkt aan mij te zijn gericht.

'Wat?'

'Praten over boeken op televisie.'

'Promotie?' zeg ik. 'Verder zou ik het ook niet weten.'

Ze heeft gelijk, het heeft ook iets vreemds. Ik vind praten over schrijven zelf op zich wel leuk. Ik vind luisteren naar praten over schrijven ook nog wel aardig, maar wat ik erg vervelend vind is luisteren naar praten over wat iemand geschreven heeft.

Dat heb ik vooral bij fictie. In het beste geval geef je een accurate weergave van de inhoud van een boek – in welk geval het zonde is, omdat de toehoorder het boek dan beter zelf kan lezen. In het ergste – en meest voorkomende – geval is er geen touw aan vast te knopen.

Altijd als ik iets hoor als: 'De protagonist in jouw boek besluit op een dag zijn baan op te zeggen om te gaan reizen', dan denk ik: nee, wat je bedoelt is: 'Jij hebt een man verzonnen die zijn baan opzegt om te gaan reizen.' En om die handeling – dat iemand het aandurft om zijn baan op te zeggen om te gaan reizen – dan nog opzienbarend te vinden en daar met veel ontzag over te spreken, vind ik vooral kinderachtig.

Wat iemand eigenlijk tijdens zo'n interview zegt is: 'Hallo allemaal, ik ben een schrijver en ik heb iets verzonnen', en dat lijkt me toch een minste vereiste. Ik heb toch echt stijl, samenhang, humor en vooral het totaal van al die dingen nodig om die verzinselen later alsnog te kunnen waarderen.

Zonder het totaalkunstwerk doet het gepraat over verzonnen elementen niet onder voor wat ik voel als ik iemand met enige opwinding een droom hoor navertellen. Dat wekt vrijwel dezelfde irritatie, omdat je immers ook alles kunt dromen. Soms vertelt iemand mij een droom en verwacht diegene van mij een reactie als ware het in het echte leven gebeurd. 'Hallo, waarom kijk je zo onverschillig: het was mijn óma met het hoofd van Hans van Mierlo!'

Laatst zag ik een schrijver op televisie oreren over dat 'het natuurlijk heel onthutsend is om als student terecht te komen in de beangstigende drugsscene van de jaren tachtig', terwijl hij zelf is opgegroeid in het Bergen op Zoom van de jaren negentig. Of zoiets. Die onthutsende situatie had hij verzonnen. Ik kan ook aan een talkshowtafel aanschuiven om te zeggen dat het natuurlijk heel onthutsend is om je halve familie te verliezen aan het geweld van Boko Haram in het noordoosten van Nigeria. Dat vergt geen enkele moeite. Het wordt pas interessant als ik het inlevend en knap heb weten op te schrijven.

Er is niks mis met praten over het onderwerp van een boek of over de werkwijze van een schrijver, maar de fictie als zodanig met evenveel verbazing benaderen alsof het non-fictie is, is absurd.

Midden in een van haar eigen zinnen zet mijn vriendin de televisie uit.

'Wat doe je?' vraag ik.

'Ik weet al wat er komt,' antwoordt ze.

Ik reis op en neer naar de Stadsschouwburg in Amsterdam. Het was aanvankelijk niet mijn bedoeling om iedere dag drie uur in de auto te zitten, maar ik wil niets liever dan wakker worden in het bos, waar het Kerst is, waar zij is.

Het tegenstrijdige aan de voorstellingen is dat je de hele avond in aanwezigheid van achthonderd mensen verkeert, maar dat er geen eenzamer plek denkbaar is dan daar, op dat podium. De eerste minuten na de voorstelling zijn het ergst. Dan is het applaus weggestorven, de ovatie is overgegaan in een uittocht, het tl-licht op het podium is ingeschakeld, de brandwering naar de zaal toe is naar beneden gelaten, waardoor het podium een soort vreemde fabriekshal is geworden, en langzaam sijpelt alles wat jou bijzonder maakte – of althans: de schijn van wat jou bijzonder maakte – van je af en kijk je in de helverlichte spiegels van de kleedkamer naar wie je werkelijk bent: degene die je net twee uur lang hebt staan onderdrukken. Dat zijn momenten waarop de eenzaamheid je als een natte handdoek in je gezicht slaat.

Toch maken de voorstellingen in ITA veel goed. 'Vergeet december, vergeet Den Haag' wordt mijn mantra, in een poging mijn artistieke vroeggeboorte aan het Lange Voorhout te laten verdwijnen.

Bijna elke dag speel ik een show, Tweede Kerstdag zijn het er zelfs twee. Op Oudejaarsavond ben ik vrij en duik ik onder in de vuurwerkvrije zone die mijn eigen erf is, waar mijn vriendin het fort houdt. Soms is zij er niet en dan schrijf ik: waren we maar ergens samen. Want dat is steeds vaker waar het op neerkomt. Waar zij is, is de wereld, de wereld is waar wij zijn.

Ik ga verder niet veel schrijven over de details van onze relatie. Dat heeft niet alleen met de knipselmap in Hilversum te maken, maar op de een of andere manier is het minder erg om dat soort details te delen als de intimiteiten in een ver verleden liggen. Ik kan prima vertellen dat ik een ex-vriendin van tijdens mijn studie ooit 'Draakje' noemde en dat we als we 's nachts wakker lagen soms deden alsof we gegrepen werden door een monster vanonder het bed en dat de een dan alles in het werk stelde om de ander te redden.

Maar als dat zou gaan over mijn huidige relatie, dan kan de lezer vanaf nu denken: wacht eens, het is twee uur 's nachts, de toonaangevende satiricus en humoralist Arjen Lubach ligt op dit moment misschien wel samen met zijn vriendin te doen alsof hij wordt gegrepen door een monster vanonder zijn bed!

Dat maakt het delen van details toch minder vrijblijvend.

Gisteren ben ik voor de laatste keer teruggekomen van de schouwburg in Amsterdam. De veertien shows zitten erop. Het was een onvoorstelbare, bijwijlen hallucinerende trip, waarbij voorstellingen in elkaar overliepen, het publiek een veelogig monster dat met net zoveel stemmen liet weten wat het vond. Een paar shows hadden nog beter gemoeten, maar over het algemeen ben ik tevreden.

Vannacht was de maan zo groot en fel dat er lange schaduwen vielen op het gras. De sterren waren zichtbaarder dan ooit en hun hoeveelheid duizelde me.

'Ik ben klaar in Amsterdam,' zei ik tegen de maan. Toen het echt te koud werd liep ik het slapende huis in.

Vanmorgen werd ik wakker en de lucht was zo helderroze dat ik dacht dat ik nog droomde. Ik trok laarzen aan en liep naar buiten. Boven de heide kwam de zon op, de dauw lag op de honderden spinnenwebben. De druppels aan de takken glinsterden. Heel in de verte dacht ik iemand met een hond te zien, maar bij nader inzien bleek het een boom.

Het was uiteraard niet het plan geweest om een valse start te maken, maar dingen verlopen zelden volgens plan.

Dit was waar ik mee moest leven, en waarmee ik weer verder kon.

Het rare is dat wanneer je aan mensen zou vragen om op basis van hun idealen de perfecte wereld te beschrijven, dat ze dan uitkomen op een variant van de wereld waarin geen regels worden overtreden, waarin iedereen lacht, waarin geen tranen worden vergoten, een wereld zonder onmogelijke uitdagingen of mislukkingen. Maar als je ze dan vraagt of ze die wereld nog steeds zouden willen als die morgen zou beginnen, dan denk ik dat een overgrote meerderheid zou zeggen dat dat toch niet per se de wereld is die ze verlangen. Mensen willen een wereld waar wel een béétje onrecht heerst, een beetje leugens, een beetje kwaad, wat xenofobie en racisme om boos over te kunnen worden of om te bestrijden. Mensen willen voelen dat ze leven en daar horen beide zijden van het spectrum bij. Maar als je vraagt waar die grens dan precies ligt, blijkt het onmogelijk om aan te geven.

Vanuit de richting van het kanaaltje dat ooit een kronkelend riviertje was klinkt een verlaat carbidschot. De gaaien die op mijn grasveld wonen vliegen op. Vroeger heetten ze nog Vlaamse gaaien, maar daar zal extreemlinks wel weer een stokje voor hebben gestoken. Iemand is vroeg op of nog laat wakker, maar heeft hoe dan ook de noodzaak gevoeld om een melkbus te laten ontploffen. En dat terwijl de boze geesten die de dagen korter maken al lang en breed de bevolking in andere provincies aan het teisteren zijn. Friesland is bevrijd, het Thomasluiden is gestaakt.

Ook de hanen van de boeren reageren op het geluid van het schot en kraaien iedereen wakker. Over een paar maanden is het weer lente, dan begint alles opnieuw. Als ik de tour overleef ben ik erbij.

V

ZWEDEN

Birk keek om zich heen in het schemerachtige bos en hij kreeg een wonderlijk gevoel. De schoonheid en de vrede van de zomeravond maakten hem tegelijkertijd gelukkig en verdrietig.
'Deze zomer,' zei hij terwijl hij Ronja aankeek, 'deze zomer zal ik tot het eind van mijn leven niet vergeten.'

Astrid Lindgren, *Ronja de roversdochter*

Alles beweegt. Net niet hard genoeg om de glazen van het nachtkastje te stoten, maar als ik naar de plooien in de gordijnen kijk, zie ik ze trillen. In de hut van de nachtboot naar Göteborg kijk ik uit over het water van het Kattegat. Een andere veerdienst vaart in de verte naar Frederikshavn. Het is licht geworden en ik heb eindelijk eens goed geslapen.

We varen langs de Zweedse scherenkust, een eindeloze hoeveelheid kleine eilandjes en rotsjes die het vasteland aankondigen. In de verte ligt Älvsborg, een vesting in de monding van de rivier de Göta, ooit de belangrijkste verdediging van het middeleeuwse Zweden.

Mijn vriendin is al uren wakker, zegt ze, als ze überhaupt heeft geslapen. Haar kinderen wrijven de nacht uit hun ogen en klauteren als apen van de bovenbedden. De oudste stapt op de telefoon van zijn zusje. Ze schreeuwen naar elkaar. Wij laten het gebeuren.

'Het schreeuwen stopt uiteindelijk altijd,' zegt mijn vriendin, als ik haar aankijk.

Na een minuut is het rustig en zijn ze weer de beste vrienden. Ze overleggen over de volgorde waarin ze het ontbijtbuffet gaan veroveren.

Een monding is een goede term, denk ik bij het raam. Het is de plek waar je het land binnen kunt dringen, de ingewanden in; wie de monding heeft, kan van binnenuit schade aanrichten. Wij varen er regelrecht in.

Mijn gedachten drijven naar dezelfde nachtboot tussen Kiel en Göteborg. Het is een koude winterdag in 1986, ik zit achterin in een Saab 900 en we rijden vanuit Groningen via Bremen en Hamburg naar het Duitse havenstadje onder Denemarken. Blauw walmende vierkante jarentachtigauto's vol gezinnen die liever Scandinavië opzoeken dan de Alpen. Op de achterbank drie blonde jongetjes; ik ben in leeftijd de middelste. Voorin zitten mijn vader en moeder. Een herinnering van toen alles nog beter leek, de oorlog nog koud was en autogordels facultatief waren.

Ik droom vaak over mijn moeder. Altijd dezelfde krankzinnige droom: ze leeft nog. Niet dat ze deel uitmaakt van ons leven, wij zijn gewoon hetzelfde, maar ze *blijkt* nog te leven. Al die tijd zijn we haar vergeten op te zoeken in het ziekenhuis. In de droom komen we daarachter, hoe weet ik niet, maar altijd is er dezelfde hartverscheurende emotie: ze ligt al bijna dertig jaar in het Academisch Ziekenhuis in Groningen en we zijn haar al die tijd vergeten. Zij glimlacht alleen maar en neemt het ons niet kwalijk.

Het wakker worden na de droom geeft een mix van emoties: verdriet dat ze toch echt dood blijkt te zijn, maar ook een opluchting dat ze niet al die tijd ergens doodziek in een ziekenhuisbed heeft gelegen zonder dat ik het wist.

Nu heb ik toch een droom verteld.

'We gaan snel ontbijten,' zeg ik tegen de kinderen, 'we zijn er bijna.'

Uit het speakertje in de muur klinkt een vrouwenstem die ons welkom heet in Zweden. Eerst in het Zweeds, dan Engels, dan Duits. Net zoals in de jaren tachtig. De schepen en auto's zijn anno 2019 vervangen door milieuvriendelijker varianten en terwijl we na het ontbijt naar de auto lopen, murmel ik dat de boten van vroeger veel groter waren, maar mijn vriendin zegt dat dat waarschijnlijk mijn verbeelding is, omdat alles uit je jeugd groter wordt opgeslagen. Ten slotte zeggen we dat de waarheid ongetwijfeld in het midden ligt, maar ik weet zeker dat geen van ons beiden dat echt gelooft.

In de zomer na mijn eerste jaar aan de universiteit verbleef ik een paar weken in het Franse Taizé, in de oecumenische kloostergemeenschap van broeders met lange witte pijen. De broedergemeenschap is aan het eind van de Tweede Wereldoorlog gesticht, op een heuvel niet ver van Cluny, en is in de loop der tijd steeds meer als een zomerkamp voor dolende jongeren gaan fungeren. Ik was al twee keer eerder in Taizé geweest, met school in de vierde en de vijfde, maar die zomer wilde ik terug, samen met een vriend. Andere vrienden verklaarden me voor gek. Ik had de jaren daarvoor juist fel geageerd tegen de god uit mijn jeugd; waarom zou ik naar een kloostergemeenschap gaan als je ook naar Salou kon?

De waarheid was dat er nog altijd een interne strijd woedde: hoe kon datgene waar ik in rationele zin en in volle overtuiging mee had afgerekend alsnog zoveel met mij doen? Ik wist zeker dat ik niks meer met God te maken wilde hebben, maar alsnog hield ik van de meditatieve stiltes, de harmonietjes in de muziek, de heuvels en het primitieve bestaan in het klooster – waar iedereen in Taizé zich aan moest overgeven, ongeacht hoe groot het huis was waar ze thuis in woonden.

Ik weigerde mijzelf die ervaringen te ontzeggen, alleen

omdat ik de context van religie niet meer accepteerde. Eeuwenlang is al het menselijk talent ingezet om het geloof te promoten. Wie mooie liederen kon schrijven, deed dat voor de Kerk. Wie mooie schilderijen kon maken, deed dat voor de Kerk. Wie mooie gebouwen kon bouwen, bouwde een kerk.

Het idee dat: 1) iets mooi is en 2) datgene een religieuze context heeft, leidt logischerwijs tot de denkfout dat 1) komt door 2). De correlatie bestaat wel, maar het vermeende causale verband is misleidend. De mooiste muzikale harmonieën hadden nu eenmaal altijd een religieuze context. Meditatieve stiltes werden gebeden genoemd, terwijl stiltes en contemplaties ook zonder een opperwezen weldadig kunnen voelen. Je kon nog geen eeuw van een mooie bergtop genieten of er stonden alweer christelijke bergbeklimmers bovenop om kruizen en Jezusbeelden te plaatsen. Op die manier werd de sensatie van schoonheid meteen gekoppeld aan een Godsbeleving, terwijl er welbeschouwd niets goddelijks aan natuurschoon hoeft te zijn.

Ooit schrijf ik een boek met de titel *De kolonisatie van de schoonheid*. Ondertitel: *Over hoe religie alles wat mooi is heeft gekaapt en hoe moeilijk het is om dat terug te winnen zolang ze bij de EO podcasts blijven maken.*

Mijn bezoek aan de broedergemeenschap in Taizé moet denk ik in dit licht worden gezien. Daarnaast – laat ik eerlijk zijn – kwamen er in Taizé duizenden andere jongeren, van wie zeker de helft meisjes van ongeveer mijn leeftijd, en ook mijn hormonen waren net van hun geloof gevallen.

De uitdrukking 'van je geloof vallen' is trouwens verzonnen door gelovigen zelf. Het klinkt op deze manier alsof het om iets verhevens gaat, dat boven al het andere uitstijgt. Als een standbeeld dat van zijn sokkel sukkelt en in stukjes uiteenvalt. Ik zeg liever: ik ben uit mijn geloof geklauterd.

Aan het begin van de tweede week in Taizé zag ik haar lopen: een blond meisje, het type waarvan ik wel wist dat ze bestond, maar waar ik alleen nog maar over gefantaseerd had. Ze slofte het zandweggetje naast een van de campingvelden af, in een lome, bijna verende tred. Ik stond met open mond te kijken. Ik zou kunnen beweren dat het bevrijden van de aardse schoonheid waar God al die tijd beslag op had gelegd daar was begonnen, maar dat is natuurlijk onzin. Het was zo'n meisje dat in één seconde op alle plekken van je lichaam binnendringt.

'Kijk anders waar ze slaapt,' zei de vriend met wie ik daar was.

'Je bedoelt dat ik haar nu meteen moet gaan stalken?'

'Nee, gewoon wat informatie inwinnen. Kom.'

Ik vond het wat ver gaan om haar door de hele kloostergemeenschap te achtervolgen om uit te komen bij de plek waar ze sliep, dus na honderd meter bleef ik stilstaan.

'Stop,' zei ik tegen hem. 'Ze loopt naar het stiltegebied voor vrouwen. Nu weten we wel genoeg.'

De vriend en ik waren zelf ingedeeld in de grote keuken. We moesten het eten onder de verschillende groepen verdelen en distribueren: schoolklassen, volwassenen, medewerkers, stiltegebieden. Een van de andere mensen in ons team kwam uit Ivoorkust. Hij bracht de bakken met voedsel rond op het terrein en sprak met alle afdelingen. Van hem had ik al snel weten los te peuteren dat er maar één blond meisje van mijn leeftijd in het stiltegebied zat en dat ze uit Zweden kwam.

'Deze bak gaat naar dat Zweedse meisje,' zei ik die middag tegen de vriend toen ik een grote plastic container met gesneden stokbrood aan het volgooien was.

'Stop er een boodschap in!' riep hij.

'Ja?'

'Ja!'

'Ja?'

'Yes,' riep de man uit Ivoorkust.

'Oké,' zei ik en ik deed mijn schort af. Ik pakte een pen en een briefje. Ik schreef een gedicht dat '*to the Swedish girl in silence*' heette en stopte dat in een envelopje in de bak met brood. Een dag later volgde nog een briefje met daarop het refrein van een liedje van Kashmir dat ik die week non-stop op mijn walkman draaide.

I miss you all the time
Though you sit next to me
I hope you feel just fine
Wherever you may be
Whatever's in your way

Er kwam geen reactie. Het was ook onzin natuurlijk, het brood was ongetwijfeld uitgepakt door een vrome broeder of zuster die het gedicht had opgemerkt en het briefje al kruisjes slaand in een haardvuur had geworpen, terwijl ze nog eens een rondje 'Laudate Dominum' zong. 'Omnes Gentes.' Halleluja. De dagen erop was elke bak eerst zorgvuldig uitgekamd en was mijn briefje met de Kashmirtekst al voor het zou worden opengevouwen in een vuur gegooid.

Ik gaf het op.

Het meisje zag ik niet meer. Aan het eind van die week verzamelden we ons bij het café op het terrein (maximaal één alcoholische versnapering, we kochten extra flessen wijn in het dorp en verstopten die in de graanvelden om de heuvels, maar toch dacht ik toen: dit maakt het juist spannend. De leeftijdsgenoten in Salou zijn onbeperkt dronken, zonder iemand die het ze moeilijk maakt, maar onze dronkenschap, als dat dan uiteindelijk lukt, hebben we echt zelf verdiend) en bij dat café zag ik haar ineens weer zitten. Ze glimlachte naar me.

Ik heb geen idee waar ik de moed vandaan haalde, misschien omdat we de volgende dag allemaal zouden vertrekken en er dus niks op het spel stond, maar ik liep naar haar toe en vroeg: '*Did you get my poem?*'

Ze keek me aan alsof ik een van de godsdienstwaanzinnigen was die daar soms naar je toe kwamen met *conversation starters* als: '*If you died today, do you know for sure you'd go to heaven?*'

Ze moest lachen. '*Poem?*'

Ik werd rood. '*I sent you a poem. In the bread.*'

Dat helderde niet veel op. De vraagtekens in haar ogen bleven knipperen.

'*I was in silence,*' zei ze maar. '*Now I can speak again.*' Alsof ze jaren had moeten revalideren na een hersenbloeding.

Ze vertelde over haar leven in Zweden. Dat ze net klaar was met school ('ik ook!') en wat haar ouders deden ('die van mij ook!') en dat ze twijfelde over alles ('ik ook, denk ik!').

Ik heb een foto van dat gesprek aan dat tafeltje buiten bij het café, op die avond. Of eigenlijk een dia, gek genoeg. Ik weet niet waarom er iemand met een camera voorbijliep die dia's aan het maken was, en ik weet al helemaal niet meer hoe dat ding uiteindelijk in mijn bezit is gekomen, maar ik heb een plaatje van mij en K., een paar minuten na onze ontmoeting, tijdens ons eerste gesprek ooit en een paar uur voor ik seks met haar zou hebben in mijn tent.

Mijn vriend was al eerder gaan slapen en werd 's nachts wakker van de geluiden die uit mijn tent kwamen.

'Ben je ziek?' riep hij vanuit zijn eigen tent.

'Nee,' riep ik.

Het was even stil.

'Het klinkt alsof je ligt te sterven,' zei hij.

'*What does he say?*' fluisterde K. Ze knipte een zaklamp aan en legde die tussen ons in.

'Ik heb me nog nooit zo levend gevoeld,' riep ik terug.

'*What did you say?*' vroeg ze. Ik vertaalde.

Daarna moesten we allebei lachen.

'Ahaaaaa,' riep de vriend. 'Wie is het?'

'Van het gedicht. In de broodbak.'

'O stiltemeisje!' riep hij terug.

'*What is stilt-maisj?*' fluisterde ze.

Ik legde mijn vinger op haar mond en keek in haar helderblauwe, Zweedse ogen.

'*It's you.*'

De volgende ochtend zou ze vertrekken. We hadden niet geslapen, we waren de tent maar uit gegaan en klommen op het dak van een van de grote blauwe tenten aan de rand van het terrein. Daarvandaan kon je de zon op zien komen boven de graanvelden van de Saône-et-Loire, in de verte glinsterde op hoge snelheid een TGV voorbij. We lagen en kletsten nog wat, tot ze zei dat het tijd was om te gaan. Ik liep mee naar het stiltegebied, waar haar rugzak stond, en daarna bracht ik haar naar de touringcar.

Na die reis stuurden we soms een brief of een mail. Even was er zelfs sprake van dat ik haar zou opzoeken in Zweden. Toen ze in een mail vertelde dat ze naar een gala van haar opleiding moest en dat ze geen date kon vinden, zegde ik vastberaden al mijn afspraken voor dat weekend af. Vlak voor ik naar Zweden zou vertrekken, mailde ze: '*My ex-boyfriend was just fired from the army. I think you should not come. For your own safety.*'

Daarmee verdampte elke hoop of wens elkaar ooit nog eens te zien. De tijd verstreek, de mails kwamen steeds minder vaak. Toen Facebook een ding werd, vonden we elkaar weer even in chats en al snel zag ik foto's met een klein blond kindje verschijnen, waarvan ik toch – hoe onmogelijk ook – even ging uitrekenen wanneer dat dan verwekt moest zijn.

Soms vertelde ze hoe moeilijk haar leven was en schreef ze tot mijn frustratie dat ik me dat waarschijnlijk niet zou kunnen voorstellen, omdat ze uit mijn onlineactiviteiten kon opmaken dat ik alleen maar succes had. Dat ze voorbijging aan al mijn mislukkingen en persoonlijke besognes was te wijten aan deze tijd: wij waren de allereerste generatie die met zoveel gemak een schijnleven kon optuigen, waarbij we schaamteloos de pijn weglieten en de vreugde overdreven. Ze trapte er genadeloos in, maar kon ik haar dat kwalijk nemen? Ik had zelf de successen geplaatst, niet het falen, wel de foto's in de zon met meisjes en ijsjes, niet de avonden met slaande deuren.

Ondertussen leefde ik mijn eigen filmhuisfilm: seizoenen die elkaar afwisselden, verschillende vriendinnen, aan, uit, samenwonen, een grote vrachtwagen met zeventig dozen uit Den Haag, die twee jaar later alle zeventig weer uit het raam in Amsterdam werden getakeld. Huilbuien in de sneeuw, scheldpartijen in de zon, een champagnekoeler ijskoud water over mijn slapende lijf in een Amsterdams hotel, een glas wodka in mijn gezicht aan het Boterdiep in

Groningen, angsten, maar ook vreugde, extase, onenightstands, zwangerschapstesten, begrafenissen, huwelijken.

Daarnaast speelde zich een evenzo dynamische zakelijke ontwikkeling af: projecten die slaagden, maar evenzoveel projecten die mislukten. Manuscripten die ongezien in lades verdwenen. Films die door commissies werden afgekraakt. Avonden in theaters met maar twintig mensen. Keihard werken tot ik er fysiek kapot van ging, maar soms ook een prijs, waardering of een volle zaal waar ik niet op had gerekend.

En ondertussen schreef het Zweedse meisje een paar keer per jaar: *Your life looks so perfect. I wish I could come to Amsterdam.*

Uiteindelijk vond ik haar gebrek aan begrip – het idee dat je niet aan een Facebookprofiel kan zien hoe het met iemand gaat, dat wist toch inmiddels iedereen wel? – zo storend, dat mijn antwoorden steeds summierder werden, tot onze verstandhouding zich de afgelopen jaren beperkte tot eenzijdig mailcontact van haar kant. Soms schreef ik: *Nice to hear from you again*, maar daar liet ik het dan ongeveer wel bij.

Haar laatste mail was ineens vrij heftig. Ze had over me gedroomd (altijd een prettig oncontroleerbare aanleiding om met iemand in contact te treden) en schreef weer over een ex die crimineel bleek te zijn, waarbij ze zijn daden uitvoerig omschreef. Ik zal haar getroebleerde leven hier niet verder uit de doeken doen, omdat ook zij een levend mens is met recht op privacy, en de publicatie van iets wat zij in vertrouwen heeft gemaild niet echt netjes is, ook al las het als een script voor een nieuw seizoen van *The Bridge* en dateert ons laatste fysieke contact van twintig jaar geleden.

Letterlijk. Dat was het afscheid op de gele Franse heuvel, na de nacht zonder slaap in mijn koepeltentje. Zij gooide haar backpack onder in de touringcar die haar naar Zweden zou brengen. De klokken die een van de drie dagelijkse bijeenkomsten aankondigden beierden over het terrein. Ik stond de slaap uit mijn ogen te wrijven in de nu al warme zon, we zoenden nog wat overdreven, tot een broeder corrigerend naast ons kwam staan kuchen.

'*This was magic,*' zei ze, half in de deur van de stationair draaiende reisbus.

'Yes,' zei ik en ik meende dat ook echt. Ik was geëmotioneerd, omdat mijn kans op ultiem geluk in één nacht was gepropt en ik denk dat ik stiekem moest huilen toen zij instapte, op weg naar de rest van haar leven, dat niet lang daarna dicht zou slibben met agressieve exen, militaire vriendjes, obsceniteiten, kinderen en criminaliteit.

De tournee is afgelopen. Een paar maanden ging alles voorspoedig. Ik reed met goede moed zo'n vijf (soms zes of zeven) keer per week naar een theater in Nederland of België om mijn voorstelling te spelen. Ik kwam nooit te laat, ik voelde me prima en zelfs als ik moe was of om een andere reden weinig motivatie op kon brengen, kwam dat vlak voor de voorstelling altijd wel weer goed. Een podium en een volle zaal zorgen er vreemd genoeg voor dat je al je fysieke klachten of ongemakken vergeet. Nog nooit heb ik tijdens een show tussen twee grappen in gedacht: ik moet eigenlijk naar de wc, of: ik zou wel een kaas-uibol lusten.

Zes voorstellingen per week bleek desalniettemin veel te veel. Het begon met verontruste berichten van collega's die mijn speellijst hadden bekeken en vroegen waar ik in godsnaam mee bezig was. Eerst verklaarde ik op mijn beurt hen voor gek en dacht: ha, ik werk mijn hele leven al harder dan alle anderen, maar uiteindelijk moest ik ze schoorvoetend gelijk geven.

Het begon met mijn bijholtes. Halverwege maart, na zo'n veertig shows, liepen ze vol en moest ik een CT-scan laten maken. Chronische ontstekingen bleken de aanleiding te zijn, waarna verder werd gezocht naar een oorzaak, via kno-artsen, kaakchirurgen en mijn eigen tandarts, die een paar kiezen trok. De ontsteking bleef.

Dat was niet het enige.

Op een ochtend werd ik wakker in een hotelbed en kon ik me niet meer bewegen. Nu wil ik niet het Van der Valkhotel Tiel daar de schuld van geven, maar op dat moment voelde het of er iemand de lift naar de vijftiende verdieping had genomen om tijdens mijn slaap een streng zenuwen los te trekken van mijn ruggengraat. Inmiddels weet ik dat het een zware hernia was en dat ik die over mezelf heb afgeroepen door dag in dag uit urenlang achter in een auto te zitten, voorovergebogen over mijn laptop, wachtend tot we eindelijk in een theater of thuis zouden zijn.

Het is mijn eigen schuld dat ik ziek ben geworden.

Met veel moeite stond ik rechtop aan het raam en keek ik uit over Tiel: de oude stad, de weilanden, in de verte de Waal. Hier zaten de Duitsers, dacht ik, aan de overkant de geallieerden. Er is nog wel meer geschiedenis geschreven op deze plek, herinnerde ik me – waarom weet ik ook niet, soms drijven er luchtbelletjes kennis boven, van de plunderingen van Vikingen tot grote stadsbranden tot de evacuatie van honderdduizenden mensen in 1995, toen de Rijn, de Maas, de Waal en de IJssel hier te hoog stonden. Dat was allemaal leuk en aardig natuurlijk, maar ik had ondertussen geen idee hoe ik naar de douche moest komen.

Ik belde mijn tourmanager, die een paar verdiepingen lager in een kamer zat. ‘Volgens mij ben ik door mijn rug gegaan,’ zei ik tegen hem. ‘Ik kan me amper bewegen.’

‘Moet ik komen helpen?’

En ik dacht: ja graag, maar ik zei: ‘Nee’, want ik had me ooit voorgenomen om zo laat mogelijk in mijn leven hulp te vragen bij mijn motorische defecten. Tiel leek me niet de meest interessante plek om toe te geven aan mijn ouderdom.

‘Ik probeer nu eerst wel even bij het ontbijt te komen,’ zei ik en ik maakte de fout om weer op het bed te gaan zitten. Met moeite hielp ik mijzelf weer overeind, wurmde me in mijn kleren en daarna in mijn schoenen. Vijf minuten per schoen is nog een voorzichtige schatting. Ik stapte de gang in, strompelde naar de lift en drukte op het knopje dat bij de ontbijtzaal hoorde.

‘Wat de fok,’ zei mijn tourmanager toen hij mij binnen zag komen strompelen.

‘Ik snap het ook niet,’ zei ik en ik nam met veel moeite plaats op een hoge kruk, omdat ik bang was dat ik niet meer zou kunnen opstaan uit een stoel.

‘Ik haal wel iets voor je,’ zei hij en bij het buffet ging hij eten voor me bij elkaar scharrelen.

‘Zal ik vanavond afzeggen?’ vroeg hij toen hij terug was en een bak fruit voor me neerzette.

‘Zeker niet,’ zei ik. ‘Desnoods doe ik het liggend.’

Eenmaal terug op mijn kamer viel mijn oog op een foldertje. Er werden massages aangeboden, in het hotel. Ik dacht: er moet iets worden gemasseerd. Op deze manier kan ik met geen mogelijkheid in Dordrecht spelen vanavond.

'Ik ga even een massage halen,' appte ik mijn tourmanager. 'Dat helpt misschien.'

'Goed idee,' schreef hij terug.

Ik stapte in de lift en volgde de bordjes met VAN DER VALK VITAAL.

Nog niet eerder heb ik in een hotel zo lang moeten lopen om ergens te komen en omdat ik maar heel kleine stapjes kon zetten, duurde de tocht een eeuwigheid. Na minuten door restaurants, vergaderzalen, halletjes en gangen kwam ik aan bij VAN DER VALK VITAAL. Daar was niemand te bekennen. Na lang zoeken en roepen vond ik een bordje: AFSPRAKEN VIA DE RECEPTIE VAN HET HOTEL.

De helse tocht begon opnieuw, in omgekeerde richting, vol obstakels en omwegen. Ik was een Jason zonder Argonauten, me verplaatsend door het hotel in Tiel, onzeker of ik mijn tocht ooit zou voltooien. Omdat mensen mij vaak van televisie herkennen en ik geen flater wilde slaan, deed ik nog wel een poging om zo naturel mogelijk door mijn pijn heen te stappen. Dat moet een bizar gezicht zijn geweest, ik, schommelend en schuifelend, alsof de veters van mijn schoenen aan elkaar vastzaten, maar desondanks met een vriendelijke glimlach, zo af en toe verstoord door een pijnscheut. Mensen moeten hebben gedacht dat ik een soort *performance art* aan het opvoeren was in het vergadercentrum van het Van der Valk-hotel.

Bij de receptie van het hotel reserveerde ik een massage.

'Over drie kwartier?' zei de receptioniste.

'Oké,' zei ik en ik dacht: laat ik alvast maar gaan lopen, dan ben ik in ieder geval op tijd.

Eenmaal bij de Thaise masseuse in haar kamertje – die halsoverkop vanuit het dorp was komen fietsen – vertelde zij dat ik cash moest afrekenen. Omdat ik geen contant geld had, heb ik de tocht naar de receptie nog een keer moeten afleggen, op dezelfde worstelende manier, onder dezelfde helse pijnen, onder toeziend oog van hetzelfde hotelpersoneel en sommige gasten.

Bij terugkomst keek de Thaise mevrouw heel lang wantrouwend naar de waardebon die ze me bij de receptie hadden gegeven.

'Ken ik niet,' zei ze. Alsof het aannemelijk zou zijn dat ik even snel naar mijn kamer was gegaan om daar een tegoedbon voor VAN DER VALK VITAAL te vervalsen. Zelfs voor een wanhopige crimineel zou dat een heel vreemd businessmodel zijn.

Na vier telefoontjes was het ineens oké.

'Ik doe massage,' zei ze.

'Mooi,' zei ik.

'Wat is jouw probleem?' vroeg ze en ze wees op mijn alles. Ik dacht even na en ik wilde vertellen van de show die te vroeg in première was gegaan en hoe ik door sommige gebeurtenissen uit mijn jeugd een panische ambitie heb gekweekt, in de wetenschap dat alles elk moment zomaar afgelopen kon zijn en ik daarom zo veel mogelijk haast maak met alles wat ik wil en kan, hoe ik vaker dan goed voor me is moet denken aan het grasveld in Lutjegast, in de boomgaard, vlak bij de berenklauwen, waar ik op mijn rug lag en de vliegtuigen over zag komen en ik niets hoefde en niets moest en niets dacht, hoe er machines in mijn hoofd zitten die dag in dag uit aan projecten werken die nooit af zullen komen, maar ik denk niet dat ze dat bedoelde.

'Ik ben denk ik door mijn rug gegaan,' kermde ik. 'Ik zit helemaal vast. Ik dacht dat het misschien goed zou zijn om het los te laten masseren.'

De Thaise vrouw beaamde dat.

‘Zeker goed. Alles los,’ zei ze. ‘Liggen.’

Ik trok mijn kleren uit en ging op mijn buik liggen. Mijn hoofd lag in een klein kussentje en ik dacht: massagetafels hebben toch altijd zo’n gat waardoor je je gezicht steekt om te kunnen ademen? Maar er was geen gat en ik had geen tijd om dat te vragen, want het vrouwtje begon meteen enthousiast aan al mijn ledematen te trekken.

‘Dat doet wel pijn. Zelfs liggen doet pijn,’ zei ik, maar dat hoorde ze niet, omdat mijn gezicht in het kussentje lag.

Met de kennis van nu – wetende dat ik een hernia had – was dit allemaal niet zo verstandig. Volgens mij is er geen fysiotherapeut ter wereld die een hernia vaststelt, zijn handboeken erop naslaat en zegt: ‘Eerst laten we een Thais vrouwtje een half uurtje op je rug springen, dan zien we wel verder.’

Integendeel: toen ik een paar weken later via de huisarts naar een fysiotherapeut werd doorverwezen, zei de fysio in een opgeruimd kamertje in Heerenveen: ‘Niks forceren. Dat is het belangrijkste.’

Ik moest als eerste oefening op een grote skippybal zitten en heel sensueel rondjes draaien met mijn heupen.

‘Gaat dat?’ vroeg de fysiotherapeut. En ik dacht: mevrouw, twee weken geleden stond er in Van der Valk Tiel nog een reïncarnatie van Thao Suranari op mijn rug te dansen, ik denk dat ik dit wel kan hebben.

Na Tiel moesten we naar Dordrecht. En na Dordrecht naar Almere. Daarna Doetinchem, Groningen, Wageningen, Velsen, Alkmaar enzovoorts, en om ons heen stonden de bomen weer in bloei en werd alles groen. Het land warmde op. Van donkere, duistere theateravonden die al begonnen in de nacht, speelde ik nu shows die klaar waren als het nog licht was. Een hapje winter, het hele voorjaar en het begin van de zomer zat ik achter in de auto, met pijnstillers en koffie, op weg naar weer een nieuwe zaal.

Die avond in Dordrecht zei ik tegen het publiek: 'Er gaat straks iets vreemds gebeuren: er komt een moment waarop je verwacht dat ik een buiging maak omdat de voorstelling is afgelopen. En dat klopt, de voorstelling is dan ook afgelopen, alleen gaat het me zoals het nu lijkt niet lukken om een buiging te maken.'

De mensen moesten lachen. Ik ga er niet van uit dat er iemand in het publiek dacht dat ik serieus was, maar ik heb die avond geen buiging gemaakt.

Ik wilde natuurlijk helemaal niet zielig zijn, want ik trad op voor uitverkochte zalen, maar van tijd tot tijd, als ik door de hoofdpijn van mijn holteontsteking de uitstralingen van de hernia naar mijn voet voelde schieten en ik een verlaten artiestenfoyer in kwam waar over de boxen het iele geluid van Sky Radio klonk, dat zich met moeite door mijn tinnitus heen wist te boren en ik weer eens 'Windrocks' meende te ontwaren, dan had ik wel een beetje medelijden met mijzelf.

Anderen mochten dat niet hebben. Als ze zeiden: Wat rot van je rug en wat sneu dat je je niet goed voelt, wat vervelend van die piep in je oren, dan lachte ik en zei: Ik heb het zelf gedaan en zelf gewild. *You do it to yourself, you do / And that's what really hurts.* En dat was ook zo. Ik was zelf verantwoordelijk en dus had ik ook de verantwoordelijkheid over het medelijden dat mij ten deel viel.

De verkeerde pijnstillers bezorgden me maagzweren, waardoor ik moest overstappen op een mildere variant. Dankzij het soort doorzettingsvermogen dat enkel en alleen gevoed werd door het vooruitzicht dat deze uitputtingsslag eindig was, heb ik de zomer gehaald. Ik mocht op geweldige plekken staan, in zalen die groter waren dan ik ooit had durven dromen: Carré, Nieuwe Luxor, Chassé, Orpheus. Daarnaast zag ik alle mooie oude schouwburgen en de leukste regionale theaterzalen vanbinnen. En dat alles met een eigen idee en uitvoering, voor onvoorstelbaar veel mensen.

Ik zou het zo weer doen.

Nu is het zomer. De tour is voorbij. De fysiotherapeut heeft me weer een beetje op de been gekregen met fitnessballen, elastieken en dry needling, waarvan ik niet heb durven opzoeken of het in de categorie 'Arnica-zalf waarvoor je heel Santa Monica af moet schuimen' valt of niet.

Ik ben in Zweden en denk aan de laatste mail van het Zweedse stiltemeisje, dat nu gewoon een volwassen vrouw is, en heb eigenlijk helemaal geen zin om haar te ontmoeten. De herinnering aan de broedergemeenschap in Frankrijk is een van mijn dierbaarste, niet om wie zij nu is, maar om wat ik van haar heb gemaakt.

Bovendien kan ik helemaal niet bij haar op bezoek, want ik ben in Zweden met mijn nieuwe leven: de aftakking van alle parallelle werelden waarin ik voor iemand anders heb gekozen en er geen ruimte is om ontspoorde vlammen op te zoeken.

Dus ik ben hier met haar, omdat ik voor haar koos. En haar twee kinderen. En zij voor mij. En samen voor een auto vol zomerkleding, een koelbox met eten, waterschoenen, puzzelboekjes en dvd-schermpjes aan de autostoelen.

Ik zit op de veranda. Wattenwolken drijven voorbij, hoog boven eindeloze Zweedse naaldbossen. Zo af en toe worden de wolken dikker en valt er wat regen, maar ik zit droog. In de verte ligt een klein meer.

Nadat we waren aangekomen in Göteborg, onze tassen weer hadden ingepakt en de auto hadden teruggevonden, reden we via een tussenstop bij een supermarkt, waar we nog meer boodschappen in de koelbox laadden, naar het zomerhuisje waar we een week zullen blijven.

'Het is hier net *Dirty Dancing*,' zei mijn vriendin toen we het terrein van het park op reden.

'Heb ik nog nooit gezien,' zei ik.

'Wat? Dat is ook op zo'n vakantiepark en dan wordt de dochter van een van de gezinnen verliefd op een dansleraar en gaan ze samen leren dansen en dan wordt iedereen gek en er wordt ook iemand zwanger.'

Ik draaide me om naar de achterbank en ik keek naar haar dochter. 'Hé, veel plezier deze week,' zei ik en ik stak mijn duim op.

'Ik ben tien,' zei ze boos.

Toen we alle spullen in het huisje hadden gezet, stond ik samen met mijn vriendin voor het raam.

'Jij gaat zeker liever naar echt afgelegen huisjes?' vroeg ze. 'Met bossen zo groot als provincies en buren die dertig kilometer verderop wonen?'

'Ja,' zei ik. 'Maar ja.'

'Sorry,' zei ze.

'Onzin,' zei ik en ik wees naar buiten, waar haar kinderen als gekken de heuvels af stormden, in de richting van het meertje met steiger, waar ze konden zwemmen met kinderen met onuitspreekbare namen.

'Dit is ook leuk,' zei ik.

De naaldbomen lagen als eindeloze tapijten over de heuvels. Onderweg hadden we al gehoopt op elanden en wolven, maar we zagen ze niet. Wel bossen, rode en gele huisjes, akkers en meertjes. Er was weinig variatie, maar wat er was, was mooi.

Vanaf de veranda zie ik de gezinnen, met vaders en moeders en kinderen in alle leeftijden. Op een dag was ik zo'n vader geworden. Weliswaar niet een echte vader, maar in de ogen van de anderen maakte dat niks uit. Ik was die inwisselbare blonde man met een baard en een Mitsubishi Outlander PHEV vol rolkoffers en kinderen. Dat wil zeggen: tot er Nederlanders komen natuurlijk, dan ben ik die gast van televisie en worden mijn vriendin en de kinderen ineens onzichtbaar.

Dat blijft een gek mechanisme. Soms zit ik met haar in een restaurant, dan zie je mensen naast ons smoezen of elkaar berichten sturen, kennelijk in de overtuiging dat wij niet doorhebben dat het over mij gaat. Vervolgens sta ik op om af te rekenen, loop ik naar de kassa en terwijl zij nog haar jas aantrekt, gaan de gesprekken al hoorbaar over mij. Alsof zij onzichtbaar is of in ieder geval geen onderdeel meer uitmaakt van mijn gezelschap.

Hier valt het mee. Een enkele Duitser, maar toch vooral Zweden om ons heen, zodat ik me zonder me druk te maken met mijn aangenomen gezin kan vertonen.

Het was nooit mijn plan. Mijn toekomst lag kinderloos voor me, leeg en vol mogelijkheden om een volstrekt onverantwoordelijk bestaan te kunnen leven, waardoor ik na mijn mogelijke vroegtijdige dood alleen een soort romantische rouw zou veroorzaken; een begrafenis met meerdere geliefden onder zwarte paraplu's die allemaal zouden denken dat zij de belangrijkste waren geweest, het soort rouw dat weliswaar beklagenswaardig is, maar dat ook bijdraagt aan de voltooiing van het vroegtijdig gestopte leven. Ik was vooral niet uit op het soort braakliggende en dieptrieste rouw dat een paar onvoltooide mensjes een zwaar trauma in zou slepen. Daar is niks romantisch aan.

Mijn plan was: nooit van iets méér houden dan van mijzelf. Want ik wist dat het krijgen van kinderen de snelste manier is om je latente narcisme te verdoven. Overigens heb ik dat onverantwoorde bestaan nooit geleefd, daar ben ik dan weer niet dapper genoeg voor, en dus bevind ik me nu strak op de middenweg, in een soort luwte; het zou kunnen dat die onverantwoorde storm ooit weer opsteekt, maar nu heb ik kinderen in mijn buurt, waardoor ik voorlopig niet weg kan waaien.

Die kinderen zijn dan wel niet echt van mij, maar soms draag ik de verantwoordelijkheid en hoor ik mezelf dit soort gesprekjes voeren:

– Ik heb honger.
– Neem een banaan.
– Ik heb geen zin in een banaan.
– Dan heb je ook geen honger.

Voor wie mij een beetje kent: ik snap dat het ongeloofwaardig over zal komen, maar ik ben in dit geval niet degene die honger heeft.

We doen vrij weinig. Wat wandelen, veel lezen, ik schrijf. Het weer is wisselend, van warme zonnige dagen tot regenachtige dagen vol binnenzitten.

'Zo typisch Zweden dit,' zegt ze. 'Zo onschuldig.'

'Dat mag je niet meer zeggen, geloof ik.'

'Dat Zweden onschuldig is?'

'Ja. Zweden is inmiddels eerder het voorbeeld geworden van de mislukte multiculturele samenleving.'

'Zeg jij dat? Of anderen?'

'Anderen,' zeg ik. 'Ik zeg in principe nooit echt iets.'

Ze maakt een witte tjoerie.

'Onzin. Wat vind jij dan?'

Ik leg mijn laptop weg.

'Volgens mij klopt het deels, maar tegelijkertijd is het te makkelijk de schuld van de huidige escalaties in de grote steden volledig af te schuiven op het sociaaldemocratische beleid van de afgelopen decennia. Ik bedoel, het verband bestaat wel, maar het is niet gezegd dat een rechts bewind met een streng immigratiebeleid tot een béter land had geleid. Gesteld dat ze deze onrust hadden weten te voorkomen, dan waren er weer andere grote problemen geweest.'

'Weet je niet, natuurlijk.'

'Nee, ik weet niks. Maar hadden alle Europese landjes dan een soort Australië moeten worden, dat per definitie de poorten voor iedereen dichtgooit?'

'Dat kan helemaal niet hier.'

'Nee, los van dat dat inderdaad niet kan als je geen eiland bent, zou dat weer heel andere gevolgen hebben voor immigratiestromen.'

'Lekker genuanceerd weer allemaal.'

Ik lach.

'Ja. Feit is natuurlijk wel dat het is gebeurd. Dat dat aspect van de samenleving nu ook onderdeel van Zweden is. Dus "typisch Zweden" klopt niet helemaal meer, want daar hebben de vrouwen in Malmö-Oost die 's avonds de straat niet op durven geen reet aan.'

'Ja oké,' zegt ze. Ze is even stil en kijkt weer naar het Zweedse landschap en de rood-witte huisjes. 'Ik zei alleen dat het typisch was.'

'Ja weet ik,' zeg ik.

'Weet je,' zegt ze. 'Als je op de Afsluitdijk staat en naar de Waddenzee kijkt, een Urker kotter naar de Noordzee ziet opstomen, langs een bank met bakkende zeehondjes, dan kun je ook zeggen: zo typisch Nederlands dit... Maar dan laat je ook heel veel buiten beschouwing. Maar maakt dat het minder typisch?'

Ik kijk naar haar.

'Wijn?' zegt ze.

Een paar jaar geleden schreef ik een theaterstuk over de moord op Olof Palme. De sociaaldemocratische premier werd in 1986 in Stockholm vermoord toen hij samen met zijn vrouw naar de film was geweest en de straat op stapte. Er werd gezegd dat dat het moment was waarop Zweden zijn onschuld verloor. In Nederland verloren we zogezegd onze onschuld toen Pim Fortuyn werd vermoord in 2002, maar zelfs als dat niet was gebeurd, kan ik me geen beeld vormen van een Nederland dat zijn onschuld nog had. Of welke plek op aarde dan ook. Ik denk dat het concept 'onschuld' lokaal geen betekenis meer heeft, omdat die onschuld zich niet meer afspeelt op lokale tonelen. Er bestaat nog wel het vage concept van nationaliteiten, maar de problemen zijn de decors ontgroeid. Maatschappelijke discussies beperken zich niet meer tot één maatschappij, maar tot dé maatschappij, die dankzij het internet een Grote Westerse Maatschappij is geworden. De ophef in het ene westerse land wordt met één vertaalde tweet geïmporteerd in het andere. Als er in Amerika op een universiteit wordt geprotesteerd tegen de komst van een spreker met een controversiële mening, dan hebben de studenten in Amsterdam en Utrecht zich binnen een halve dag solidair verklaard en wordt er – het liefst in het Engels – over gediscussieerd.

Vroeger kon je naar Parijs gaan om met een Fransman een gesprek te voeren over politieke tendensen waarbij werd opgemerkt: 'Ach moet u weten, de situatie die u schetst is ons volstrekt onbekend.' Inmiddels is er een grensoverschrijdende strijd gaande tussen hen die menen dat alles naar de kloten gaat door de heersende elite en hen die dit wantrouwen interpreteren als fascisme.

Zweden is ook ten prooi gevallen aan deze strijd, geheel tegen hun volksaard in. Het is dat we met vrij grote zekerheid kunnen zeggen dat Confucius uit China komt en niks met Scandinavië te maken had, maar anders had je zo geloofd dat hij zijn 'horen, zien en zwijgen' had bedacht naar aanleiding van een rondreis door Zweden.

Er is een Zweeds woord dat niet helemaal te vertalen is: *lagom*. Het is een soort Zweedse variant van ons poldermodel. Zweden geven het ook als antwoord op de vraag hoe het met ze gaat. Dan betekent het: 'gaat wel'. Niet goed, niet slecht, niet veel, niet weinig, niet hoog, niet laag; *lagom*. In de periode dat ik in Uppsala verbleef, de zomer van 2007 – waar ik mijn roman *Magnus* op heb gebaseerd – vond ik het ongelooflijk ingewikkeld om contact te maken met een gewone Zweed. Ze zwegen en waren onpeilbaar. Tot ze wat drank ophadden. Na hun derde glas *sprit* veranderen ze in deelnemers aan een drankwedstrijd, en worden het stuk voor stuk toegankelijke levensgenieters. Maar zie dan nog maar eens een normaal gesprek te voeren.

Ik heb altijd een bijzondere band met Zweden gehad,

misschien is dat vlammetje ooit ontbrand tijdens die wintervakanties met mijn ouders, maar het kan ook zijn dat ik me in Zweden altijd thuis heb gevoeld omdat ik de sprookjes, de muziek, de jeugdboeken en de kinderfilms heb verslonden. Het Zweeds klonk door al die dingen als een geheimtaal die ik zo snel mogelijk moest leren spreken.

Wat ook mee kan tellen, is dat er in Stockholm – of waar dan ook in Scandinavië – niemand is die mij aanziet voor een vreemdeling. Daar zou je prima een psychologische verhandeling op los kunnen laten; het onbewuste verlangen om ergens te zijn waar je niet vreemd bent, waar je niet opvalt. Tegelijk besef ik hoe oneerlijk het is dat ik als ingezetene van een totaal ander koninkrijk met open armen word ontvangen terwijl iemand die in Zweden geboren is, een Zweeds paspoort heeft en wiens vader in de jaren zeventig op verzoek van de Zweedse regering zware arbeid is komen verrichten, wordt gezien als de echte vreemdeling.

Na mijn romantische nacht met het mooie stiltemeisje werd mijn verlangen om Zweeds te spreken nog groter. Aan de universiteit van Groningen volgde ik daarom vakken Scandinavische Talen en Culturen, met als hoofdtaal Zweeds. Ik luisterde een periode hoofdzakelijk Zweedse hiphop, waarvoor ik de Zweedse sociaaldemocraten en hun multiculturele samenleving dan wel weer dankbaar ben.

Niet eens zo langgeleden, in 2013, stond ik op het punt om voor onbepaalde tijd naar Zweden te verhuizen. Opnieuw beginnen. Dat was het plan. Maar er speelde nog iets anders: ik kon een eigen televisieprogramma krijgen op NPO3. We hadden een pilot gemaakt, de zender was aan het beslissen en ik weet nog dat ik op een avond dacht: Dit is de tweesprong. Of ik ga een televisiecarrière lanceren, of ik ga emigreren naar het land van Petter, Kent, *kalles*, midzomer, het stiltemeisje en het noorderlicht.

Een maand lang vertelde ik niemand over mijn plan, maar hoe langer ik het overdacht, hoe concreter het werd: er bestond geen tussenweg, er was geen derde optie. Televisie maken of in Stockholm gaan wonen. Het eerste leek zo onwaarschijnlijk als de redding voor *Het vlot van de Medusa* aan de horizon: allesbepalend als het ooit dichterbij zou komen, maar vooralsnog een stipje verf zonder details.

In het voorjaar van 2014 werd de knoop voor mij doorgehakt in een kantoor in Hilversum: een zendercoördinator besloot dat ik niet naar Zweden zou verdwijnen, maar ze gaf me een plek op de zondagavond en dwong daarmee de titel van de toekomstige show af: *Zondag met Lubach*.

Het blijft een vermakelijke gedachte dat iemand in een tl-verlichte ruimte tijdens een kopje rooibosthee en een sultana er zonder het zelf te weten voor heeft gekozen om mij niet te verbannen naar een koud en uitgestrekt land in het noorden, maar om mij een plek op televisie aan te bieden. Anders had ik nu misschien niet in een Zweeds vakantiepark zitten schrijven, maar in Stockholm, waar ik na jaren buffelen eindelijk voet aan de grond had gekregen als assistent-producer van een of andere radioshow.

Misschien.

Altijd maar weer misschien.

Ik kijk naar buiten, zie de kinderen op en neer springen op een gigantisch, ingegraven luchtkussen. Dit is wat er van mijn avontuurlijke Zweden-plannen is geworden: een week op een vakantiepark in een rood huisje met witte omlijsting, *s'mores* boven een vuurtje en de Stena Scandinavica die ons straks weer op z'n dooie gemak naar huis vaart.

En ergens in Stockholm lopen de mensen rond met wie

ik een ander leven zou hebben gedeeld: een andere vriendin, wat nieuwe vrienden, collega's. Ze hebben geen idee wie ik ben.

In het laatste zonlicht zie ik de rook van een kampvuur aan het meer. Vanuit het woud horen we dierengeluiden die we niet kunnen thuisbrengen en we fantaseren dat het enge dieren zijn, want dan is binnen nog fijner. We spelen Zweden-yahtzee, met dalarnapaardjes, rendieren en Zweedse vlaggetjes. We drinken rare lightbiertjes, omdat je voor het sterke spul naar de staatsslijter moet. We laten de kinderen pizza's halen bij het hoofdgebouw, waar Patrick Swayze de lift aan het oefenen is met de zus van Ferris Bueller.

Vanmorgen zijn in alle vroegte ineens alle Zweedse en Duitse buren vertrokken.

'Het wordt lekker rustig hier om ons huisje,' zei mijn vriendin terwijl ze naar buiten keek, alsof ze verslag deed van de weersomstandigheden. Haar constatering bleef niet lang valide, want al snel kwamen er nieuwe autootjes de heuvel op en werden de huisjes ingenomen door nieuwe gezinnen.

'Shit,' zei ze bij het raam.

'Wat is er?' vroeg ik. 'Zijn ze tegen onze auto aan gereden?'

'Nee,' zei ze.

'Wat dan?'

'Kijk maar.'

Ik legde mijn boek weg en ging naast haar staan.

'Fuck,' zei ik.

Op de parkeerplaatsen naast de huisjes stonden vier auto's met gele kentekens.

'Kom helpeeeeeeen!' riep een kind tegen een ander kind in een zin die eindigde in een gebod en afsloot met een huilpartij.

'Daar gaat je anonimiteit,' zei mijn vriendin.

'Ach ja. Nou ja.'

'Niks aan te doen.'

'Ik weet nog dat ik vroeger ook al moeite had met Nederlanders op vakantie,' zei ik. 'Maar dat was toen nog aanstellerig en irrationeel. Ik was er zelf ook een, ik had in geen enkele zin recht op een eigen stuk buitenland, zeker niet als ik dat stuk buitenland op internet had gevonden. Maar nu...'

'Ja,' zei ze. En ze wist wat ik bedoelde.

Het duurde niet langer dan een paar uur voor mijn bescheiden angsten bewaarheid werden. Ik zat op het terras met mijn laptop op schoot. Het moment was al voorafgegaan door voorzichtige blikken en gegiechel.

'Jij was toch van Facebook af?' zei een vrouw terwijl ze mijn veranda op stapte, refererend aan een item uit *Zondag met Lubach*. Ze glimlachte breed. Ik glimlachte terug.

'Klopt,' zei ik en ik draaide mijn scherm naar haar toe, waar een tekstverwerkingsprogramma op te zien was. Zover was het dus gekomen: om mijn eigen potentiële hypocrisie te ontmantelen liet ik wildvreemden computerprogramma's zien.

'Fijne dag nog,' riep ze.

'Jij ook!'

En toen ze dacht dat ze buiten gehoorsafstand was, zei ze tegen haar puber: 'Heb jij wat te vertellen op school straks.'

Ik liep naar binnen en beklaagde me bij mijn vriendin. Ze mengde gespeeld medelijden met echt medelijden en knuffelde me.

'Wat nou als ze straks hier op de veranda staan met een fles wijn en vragen of we wat willen drinken?' vroeg ze.

'Ik moet er niet aan denken,' mopperde ik.

'Het zou goed voor je zijn als je dat gewoon een keer doet.'

'Hm.'

'Je moet het zo zien: je kunt het allemaal weer gebruiken voor een boek.'

'Zo graag wil ik nu ook weer niet schrijven.'

Het liep verder wel los. Bovendien had ik wel andere dingen om over na te denken. De gemoedelijkheid van de vakantie in Zweden werd licht overschaduwd door een besluit waar ik op aan het kauwen was. Ik had me voorgenomen om voor het eind van de week een knoop door te hakken. Net zoals Zweden ooit een grote rol had gespeeld toen ik wilde beginnen met *Zondag met Lubach*, speelt het weer een rol nu ik overweeg ermee te stoppen.

Derde dag. Het regent. De activiteiten voor kinderen vinden plaats in een grote tent.

'Wie gaat er mee naar een depressief winkelcentrum?' vroeg ik een paar uur eerder op een toon waar je wel enthousiast van moest worden. Iedereen wilde mee.

Ik kijk in de achteruitkijkspiegel naar de kinderen. De regen slaat op de voorruit. Het is alsof ik daar zelf op de achterbank zit. Alsof ik gedurende een autorit van jaren van hulpeloos schepsel zonder enig benul van wat dan ook ben veranderd in degene die ik nu ben geworden, degene die de auto bestuurt, verantwoordelijkheid neemt, maar die welbeschouwd nog steeds geen benul heeft. Het ging sneller dan ik ooit had kunnen denken.

Misschien is het grootste verschil dat ik inmiddels weet dat wij allemaal maar wat doen. Er bestaat van alles: de natuur, chemische reacties, het heelal, medemensen, dat alles is één en wordt geregeerd door chaos. Er bestaan verschillende benaderingen van het begrip 'chaos', maar zelfs als je gelooft dat de vrije wil niet bestaat, hoeft dat niet te betekenen dat alles a priori zin heeft.

Bij de *Dollar Store* – geen idee waarom dat hier zo heet, ze hebben hier kronen, geen euro's, laat staan dollars – kopen we meer onzin dan we nodig hebben.

'Hebben ze ook bluetoothspeakers?' vraagt mijn surrogaatdochter. 'Er is geen muziek in het huisje.'

'We kijken wel even in een andere winkel,' zeg ik. Daarna lopen we rond in Elgiganten waar ik een roze speakertje koop. De kinderen zijn druk en rennen de winkel rond.

Als ik er wat van wil zeggen zegt mijn vriendin: 'Zolang ze lachen is het goed.' Dat is samen met '*pick your battles*' misschien een van de meest functionele opvoedtips die ik heb geleerd. Veel meer dan een rigide stel regels afwerken, blijkt opvoeden een pragmatische oefening van wachten, negeren en optreden *on the fly*. Dat vind ik vaak lastiger dan zij. In mijn hoofd passen dingen in lades en kastjes. Zoals ik het koningshuis onredelijk vind vanwege het ondemocratische erfrecht, religie niet uit kan staan vanwege het wegwuiven van de noodzaak tot bewijslast, zo vind ik ook dat je niet nog een tweede toetje mag als er die ochtend is gezegd dat er die dag voor elk kind één toetje is.

We eten tussen de middag spaghetti in een restaurant dat aan de elektronicawinkel vastzit. Het restaurant lijkt nog het meest op een troosteloze Amerikaanse *diner*, maar op een paar Zweedse truckers en houthakkers na zijn we alleen. Nu pas blijkt waarom de kinderen zo druk waren in de elektronicazaak, want vanaf onze zitplaatsen zien we wat ze hebben gedaan: op alle iPads, computers, iPhones en andere tablets zijn de achtergrondschermen vervangen door hun hoofden met gekke bekken.

We moeten allemaal lachen.

'Respect,' zeg ik.

'*Thanks*,' zeggen ze. 'Mogen we nog een toetje?'

Ik betrap mezelf erop dat ik het wel leuk vind, deze rol. Als ik met andere ogen naar ons tafeltje kijk voel ik iets van trots. Het is misplaatste trots, tuurlijk, maar het is een ander soort misplaatste trots dan ik vroeger soms voelde. Dan was ik trots als ik een heel knappe vriendin had. Of alleen maar een afspraakje met een knap meisje. Dat mensen een café binnenkwamen en van haar naar mij keken en weer terug.

De mensen in het restaurant moeten nu denken: daar zit een man die kennelijk in staat is om te functioneren binnen een gezin, om troostende woorden te spreken als er iemand valt, om pleisters te plakken en grappen te maken waar kinderen om lachen. Nu voel ik trots voor mijn status als deel van een gezin.

Nog steeds volkomen onterecht: net als de schoonheid van het meisje zijn de functionerende kinderen niet mijn verdienste. Maar ik voel het wel.

De vakantie nadert haar einde. Ik heb hoofdzakelijk rondgehangen in en om het huisje. Op last van mijn fysiotherapeut en uit angst niet van die hernia af te komen ben ik zelfs hier blijven sporten. En dat terwijl ik er decennialang in ben geslaagd om elke vorm van excessief bewegen de kop in te drukken. Zij doet mee. Voor het park ontwaakt, rennen wij in onze sportpakjes langs het meer. Onze horloges vertellen hoelang we lopen, hoe ver en hoe hoog onze hartslag is. Tussendoor, als onze ademhaling het toelaat, praten we.

Ik ben iets verder in mijn besluitvorming. Beginnen met een groot project is moeilijk, maar stoppen is misschien nog wel lastiger.

'Hooguit twee reeksen,' had Maarten van Rossem gezegd toen ik hem tijdens een diner in het KRO-NCRV-gebouw vroeg hoelang hij *De Slimste Mens* zou doen. Het programma was nog niet op televisie geweest en niemand wist nog of het succesvol zou worden.

'Mijn inschatting is dat de mensen het niet langer met mij zullen volhouden,' zei hij. 'Misschien doen we er nog eentje. Dus doe je best maar, want als jij wint dan ga je de boeken in.'

Inmiddels is hij bezig met zijn vijftiende seizoen en weet niemand meer dat ik het eerste jaar won. De eerste maanden leverde de winst mij allerlei merkwaardige privileges op – zo stonden er voor een signeersessie bij de ingang van de winkel al bordjes met LAAT UW BOEK SIGNEREN DOOR DE SLIMSTE MENS TER WERELD, waardoor ik me afvroeg welke Nobelprijswinnaar er was opgetrommeld, om me een paar seconden later te realiseren dat ze mij bedoelden, en ik me bij de signeerstand voor het eerst in mijn carrière door een rij wachtenden moest wurmen, die net zo goed voor mijn medefinalist Jan Rot in de rij zouden zijn gaan staan.

Men zegt altijd dat het een kunst is om te stoppen op het hoogtepunt. Dat betekent dat je van een rijdende trein moet springen, omdat die trein elk moment kan gaan remmen. En in mijn geval is de remweg lang: als ik nu besluit te stoppen, moet ik nog een drietal reeksen uitdienen en is mijn laatste uitzending pas over anderhalf jaar. De angst is dan dat die trein ook nog twee keer zo hard had gekund, maar daar zit het 'm in: weten wanneer de trein niet harder kan. Als je je eenmaal van de trein stort en de berm in rolt, zul je nooit meer kunnen bewijzen dat je je hoogtepunt al bereikt had.

Schrijnender zijn de oudere vakgenoten die zeggen: 'Je wilt niet dat mensen gaan zeggen: "Dat kennen we nou wel"', terwijl iedereen, onder wie jijzelf, heel goed weet dat dat precies is wat al jaren aan de hand is.

Ik wil niet stoppen met comedy. Ik wil ook niet stoppen met televisie, maar ik denk dat de huidige vorm, dat ene half uur per week waarin – naast een paar actualiteiten – één groot thema centraal staat, tegen zijn grenzen aan loopt. Niet omdat we het niet meer zouden kunnen, maar omdat alles wat je in die vorm (man in pak achter desk doet nieuwslezer na en windt zich op met grapjes) brengt, hetzelfde gewicht krijgt. En er zijn nu eenmaal maar een beperkt aantal Heel Zware Onderwerpen die zich lenen voor twintig minuten boosheid en verontwaardiging. Wie zich net zo druk maakt over vrijheid van meningsuiting als over een paar gekkies met een belachelijk kookboek, smeert vanzelf het belangrijke onderwerp in met de onzinnige saus van het lichtere onderwerp. Daarom denk ik dat we verder moeten. Wel met grappen, wel over het nieuws, wel met mijn team, maar anders. Niet meer de vraag oproepen: waar gaat voorganger

Lubach deze week een kwartier lang aandacht aan besteden? Ik heb wildere plannen, die nog ambitieuzer zijn, waar plek is voor al het bovenstaande, maar waarvan de vorm minder zwaar voelt, en waar ik al zin in krijg als ik eraan denk.

Als alles goed gaat kan die trein pas echt hard.

We zitten weer op de boot. In een overvol buffetrestaurant heb ik gewacht met eten halen tot de massa zich naar de toetjes had verplaatst.

'Ja, ook BN'ers moeten in de rij staan,' zegt een Nederlandse man lachend, terwijl hij grote stukken dood varken op zijn bord schept. Alsof ik overal verkondig dat mensen die op televisie komen niet in rijen hoeven te staan en dat hij dat nu eindelijk eens recht kan zetten.

'Helaas,' zeg ik zo vrolijk mogelijk, maar hij lijkt het desalniettemin op te vatten als een bevestiging van zijn theorie: Arjen Lubach voelt zich te goed voor deze wereld.

We kijken naar buiten, de kinderen nemen net iets te veel ijs, maar het mag allemaal, want de vakantie is bijna afgelopen.

'Ik ga iets voor je kopen,' zeg ik na het eten tegen mijn vriendin. 'Ik heb nog kronen over.'

'Wat dan?'

'Kom,' zeg ik en we laten de kinderen achter bij de mascotte van de veerdienst, een dolfijn die Happy heet.

'Blijven jullie bij Happy,' zeg ik. 'Zolang-ie z'n pak aanhoudt kan er niks gebeuren.'

We lopen naar de taxfreewinkel in het schip, zo'n winkel als op Schiphol, maar hier staan de spullen vast in de schappen.

'Wat wil je?'

'Ik hoef niets.'

'De kronen moeten op.'

'Oké,' zegt ze. Ze denkt even na. 'Ik heb nog nooit een eigen geurtje gehad. Zo'n echte die bij me past.'

'Oké,' zeg ik en we proberen alle luchtjes uit, tot we geen verschil meer ruiken en er een wolk aan zoete kruidenbloemengeur om ons heen hangt. Verschillende exen komen voorbij.

'Die niet,' zeg ik soms stellig, zonder toelichting.

Er blijven twee geurtjes over die we allebei lekker vinden en die geen herinneringen oproepen.

'Deze,' zegt ze en we lopen naar de kassa. Vlak voor ons staat een forse Duitse vrouw. Als zij aan de beurt is, legt ze haar spullen op de lopende band: een slof sigaretten, een lelijke fluorescerende knuffel, een fles strohrum en tot slot hetzelfde geurtje als in ons mandje zit.

We kijken elkaar aan.

'Wacht,' zegt mijn vriendin en ze rent weg, mij in de rij achterlatend. Een minuut later komt ze terug met de andere optie.

'Zo wil ik niet ruiken,' fluistert ze.

Ik moet lachen en geef haar een knuffel. Ik knuffel haar het liefst in winkels, waarom weet ik niet.

Als we terugkomen bij de kinderen heeft Happy nog steeds dezelfde panische glimlach op zijn gezicht.

'Kom jongens, we gaan slapen.'

'Gatver,' zeggen ze in de hut. 'Jullie ruiken naar oma's.'

Terug op open zee. Geen land meer in zicht. Het begint langzaam donker te worden; diep onder ons de golven langs het schip en de constante dreun van de motoren, die één worden met de dreunen in mijn hoofd. De kinderen slapen op de uitklapbedden. Zij leest een boek. Ik lig op het bed en schrijf deze laatste woorden van onze Scandinavische zomer, zie de zon ondergaan. Hierna begint het allemaal weer: het wisselleven tussen Amsterdam en Friesland, de achtbaan die een televisieseizoen is, de regen die gaat vallen, de bladeren die los zullen komen en een tapijt over ons erf leggen, de dagen die weer korter worden.

Vanmorgen, onderweg naar de boot, zag ik ineens het bord met de plaatsnaam: de afslag naar het dorp dat jarenlang op de achterkant van haar enveloppen had gestaan. De plaats die ik in het begin, na mijn verblijf in het Franse klooster, uit mijn hoofd had geleerd en vaak had opgezocht, eerst in de Bosatlas, later op Google Maps en weer later op Streetview. Het was de plek waar ze volgens de meest recente e-mails nog steeds woonde. In gedachten zette ik mijn richtingaanwijzer aan en nam de afslag, ik reed naar haar huis en zou aanbellen om te laten zien wat er van mij was geworden en ik zou zien wat er van haar was geworden, maar niets aan alle aftakkingen van die fictieve mogelijkheid leek me leuk, interessant of zinnig. Voor wie dan ook. Alle fantasieën verloren het van de huidige realiteit. Ik keek naar rechts, naar mijn vriendin en in de spiegel naar de achterbank met slapende kinderen en was veel meer tevreden dan ik ooit voor mogelijk had gehouden toen ik twintig jaar geleden in de brandende zon in Taizé nog high van de nacht en een beetje geëmotioneerd bij die touringcar had gestaan, de klokken had horen beieren en het stiltemeisje weg zag rijden, van de stoffige heuvel af. Ik had me destijds veel verschillende voorstellingen gemaakt van het verre later, als ik de leeftijd die ik nu heb überhaupt al zou weten te bereiken, maar had nooit gedacht dat ik dit zou worden. Nu het eindelijk zover is, is alles ineens licht en helder, als iemand die voor het eerst diepte kan zien, als een nieuwe smaak die ik nog niet kende of een nieuw stuk muziek dat ik nog nooit had gehoord.

We zweefden de afslag naar haar woonplaats voorbij en in de verte zag ik het stadje liggen. Een kerk, wat buitenwijken met Zweedse laagbouw, omgeven door bossen en weilanden. Ik zwaaide kort. Ik kan niks voor je doen, dacht ik. *I hope you feel just fine / Wherever you may be / Whatever's in your way.*

VI
AMSTERDAM

Vervloekt, dat verontwaardiging en droefheid zoo vaak zich moeten kleeden in 't lappenpak van de satire! Vervloekt, dat een traan, om begrepen te worden, moet verzeld gaan van gegryns!

Multatuli, *Max Havelaar*

Mijn appartement in een van de drukste straten van Amsterdam is in de afgelopen vijftien jaar niet veel veranderd. De hoekbank die mijn broertje en ik er op een willekeurige dinsdagmiddag in het vorig decennium naar binnen hebben gesleept staat nog altijd tegen de enige kale muur van de woonkamer, en weliswaar kwam er wat variatie in boekenkasten, stoelen en eettafels, het grootste deel van de keuken, kozijnen, kapstokken, kisten, schilderijen, foto's en de krassen op de vloer is nog precies zoals toen we hier in 2004 naar binnen stapten en we voor een net te hoge huur onze handtekeningen zetten bij een huisbaas met wie we later ruzie kregen. Ik heb hier met vrienden gewoond, sommige hadden hun komst ver van tevoren aangekondigd, andere kwamen op een warme zomerdag langs met een koffer en vertrokken pas weer toen het winter was en we alle dvd-boxen *Star Trek: Voyager* en *The Next Generation* gezien hadden.

Ik heb hier samengewoond met Hiba, aan wie ik *Magnus* opdroeg. Toen zij verdween naar een nieuw leven als moeder en introk bij een man met een mutsje heb ik maar geen nieuwe huisgenoten meer gezocht.

Hannah was nog een tijd in mijn leven, en soms ook in dit huis. Ze won Gouden Kalveren, maar wij verloren elkaar.

Aan de overkant van mijn straat zijn alle winkels al een

keer of drie van bestemming gewisseld, van Chinees restaurant naar pannenkoekenhuis, van fietsverhuur naar bakker en weer terug naar een fietsverhuur waar je ook koffie kunt krijgen. Een kantoorboekhandel besloeg aanvankelijk vier winkelpanden maar kromp steeds verder, tot ze nog maar één winkeltje overhadden waar alle printers verdrietig op elkaar gestapeld tegen de muur stonden.

Stoepen werden opengemaakt en weer dichtgegooid. Tramrails werden vervangen, geslepen, omgelegd. De straat werd zo af en toe afgezet voor een filmset en daarvoor werden 's nachts lampen opgebouwd, die bij mij naar binnen schenen om te doen alsof het dag was. Drs. P schuifelde door de straat, met moeizame pasjes, maar altijd vrolijk groetend en bereid tot een praatje, tot ik op een dag in de krant las dat hij voorgoed uitgeschuifeld was. Zijn plaats op de stoep werd ingenomen door toeristen.

Toeristen waren er ook al toen ik hier kwam wonen, maar nu, in 2019, zijn het er drie keer zoveel. De trottoirs zijn een aanhoudende stroom van buitenlandse bezoekers geworden. Trage slakken met witte sportschoenen en luide stemmen die denken dat ze in een museum lopen.

Er is mij inmiddels zo vaak gevraagd waar het Anne Frank Huis is, dat ik op een gegeven moment niet eens meer de vraag afwachtte. Dat leverde heel vreemde gesprekken op:

– *Excuse me can I ask you something?*
– *Yes, it's behind the church, to your right.*
– *What? I'm looking for Anne Frank's-house.*
– *Behind the church, to your right.*
– *How did you know I was...?*

Voor het eind van die zin was ik alweer door, want mijn tempo ligt altijd hoger dan dat van de bezoekers. Ik dans tussen stromen toeristen, ik frogger tussen fietsers. Ik zigzag, spring in portieken of glij langs de muren (dat kan niet overal). In het begin ging ik nog vloekend mee in het lage tempo, maar al snel had ik door dat dat geen zin heeft. Alhoewel de toeristen voelen als één permanente ondefinieerbare massa, één samengeklonterd collectief of eigenlijk meer een groot reislustig monster, valt ze als geheel niks te leren. Ze zijn altijd weer nieuw. Heel lang had ik, als iemand vroeg waar het Anne Frank Huis was, de irrationele neiging om te verzuchten: 'Dat heb ik deze week al vier keer verteld. Let nou eens op!' Alsof alle toeristen hun informatie delen in een WhatsAppgroep. Gelukkig stond ik daarin niet alleen, want ik heb eens een oude Amsterdammer naar een toerist op een huurfiets horen roepen: '*How many times do I have to say it: no bikes on the stoep!*'

Op een paar minuten lopen zit het café waar ik vroeger vaak kwam. Het is een donker cafeetje in De 9 Straatjes en als ik al ooit iets van een stamkroeg heb gehad, dan zou dat het zijn. Ik kwam daar via een groep schrijvers. We hielden schrijversborrels, omdat schrijven zo'n eenzame bezigheid is. In de jaren na mijn debuut kwam ik minstens één keer per week in het café. We hadden allemaal onlangs gedebuteerd en grepen maar al te graag de gelegenheid aan om te klagen over verkoopcijfers, recensenten en het gebrek aan aandacht van onze uitgeverijen. De meesten schrijven nog steeds, soms drijft er weer eens iemand boven vanwege een publieks- of juryprijs, een talkshow of een relletje in de literaire wereld. Ik spreek ze zelden nog.

Op een gegeven moment verschenen er stukken over ons in blaadjes, literaire journalisten spraken over 'de nieuwe generatie' en hoe bijzonder het was dat we elkaar niet literair de hersenen insloegen, maar dat we juist ongeacht stijl, uitgever, successen, leeftijd, geaardheid of geslacht een gemene deler hadden gevonden: het verlangen om te willen schrijven. Dat was onvoorstelbaar, want schrijvers zouden elkaar moeten haten en moeten afmaken in polemieken en op boekenbals. Wij vonden elkaar gewoon wel aardig, alhoewel we ons eigen werk ongetwijfeld een stuk beter vonden dan dat van de anderen, maar dat hoort nu eenmaal zo.

Al snel na die artikelen kwamen er nog meer schrijvers naar de avondjes, die niet werden weggestuurd maar die ook niet per se waren uitgenodigd. De scheidslijn tussen stamgast en schrijversgroep werd steeds kleiner. Soms hoorde je over schrijvers die er inmiddels vier keer per week zaten. Dan kwam je binnen en vroegen ze nonchalant: 'O, is het clubje vanavond?' terwijl datgene wat ze 'het clubje' noemden überhaupt de reden was dat ze daar waren gaan zitten. Na verloop van tijd leken zelfs de vaste cafébezoekers meer bij de schrijversgroep te horen dan ik.

Ik houd nog altijd van Amsterdam. Op zondagochtenden loop ik van mijn appartement naar het theater waar we *Zondag met Lubach* opnemen, en dan is er niemand op straat. Na de knik in de gracht, met uitzicht helemaal tot de Vijzelgracht, valt het ochtendlicht onvoorstelbaar mooi op alle panden. Het blijft een krankzinnig idee dat er vrijwel niks lijkt te zijn veranderd sinds 1672, toen Gerrit Berckheyde de huizen vastlegde op schilderijen waarop een deel nog in aanbouw is en er soms, als in een wisselend melkgebit, nog een plaatsje over is tussen twee grachtenpanden. Nu staan er auto's voor en fietsen en elektrische lantaarnpalen, maar de gebouwen zijn statische reuzen, die al eeuwen getuige zijn van zowel vooruitgang als achteruitgang. Ze moeten flink in de war zijn.

Mijn appartement ligt niet aan de gracht, maar in een tussenstraat en is wat minder monumentaal. Het stoort me dat het na al die jaren het museum van mijn jeugd is geworden. Ik vind dat een verdrietige gedachte, en aan verdrietige gedachten doe ik bij voorkeur iets. Dat past bij mijn naïeve maakbareleveninstelling, een surrogaat voor religie waarbij je jezelf minder vaak voor de gek hoeft te houden.

Na een lange periode in Friesland ben ik nu weer een paar dagen terug in de stad, met een missie. Mijn vriendin en ik hebben alles in dozen gedaan. Van boeken tot kleren tot halfvoltooide manuscripten, spelcomputers, dvd's, foto's en een krankzinnige hoeveelheid spullen in de categorie: die shit had je tien jaar geleden al weg moeten gooien. Alles is ingepakt of staat bij het vuilnis. Niet dat ik hier voorgoed wegga, ik blijf een groot deel van het jaar in Amsterdam werken, maar er was een vreemde verzameling relikwieën ontstaan, spullen die hoorden bij andere relaties, huisgenoten en dromen.

'Ik heb ook echt nog lades met oude schoolagenda's en zo,' zei ik terwijl we een lamp in de vorm van een gans van een kast trokken.

'O ja leuk, dat soort spullen heb ik ook bewaard,' zei ze, terwijl ze met haar vuist een verhuisdoos ruimtelijk sloeg. 'Schoolspullen en oude rapporten en zo, heb ik allemaal in een doos op zolder.'

'Nee,' zei ik. 'Je begrijpt het niet. Ik heb die dingen niet bewust opgeslagen. Ik héb gewoon dat ladeblok nog. En daarin zitten nog altijd de dingen die ik er twintig jaar geleden in heb gestopt. Niet om te bewaren, maar om te gebruiken.'

Ze keek me verbouwereerd aan, alsof ze toen pas de ernst van de situatie inzag.

‘Je weet toch nooit wanneer je een halflege schoolagenda uit 1997 nodig hebt?’ zei ik.

‘Dat is ook zo, schatje.’

Over een paar weken beginnen de voorbereidingen van mijn televisieprogramma. In die periode onderzoeken we mogelijke onderwerpen en schrijven we al lapjes van verhalen die we later aan elkaar proberen te naaien, zonder de moordende deadline die in de uitzendweken over de werkdagen ligt. Op deze manier haalt het wat druk van de ketel als we eenmaal op de rit zijn. In de weken dat we op televisie zijn word ik niet alleen voortgestuwd door mijn hartslag en ademhaling, maar ook door de klok die aftelt tot zondag. Op woensdag is er vaak nog bijna niks, op zondag moet ik een half uur lang grappen maken die inhoudelijk ook nog eens ergens op slaan. Bij boeken of muziek kan ik iets van tijd tot tijd even laten rusten en daarna van een afstandje kijken hoe het erbij ligt. Daar is geen tijd voor in de weken dat *Zondag met Lubach* op televisie is. We beuken door, in vaste ritmes en patronen, zodat niemand gek wordt. Als er bij ons op het productiekantoor ook een ander programma wordt gemaakt dan kost het ons hele team een paar weken om te wennen aan nieuwe geluiden of stemmen. Niet omdat we de nieuwe collega’s niet uit kunnen staan, maar omdat het de *Zondag met Lubach*-machine beïnvloedt. Het vergt enige aanpassingen om de radertjes en schroeven zo te draaien dat alles weer gesmeerd loopt. Het zal wel validisme zijn om het zo te omschrijven, maar we zijn collectief autistisch.

Voorlopig ligt de fabriek nog even stil en sorteer ik mijn leven in mijn appartement. Zo af en toe houdt mijn vriendin iets omhoog en vraagt of het weg mag. Als ik te lang aarzel, dan verdwijnt het in een vuilniszak.

'Deze map met teksten?'

'Eh...'

'Vijf... vier... drie...'

'Houden!'

'Waarom?'

'Oké, gooi maar weg.'

Ze bladert door tijdschriften waar we samen in staan.

'Ik word altijd alleen maar samen met jou genoemd.'

'Wat?'

'Arjen Lubach en vriendin.'

Ze houdt een pagina omhoog, een foto van ons in een avondjurk en smoking, een paar jaar geleden.

'Sorry.'

'Ik heb zelf twee romans geschreven, maar als ze een foto van ons publiceren op het Boekenbal, dan staat er "partner van Arjen Lubach".'

'Sorry.'

'Het geeft niet. Maar ik ben wel een beetje de snor van iemand die ook een baard heeft.'

'Wat?'

Ze legt het tijdschrift in een doos.

'Nou, als iemand een baard heeft, dan gaat het nooit meer over de snor. Jij hebt al tien jaar een snor, maar omdat je ook een baard hebt, zegt niemand: "Arjen Lubach, dat is die gast met die snor."'

'Ja...'

'Terwijl: als je alleen een snor hebt, dan heb je echt een snor. Maar die heb jij dus ook. Al jaren!'

'En jij bent mijn snor?'

'Ja, en jij de baard.'

Aan het eind van de eerste dag gaat ze naar haar huis. Ik blijf over, te midden van de rommel, alsof ik onderdeel ben van de troep. Alsof ik ternauwernood haar selectieproces heb overleefd en ik op het nippertje, tijdens het aftellen, ben gered.

Nu zit ik in een designstoel op de bovenste verdieping van het Bungehuis, ooit een universiteitsgebouw, maar nu een exclusieve club voor leden. Ik probeer twee keer een koffie te bestellen, tot ik me realiseer dat de serveerster alleen maar Engels spreekt. Als ik een praatje probeer aan te knopen om te achterhalen waar ze vandaan komt, veinst ze kort wat interesse en verdwijnt weer. Ik kijk uit over de stad en in de verte zie ik mijn eigen huis. Dat kan niet de bedoeling zijn, denk ik.

'*Home away from home*' is de slogan van de club, maar in mijn geval is het dus eerder '*Home very close to your own home*'.

Ik heb afgesproken met een vriend, maar hij is er nog niet. Tot die tijd verspil ik mijn minuten online. Eerst op nieuwssites, maar dan raak ik toch weer verstrikt in de fuiken die de techneuten van Twitter en Instagram voor me hebben uitgezet. Social media is een misvormde engel, denk ik, ooit vol belofte, maar nu een zee van bits, een Lorelei op een rots die je altijd verleidt om langs te varen, aan te meren en jezelf te laten beroven.

Steeds vaker kom ik tot de conclusie dat social media niet alleen wat onprettige bijwerkingen hebben, maar dat het systeem in de basis corrupt is. Niet zozeer omdat het door kwaadaardige krachten is ontworpen, als wel omdat het uitgangspunt niks meer te maken heeft met wat het is geworden. Wat ooit bedoeld was als open platform, met kleine microblogjes over wat je doet en wat je bezighoudt, is verworden tot een loopgravenoorlog vol valse informatie. Er vallen op het eerste gezicht maar weinig doden of gewonden, maar als je nuance ook tot de slachtoffers rekent is het een desastreuze ontwikkeling die hele samenlevingen kan ontwrichten.

Toen de like-, retweet- en deelbuttons werden toegevoegd, werd alles wat particulier was publiek. Had je vroeger een boos gesprek met de buurman over de heg, nu is het voor iedereen mogelijk om dat gesprek te volgen, delen, of eraan deel te nemen. Moest je vroeger moeite doen om gelijkgestemden van een eng clubje te ontmoeten (in een blaadje lezen waar het was, een postkaart sturen om je aan te melden, de wekker zetten, je overhemd strijken, de trein naar Amersfoort nemen), en had je eigenlijk geen zin meer voor je goed en wel je reis had gepland, nu druk je nog voor je eerste koffie op een knop.

De vraag of social media nog waarde hebben is lastig te beantwoorden en hangt vooral samen met de vraag wie je bent. Voor degenen die iets creëren en het publiek willen laten weten dat er nieuw werk is, kan het heel handig zijn. Wie met grote regelmaat grappige ingevingen heeft, maar op een accountantskantoor werkt waar niemand zijn vorm van humor waardeert, kan zijn tijdlijn gebruiken als podium. Degene die zich elke dag wil laven aan de meest stompzinnige beweringen, vaak gepaard gaand met onverholen racisme, seksisme en haat, doet er goed aan zo veel mogelijk Twitter te lezen.

Behalve voor degenen die Twitter als nieuwsbrief beschouwen is het vooral een scharrige sporthal, vol met een paar duizend schreeuwende ruziezoekers die denken dat ze in het centrum van de wereld staan, terwijl de gemiddelde mens die sporthal nooit bezoekt. Of hooguit langsrijdt om zich van een afstand te vermaken. Er zijn ook journalisten die denken dat het rumoer in de hal het leven zelf is.

Het is bij uitstek de plek waar schreeuwers zonder publiek komen, om een podium te vinden bij gelijkgestemden. Ook mainstreammediaroepers van weleer komen bij gebrek aan platform soms uit bij Twitter, om te brullen alsof ze nog steeds dat ene televisieprogramma bestieren. Deze roepers hebben de vreemde eigenschap dat ze leven op aandacht. Ze roepen iets wat niet klopt en gaan dan wachten op reactie. Het maakt niet uit of je ze tegenspreekt of toejuicht, zolang de aandacht maar blijft stromen. Je zou zeggen dat het niet schenken van aandacht de beste remedie is, maar als je ze negeert, is er niemand die ze tegenspreekt en dan blijft de leugen bestaan. Voor de trol is bijna elke publieke leugen een win-winsituatie, wat er ook gebeurt.

Het meest bezopen van alles is dat ik een paar keer per dag vrijwillig naar die sporthal ga. Dan heb ik iets met veel zorg en aandacht gemaakt, alleen of samen met de grappigste en slimste denkers die ik ken, en weet ik dat er meer dan een miljoen mensen plezier aan hebben beleefd en zou het het beste zijn om dat weer vrij te laten en door te gaan met iets nieuws. Maar wat doe ik? Ik stap in mijn auto en rijd naar die gare sporthal om de deur open te gooien en actief te kijken wat de zwakzinnige meute op dat moment over mij te schreeuwen heeft. Soms zijn er lieve, fluisterende berichtjes of zelfs luide gelijkgestemden, die toevallig ook in die sporthal rondlopen en die zeggen: 'Hé kijk, daar is Arjen Lubach, ik kijk met veel plezier naar wat je maakt', maar al snel worden die aan de kant geduwd en zelfs verdrukt door de raaskallende, niet te volgen mafkezen die beginnen te brullen alsof Adolf Hitler de sporthal is binnengekomen. Anderen zeggen dan: 'Ja, wat die ene gast zonder gezicht zegt, dat vind ik ook.' En weer anderen gaan dan meeroepen.

Op een gegeven moment verlaat ik de sporthal, je zou denken omdat ik me realiseer dat ik daar niks te zoeken heb, maar nee, nog geen twee uur later loop ik, volkomen helder en bij zinnen, weer diezelfde sporthal in. Om vervolgens dezelfde drek over me heen te laten storten.

Dit is het grootste mysterie in mijn publieke bestaan.

Mijn afspraak is er. Hij is een van mijn vertrouwelingen, iemand die ik mee wil nemen van oude avonturen naar nieuwe. De allereerste afleveringen van *Zondag met Lubach* schreven we nog met z'n vieren: Tex, Jonathan, Diederik en ik. Sindsdien is er veel veranderd. Ons team is gegroeid, zij hebben alle drie kinderen gekregen en we maken minder vaak dagen van negen uur 's ochtends tot elf uur 's avonds, zoals het eerste jaar gebruikelijk was.

'Ik wil stoppen,' zeg ik nadat hij is gaan zitten. 'En daarna door met iets nieuws. Met jullie.'

'Dat lijkt me een goed idee,' antwoordt Tex zonder twijfelen.

Het is warm in de stad, hier blaast de airconditioning.

'Ja?'

Ik verbaas me erover hoe snel hij het met me eens is. Alsof hij dat eigenlijk ook al vond.

Hij bestelt een koffie in het Engels.

'Als jij het zo voelt, dan is het al besloten,' zegt hij.

Hij heeft gelijk, denk ik.

'Ik wil ook niet dat mensen gaan schrijven dat de glans

er wel een beetje vanaf is,' zeg ik. Ik wijs op mijn telefoon, waarin de mensen wonen, in apps, mentions en pushberichten, klaar om mij een bepaalde kant op te sturen.

'Heb je nooit last van al het commentaar?' vraagt hij. 'Ben je daar niet een keer klaar mee?'

Ik denk even na. 'Nee, heel soms, maar alleen als het echt onredelijk is en iemand een groot platform heeft.'

Het kan me oprecht niks schelen dat mensen me links of rechts noemen. Het kan me niet schelen dat mensen denken dat 'het eerste seizoen nog wel grappig en scherp was', terwijl het waarschijnlijk zelfs wetenschappelijk is aan te tonen dat ik het eerste seizoen een schim was van wat we later hebben weten te maken. Ook als mensen niet om mij kunnen lachen of zich storen aan mijn stemgeluid, vind ik dat allemaal prima. Zelfs de valse beschuldigingen over draaien of liegen of verkeerd gebruik van cijfers kan ik nog wel hebben, omdat ik weet hoe het echt zit, hoeveel research er aan onze stukken vooraf is gegaan en welke keuzes we hebben gemaakt om te komen tot het verhaal dat we wilden vertellen.

Pas vervelend wordt het als mensen denken dat ik grappen maak die kunnen kwetsen omwille van het kwetsen. Alsof ik moedwillig kwaadwillende bedoelingen heb die onschuldige mensen kunnen raken. Als mensen in hun analyses voorbijgaan aan de zorgvuldigheid waarmee wij onze verhalen schrijven en als ze lijken te denken dat er elke week een aap met een typemachine, naast zijn werk als Shakespeare-epigoon, ook een aflevering *Zondag met Lubach* uit gooit. Als ze het programma 'harteloos' noemen, terwijl er zoveel hart in zit.

Ik lees steeds minder. Het is doodzonde van alle spitsvondige tweets en interessante links naar artikelen die mij nu niet ter oge komen, maar het weegt niet meer op. Voor elk interessant artikel moet ik vijf keer door een nulvolgers-account heen dat me verwijt dat ik, met publiek geld en geld van de EU, over de rug van de gewone mens de elite in het zadel houd onder het mom van satire. Of dat ik een gek hoofd heb – wat vast zo is. Of een irritante stem – wat zeker zo is.

Mijn vriendin leest soms wel wat. Als zij in Amsterdam zit en ik in Friesland stuurt ze screenshots door waarin ik met verkapte bewoordingen bedreigd word. Daar wordt ze verdrietig van.

'Je moet al die shit niet lezen,' zeg ik dan.

'Oké.'

Dan is ze een tijdje stil.

'Wat doe je nu?' vraag ik.

'Ik lees een boek.'

'Word ik daarin ook bedreigd?'

Het wordt steeds drukker in het Bungehuis. Een legostad met trapgeveltjes ligt onder ons. De wolkenfabriek aan de Hemweg doet haar werk. We praten nog wat over de toekomst. Ik geef toe dat het onzeker voelt om te stoppen met iets wat zo goed gaat en weer iets nieuws te proberen, maar ik heb nog nooit iets bereikt door me te laten leiden door onzekerheden. Over een sloot springen is alleen leuk als je denkt dat het net te ver is.

Ik ruim nog wat dingen op in mijn appartement. Met stickers geef ik aan wat mag blijven, wat weg mag en wat naar een opslag gaat. Eerste drukken van oude boeken, oorkondes, memorabilia waar ik nooit naar kijk, maar die ik ook niet langer verloren in een pied-à-terre wil laten staan.

Ik vind een stapel oude interviews in een doos. Het is een soort gokken met je imago, in de hoop dat er iets tussen zit waarvan je denkt: die persoon die daar, in dat interview, wordt geschetst is een schim van wie ik eigenlijk ben. Als je mazzel hebt. Ze zijn er wel natuurlijk, de goede interviewers: interviewers die luisteren en op zoek zijn naar iets wat nog niemand heeft gehoord, en die er niet op uit zijn om te scoren met jouw vreemde uitspraken.

Laatst mailde iemand met een verzoek en toen ik dat interview afwees, schreef hij: 'Maar ik ben gewoon een keer benieuwd hoe jij aankijkt tegen jouw rol in het maatschappelijke debat, heb je met *Zondag met Lubach* niet ook journalistieke verantwoording af te leggen?'

Ik heb hem daarna vier oude interviews gestuurd, met de antwoorden die ik eerder heb gegeven op precies dezelfde vraag. Dat betekent overigens niet dat het onderwerp mij niet bezighoudt.

Waar ik misschien nog het meest tegenaan loop, is in hoeverre ik het wantrouwen in de politiek voed. Satire is wat mij betreft de vierde ring in de democratische hiërarchie. In het centrum heb je de machthebbers ('Wij gaan heel veel geld uitgeven aan belastingvoordeel voor bedrijven'), daaromheen de oppositie ('Wij vinden dat jullie te veel geld gaan uitgeven aan het belastingvoordeel voor bedrijven'), dan de pers ('Wij controleren of het klopt dat er te veel geld aan het belastingvoordeel voor bedrijven wordt uitgegeven en informeren de mensen') en uiteindelijk de grapjassen die ervoor zouden moeten zorgen dat niks onschendbaar wordt ('Hier een grappige montage van degene die belastingvoordeel voor bedrijven wil invoeren, want vorig jaar zei hij nog wat anders, en kijk: hij lijkt op een mal dier').

Satire ontheiligt en laat zien dat niemand daar immuun voor is. Zo af en toe moeten de machthebbers (met reden) worden neergezet als mensen die fouten maken, die dubbele agenda's hebben of onvoldoende op de hoogte zijn van wat er speelt. Dat is een gezonde kritische functie van satire. In een extreem geval kan de incompetentie van een individuele politicus leiden tot een nog hardere aanpak, maar dat is eerder uitzondering dan regel.

Tegenwoordig is er – vooral dankzij de giftige online sociale netwerken – een steeds sterker beeld van een corrupt en onbetrouwbaar machtssysteem ontstaan. Het beeld van de bestuurlijke laag die het slechtste met het volk voorheeft. Ook al zie ik de argumenten wel, ik geloof ze niet. Onze democratie is misschien wel de meest toegankelijke ter wereld. Wie vandaag de geest krijgt en genoeg gelijkgestemden achter zich heeft, kan over vier jaar in de Kamer of regering zitten, zelfs als iemand afwijkt of in de basis incapabel blijkt. Het bewijs daarvoor is elke dag in de Kamer te zien.

Op de gangbare politieke route naar de macht in de vrije westerse democratieën, zeker die met een meerpartijenstelsel, staan geen door de 'elite' geplaatste obstakels in de weg, anders dan de gezonde – en incidenteel wat ongezondere – concurrentie die iedereen altijd zal tegenkomen op een politiek strijdtoneel.

Onze politici zijn misschien verre van perfect en regelmatig aantoonbaar onhandig, onnozel of stout, maar in beginsel niet collectief onbetrouwbaar. Of de machthebbers nu jouw politieke kleur vertegenwoordigen of niet, de regeringen die wij de laatste decennia hebben gekend, hebben geen grootse geheime plannen gehad om het volk te onderdrukken, machthebbers te verrijken, de media te beïnvloeden (anders dan met ronkende persberichtjes waar niemand in hoeft te trappen) en ons monddood te maken. Het zijn geen dictators in de dop.

Toch is dat het beeld dat in een bepaalde laag van de samenleving wordt gevoed: dat er een groot snood masterplan ligt met als doel de mensen dom en onwetend te houden en de elite te verrijken. Deze collectieve paranoia querulans is niet alleen nogal besmettelijk, maar wordt ook nog eens dag in dag uit gevoed door weblogs, fora, 'nieuws'-sites en YouTubekanalen. Internetplatforms die overigens niet eens per se als motief hebben om dit gedachtengoed te verspreiden, maar waarvan een groot deel alleen maar op maximaal effectbejag en winst staat afgesteld – resulterend in een beloningssysteem voor alles wat sensatie teweegbrengt. Of dat nu leugens zijn of niet.

Nu is het probleem dat de televisiecomedy in *Zondag met Lubach* soms de schijn heeft van dat wantrouwen. Gelukkig komt het meeste van wat ik maak terecht bij mensen die snappen dat het erbij hoort, dat we kunnen lachen om alles en iedereen, dat dat noodzakelijk is en vermakelijk kan zijn, maar er zullen ook altijd mensen zijn die de bevestiging zien van hun gelijk: dat de politiek een ondoordringbare, corrupte en elitaire boevenbende is. Want Arjen Lubach liet toch zien dat ze fout op fout maken? Net als de websites die dat dag in dag uit rondpompen, die zich zo af en toe ook beroepen op satire, maar waarop zelfs met de beste wil van de wereld na veertien keer lezen vaak geen grap valt te bekennen.

Vorig jaar had ik veel sms-contact met een autodealer, die mij na de aanschaf van een auto berichten bleef sturen.

'Wij denken precies hetzelfde,' liet hij weten na een

uitzending waarin ik weer eens grapjes had gemaakt over Rutte.

'O ja?' typte ik terug.

'Ja, allemaal boeven. Allemaal afvoeren en in het gevang gooien. Klootzakken.'

Ik schreef terug dat dat niet was wat ik vond.

De autodealer typte lachsmileys terug, alsof dat nog mijn beste grap was: dat ik deed alsof ik vond dat onze premier NIET in het gevang zou moeten worden gegooid. Ik begon een antwoord terug te tikken, dat ik het weliswaar stom vond wat Rutte die week had gezegd of gedaan, maar dat ik hem geen boef vond maar een – zo af en toe blunderende – beroepspoliticus die net als zijn collega's in principe het beste met het land voorheeft. Uiteindelijk heb ik al mijn tekst weer gewist en twee emoji's teruggestuurd: die van een knipogende smiley en een danser in een paars pak. Dat leek me in alle opzichten het beste.

Het vreemdst is nog de paradox die de argwanende paranoïde mens niet lijkt te willen zien: dat hetgeen wat ze zo vrezen – die corrupte bestuurlijke elite die de vrijheden van de gewone mens af wil nemen – juist door diezelfde wantrouwenden in het zadel wordt geholpen. Wie kijkt naar Hongarije, ziet wat er gebeurt als de populisten aan de macht komen. Viktor Orbán bezwoer het Hongaarse volk korte metten te zullen maken met de zittende macht, maar toen hij eenmaal zelf aan het roer stond werd meteen een handjevol vrijheden op het gebied van media, rechtspraak en democratie vervormd, met als resultaat dat de gewone Hongaar die altijd zo argwanend was nu pas écht een reden heeft om dat te zijn: die enge totalitaire staat is een stuk dichterbij gekomen. Niet ondanks hun grote redder, maar dankzij.

Gezonde democratieën moeten we daarom niet laten uithollen. Controle en kritiek op overheden vormen het fundament van een vrije democratie, dus geen enkele politicus of partij heeft recht op onschendbaarheid, maar de democratie als staatsvorm verdient bescherming.

Hoe ik misinterpretatie van onze satire kan voorkomen weet ik niet. Misschien lukt dat wel nooit en is het gewoon aan de kijker en zijn verstand om te beoordelen of *Zondag met Lubach* een poging is om een staatsgreep te beramen of om gezonde kritiek te hebben op een overheid.

In het geval van het eerste zou dat wellicht een unicum zijn in de wereldgeschiedenis: een met publiek geld ondersteunde staatsgreep, en derhalve het overwegen waard.

Ik heb niks te eten in huis, dus loop ik naar buiten om binnen nu en drie minuten mijn maag te vullen. In Friesland werkt dat anders, dan moet je een ritje naar een supermarkt plannen, maar hier niet, op deze plek wordt meer eten gemaakt, verkocht en weggegooid dan waar dan ook in het land.

De straat is druk. Terwijl ik toeristen ontwijk en voor auto's wegsprint zitten de populisten die het opgewarmde wantrouwen verkopen als briljante politieke strategieën nog in mijn hoofd. Want dat is deel van het probleem, denk ik als ik de brug bij de Keizersgracht oversteek: het wantrouwen is geen politiek standpunt, noch een wereldvisie, terwijl het wel zo wordt gepresenteerd. Het wantrouwen is een waan, waarin alles zich voegt naar het drogbeeld. Dat ik dit nu opschrijf maakt mij automatisch verdacht, omdat ik probeer de 'kritische' onderdrukte argwanende burgers een fantasie aan te praten die ze in hun ogen uiteraard niet hebben.

In een supermarkt pak ik een fles spa rood, wat appels en

een reep pure chocolade. Dat is ook anders dan eerst, lach ik mijzelf uit. Vijftien jaar geleden kocht ik bij een gemiddeld bezoekje aan precies deze supermarkt een sixpack bier, een zak M&M's, ontbijtspek en een pakje Marlboro.

'Fijne middag,' zegt de caissière en achter haar, in een andere rij, steekt een man breed grijnzend een duim naar mij op.

'Snel verkiezingen!' roept hij. 'Ga zo door!'

Buiten neem ik een hap van een appel. De wantrouwende medemens verdient niet onze haat, maar ons medelijden.

Ik vind dat ik genoeg heb opgeruimd voor vandaag en ik loop naar de redactie van *Zondag met Lubach*. Er is nog niemand aan het werk, zelfs de nieuwe tafeltennistafel, die ik had gekocht toen het team tijdens mijn theaterafwezigheid een ander programma ging maken, staat er verlaten bij. Als we aan het werk zijn, is dat onze uitlaatklep. Er zijn eigenlijk maar drie modi: werken, eten en tafeltennissen. We spelen het zoveel dat toen ik tijdens de zomervakantie diep in de Zweedse bossen in korte broek een potje tafeltennis speelde, ik dacht: dit voelt toch te veel als werk.

'Je moet die Duitsers even terugbellen,' zegt uitvoerend producent Pieter als hij binnenkomt.

'Welke?' zeg ik.

'Die redacteur van Böhmermann,' zegt hij. 'De Duitsers willen een spel met je spelen.'

'Typisch,' zeg ik.

Nadat ik in het Rockefeller Center was ontboden bij Seth Meyers zou ik ook te gast zijn bij mijn Duitse collega Jan Böhmermann, in zijn studio in Keulen.

‘Ik las net nog iets over hem in het nieuws,’ zeg ik tegen Pieter. ‘Böhmermann. Hij gaat de politiek in.’

‘Ja,’ antwoordt Pieter. ‘Is dat nou een grap?’

‘Ik ben bang van niet.’

Jan Böhmermann heeft een vergelijkbaar programma op ZDFneo – zeg maar de NPO3 van Duitsland – ware het niet dat hij veel meer budget en een gigantische bigband heeft. We leerden elkaar kennen toen hij besloot ons ‘Netherlands Second’-filmpje te parodiëren, iets wat ik zelf niet zo snel zou hebben gedaan: andermans comedy hergebruiken, maar hij had geen scrupules en na hem volgden anderen over de hele wereld. De hype had hij goed ingeschat, de vraag of comedy recyclebaar is in mijn ogen wat minder.

Hij is ook degene die het in een spottend gedicht durfde op te nemen tegen de Turkse president Erdoğan (of eigenlijk tegen de Duitse wetten die de vrijheid van meningsuiting inperken als het gaat om belediging van een bevriend staatshoofd). Dat vond ik dan nog wel een inspirerende daad, maar zijn nieuwste stunt, politieke ambitie tonen, kan ik moeilijk volgen.

Hij wil voorzitter worden van de SPD, Sozialdemokratische Partei Deutschlands, zeg maar de Duitse PvdA. Eerst leek het er inderdaad op dat het een grap was, maar voor een grap duurt het al best wel lang, waardoor de inlossing van de grap eigenlijk geen waarde meer heeft. Zoals een 1 aprilgrap waarbij je al twaalf keer hebt gevraagd: ‘Je maakt toch geen grap hè?’ en als je dan zuchtend naar de zolder loopt om te zien of er echt een nest puppy’s is de grappenmaker hard lachend ‘1 april’ brult.

Mij is ook vaak gevraagd of ik de politiek in zou willen. Ik begrijp de vraag wel, en als ik dieper graaf snap ik Böhmermanns ambitie misschien ook nog wel, maar ik denk dat

dat verlangen van mijn kijkers – en dat van hem – op een misverstand berust. Zij willen niet echt dat ik de politiek in ga. Niet alleen heb je veel meer aan een clown die alles mag roepen wat hem te binnen schiet, maar ik zou nooit durven pretenderen dat ik overal een antwoord op heb, zoals het een politicus betaamt. Die moet met een blind vertrouwen zijn ambities voor een land kunnen declameren.

Dat is meteen ook de vreemde spagaat van de politicus. In wezen is hij dus een soort gelovige, iemand die zonder twijfel laat zien dat hij weet waar het met deze wereld naartoe zou moeten gaan, maar het volk heeft in werkelijkheid meer aan iemand die twijfelt en die blijft zoeken naar waarheden, ook als dat betekent dat je eeuwig zoekende bent. Het wezen van de politicus is in zichzelf een catch 22: of hij geeft schuchter toe dat we nooit zeker kunnen weten hoe de wereld er morgen uit zal zien, en verliest hiermee zijn aansprekende, vertrouwenwekkende imago, of hij is de charismatische alweter die hordes op de been krijgt en zelf is gaan geloven in zijn visionaire fabels, maar die stiekem ook wel weet dat het onzekere leugens zijn die hij als waarheden verkoopt. Daarom is Baudet geen intellectueel meer.

Met gevaar te klinken als Youp van 't Hek: nog één keer loop ik langs de schrijverskroeg van vroeger. Ik ben er al tijden niet geweest, was eigenlijk niet van plan om naar binnen te gaan, maar een van de stamgasten roept me. Toen was hij al een wat oudere man, niemand wist precies waar hij vandaan kwam. Hij had een bril, droeg altijd ongestreken overhemden en had een onredelijke hekel aan Murakami.

'Of ben je daar te groot voor nu?' vraagt hij. Ik kan me

niet aan de indruk onttrekken dat hij nooit naar huis is gegaan, sinds de laatste keer dat ik hier was.

Ik lach om zijn opmerking, maar ik merk aan alles dat hij echt denkt dat ik me nu te goed zou voelen om in een kroeg te zitten en een avond weg te gooien. Misschien heeft hij wel gelijk.

'Niet te groot,' zeg ik. 'Maar zijn we niet allemaal andere mensen dan vroeger?'

'Ik niet,' zegt hij en hij lacht om zichzelf. Toch zie ik kleine tekenen des tijds: diepere ogen, grovere lijnen in zijn gezicht, een grotere buik en gelere tanden. Al die tijd dat ik zocht of er elders iets te halen viel, zat hij hier aan de bar.

'Hoe gaat het met je klimaatshow?'

'Wat?'

'Nou jouw tv-show, *Lubach op Zondag*, volgens mij gaat de helft van alle onderwerpen over de klimaathysterie.'

'De *helft* is zwaar overdreven,' antwoord ik. 'Maar het gaat er wel regelmatig over ja. Omdat het er in de wereld over gaat. Mijn programma gaat over wat er speelt. En dit speelt.'

'Door jou ja.'

Ik moet lachen. Het is het gevolg van een groot publiek. We zijn met ons programma steeds meer opgeschoven van reactief naar actief. Niet zelden lijkt het alsof we agenderend zijn, terwijl we toch echt verhalen vertellen die we niet uit onze duim zuigen. Parasitaire comedy noem ik het soms gekscherend, want zonder andere bronnen kunnen onze verhalen niet worden verteld, alhoewel ik ook weer niet de indruk wil wekken dat we onze bronnen verzwakt achterlaten.

Het doet me denken aan wat mijn vriendin me laatst vroeg: 'Is een haardvuur gezellig omdat het ons herinnert aan gezellige momenten toen er een vuur brandde? Of steken we een vuur aan op het moment dat we het gezellig willen hebben?'

'Dat weet ik niet,' had ik geantwoord. Want ik wist het niet.

De stamgast is opgestaan en naar de wc gestommeld. In mijn hoofd tel ik de klimaatonderwerpen van de laatste jaren. Het valt wel mee, denk ik. Het is maar waar je op let. Je zou net zo goed kunnen beweren dat we een mensenrechtenprogramma maken of een televisieprogramma over grote bedrijven. Wie alles op één hoop gooit vindt van alles wat, ook van het klimaat.

De vraag die mijzelf het meest fascineert is: hoe schuldig ben je aan een misdaad waar je niets van weet? Het is één ding om als soort in de geschiedenis een meedogenloos spoor van vernieling achter te laten, het is nog erger als je je ervan bewust bent en er toch mee doorgaat.

In *Moby Dick* is niemand bezorgd over de walvispopulatie in de oceanen. Er wordt wel gesproken over hoe moeilijk het jagen op walvissen is en dat dat vroeger makkelijker ging, dat alles vanuit het perspectief van de mens die die beesten nodig had. Sterker nog, verteller Ishmael beschouwt de walvis 'hoe vergankelijk ook als individu' als soort 'onsterfelijk'. Alsof er ergens een oneindig aantal walvissen blijft spawnen, ongeacht hoeveel we er uitmoorden.

Nu kun je zeggen: dat is een roman, maar daar gaat het niet om. Juist een roman laat het wereldbeeld van een bepaalde tijd zien, misschien wel meer dan non-fictieboeken die een poging doen de wereld te analyseren terwijl ze er middenin zitten. Alsof je een berg probeert te omschrijven vanaf de top van die berg, in plaats van vanaf een andere berg, aan de overkant van het dal.

Voor het eerst in de geschiedenis van de mensheid hebben we een vrij aardig overzicht van alles wat er is, alles wat er was en wat er zal gebeuren als er minder is. Wie dan nog doorgaat met de vernietiging op dezelfde manier waarop onze onwetende voorouders dat deden, is wel veel méér een lul dan die mensen die er oprecht van overtuigd waren dat de walvispopulatie oneindig was.

We waren misschien altijd wel schuldig. Toen werden we zondig. En nu neigen we naar misdadig.

De stamgast komt terug van de wc, gaat weer aan de bar zitten en staart dwars door de kast met glazen de verte in.

'Toen je hier vroeger kwam...' begint hij.

'Hm?'

Het duurt voor mijn gevoel een paar minuten voor hij zijn dronken zin afmaakt.

'Ik vond je leuker toen je nog dunne romans schreef die niemand las en niet van die intellectuele shit uitsloeg.'

Ik moet lachen. Dit is de truc van de slimme pestkop: in één zin zoveel dingen zeggen waar de ander het niet mee eens zal zijn (mijn romans waren niet overdreven dun / ze zijn best aardig gelezen in de loop der jaren / ik vind niet dat ik nu 'intellectuele shit' uitsla / je kunt ook én dunne romans schrijven die niemand leest én intellectuele shit uitslaan), dat die zich alleen maar dieper in zal graven met een antwoord. Ik herinner me hoe ik daar vroeger altijd weer in trapte, precies op deze plek, aan de bar in dit café had ik me staan opwinden over alles en iedereen, tot vermaak van alles en iedereen. Nu weet ik weer waarom ik er op den duur niet meer kwam.

De zogenaamde tegenstelling van de stamgast sleurt me mee het verleden in en weet me toch weer één seconde te verleiden tot een schijnkeuze. Ik kies in gedachten voor de romancier met zijn dunne boekjes. Als romancier kun je de wereld beschouwen met de blik van een dronkenlap die een bloemencorso voorbij ziet komen. En dan zo af en toe iets roepen. Een intellectueel verplicht zich tot van alles, en daar heb ik helemaal geen tijd voor.

'Jij bent ook nog steeds niet echt te peilen hè,' zegt de stamgast.

'Valt wel mee toch?'

'Wie ben jij dan?' vraagt de alcohol in zijn bloed.

'"Hij is geestig en onderhoudend wanneer hij gevoelde dat zijn geest begrepen werd, maar anders stug en teruggetrokken,"' citeer ik.

'Van wie is dat?'

'Zoek maar op.'

Ja lul, denk ik als ik buiten in de stadszomer sta. Nu moet ik weer nadenken over wie ik ben.

Maar dit is het. Niet meer, niet minder.

Niets specifieks kan mij iets schelen, terwijl ik me over alles zorgen maak. Ik lig elke nacht twee uur wakker. Weinig doet me duizelen, ik heb de hersenen van een specht. Ik citeer liever *Battlestar Galactica* dan Camus. Ik weet achteraf beter waarom iets kwaliteit heeft dan dat ik van tevoren weet hoe ik iets goeds moet maken. Ik vind lange meisjes eng. Ik vind paarden nog enger, al helemaal sinds iemand me heeft gezegd: 'Stel je gewoon voor dat het grote honden zijn.' Ik houd niet van fietsen omdat het te veel concentratie vergt om ondertussen na te kunnen denken, maar te traag gaat om er plezier aan te beleven. Ik vind de mode niet meer mooi. Als ik een jogger zie vraag ik me altijd twee seconden af waarom-ie zo'n haast heeft. Ik geloof niet in identiteitspolitiek. Ik geloof ook niet in mensen die hun afkeer van identiteitspolitiek gebruiken om hun latente racisme te laten bloeien.

Als ik op de brug over de Keizersgracht sta, vlak voor het Pulitzer, gaat mijn telefoon. Mijn advocaat belt.

'Wil je nog iets doen met je "Windrocks"-zaak?'

Ongemak golft door mijn maag. Dit blijft, zeg ik tegen mezelf. Dit zal altijd zo voelen. Als je in Los Angeles bent. Als je in Zweden bent en de plaat komt op de radio. Als je in bed ligt en denkt aan nieuwe muziek maken. Als je door je kicks en hats scrolt en geluiden tegenkomt die zo in de tropical-houseversie van de Noorse producer zouden passen.

'Wat zijn de opties?' vraag ik.

'Nou ja, we kunnen het nu eerst juridisch stuiten,' zegt hij. 'Want het is bijna vijf jaar geleden en dan verjaart de mogelijkheid om er iets tegen te doen. Als we het stuiten, dan kan je er later nog iets mee.'

Ik aarzel. Ik zie de Westertoren en de zon die aan het zakken is. Hier om de hoek, in mijn appartement, ging mijn wekkerradio af en hoorde ik het nummer voor het eerst buiten de context van mijn eigen laptop.

'Kan ik je zo even terugbellen?'

'Sure.'

Ik loop door, maak het rondje dat ik hier vijftien jaar geleden ook al liep, langs Spanjer en van Twist en De Prins, waar ik met mijn broertje regelmatig kaasfondue at en waar ik nu via een rare omweg wat geld in heb gestoken. Ik hoor de klokken van de Westertoren luiden. Amsterdam is veranderd. Dat zeiden ze al toen ik hier kwam wonen aan het begin van het millennium. Ik stond in de Stopera, wilde me inschrijven en zei: 'Nu ben ik een Amsterdammer.'

In plat Amsterdams zei de baliemedewerker: 'Een Amsterdammer ben je nog lang niet, vriend.'

'Waarom niet?' vroeg ik.

'Blijf hier eerst maar eens een tijdje wonen.'

'Ja, daarom ben ik hier vandaag,' zei ik. 'Ik doe mijn best.' En ik draaide me om.

'Sowieso is de stad niet meer wat het was,' mompelde hij, niet zozeer tegen mij, maar gewoon in de ruimte.

Pas nu, na al die jaren, ben ik het met hem eens. De stad die ik toen aantrof was voor hem niet meer de stad die hij kende uit zijn jeugd, maar de stad waar ik nu loop is opnieuw getransformeerd. Toen ik hier kwam wonen bestond er nog geen Airbnb, Uber, Car2Go, Deliveroo en Thuisbezorgd. Er stonden goedkope pandjes te koop in de Jordaan, soms zag ik zelfs nog vrouwen met schorten die stalen emmertjes leeggooiden in de goot en van die kleine Holleeders op fietsjes die iedereen de hele dag uitscholden voor kankerhond, maar misschien laat ik mijn fantasie nu wel te veel de vrije loop.

Mijn gedachten drijven weer terug naar het liedje. Er zijn maar twee manieren om het gevoel van onrecht te laten stoppen: een eindeloze rechtszaak aanspannen en uiteindelijk winnen, of het laten gaan – en dan zelf ooit nog een wereldhit scoren natuurlijk. Ik bedenk welke van de twee opties het best bij me past en kom uit op de tweede.

Ik druk op terugbellen.

Mijn advocaat neemt op. 'Ik hoor je zuchten,' zegt hij.

Ik knijp mijn ogen dicht en haal adem. 'Laat maar gaan,' zeg ik, en meteen na het uitspreken van die woorden krijg ik het eerst ijzig koud, maar dan weer warm en na een seconde of tien zakt de last van mijn lijf, onder me vandaan, de diepten in, waar het te donker is om te kunnen zien. Ik voel het wegglippen. Langzaam – 'Windrocks' ligt op de bodem van mijn oceaan.

We rijden terug in een auto vol spullen. Het grootste deel is al met een bus naar Friesland vervoerd; wij reizen de spullen achterna. Het is goed dat we dit hebben gedaan, denk ik als we in Friesland zijn aangekomen. In gedachten loop ik door het appartement in Amsterdam dat opgefrist klaarstaat om mij op te vangen in de vermoeiende televisieperiode die er weer aankomt. Niet meer hoeven thuiskomen in de statische wereld van een stoffig decennium. In de afgelopen jaren zag ik er altijd een beetje tegen op om daar te zijn. Nu niet meer.

'Waar denk je aan?' vraagt ze. Ik zit aan de keukentafel achter mijn computer en kennelijk staar ik net te lang naar buiten.

'Aan hoe jij mijn leven weet op te ruimen. Bedankt.'

'Graag gedaan,' zegt ze en ze omhelst mijn hoofd, alleen mijn hoofd.

'Ik trof een stad van baksteen aan en liet een stad van marmer achter.'

'Wat?'

'Nee, niks.'

'Wie zei dat?'

'Augustus. De keizer. Vlak voor hij stierf.'

'Over Rome?'

'Ja.'

'Gaan we een keer naar Rome?'

'Absoluut,' zeg ik. 'In een volgend boek.'

'Kom,' zegt zij. 'We moeten bewegen.'

Ze weet dat ik mijn hakken in het zand zet als ze zegt dat we gaan wandelen. Ik ben een Bazarov, ik houd niet van wandelen zonder doel, maar gaandeweg maakt het idee dat mijn ruggengraat weer scheeftrekt, mijn spieren verdwijnen en dat de hernia weer erger wordt zich meester van mijn gedachten, dus ik sta toch op en trek mijn laarzen aan.

Het is een warme nazomerdag. De hooilanden broeien in de zon. Het ruikt zoals vroeger, aan de doodlopende weg in Groningen. Grote libellen scheren als gevechtshelikopters over onze hoofden. Zij hoort vogels waar ze de naam van weet: geelgors, specht, boompiepers. Ik weet niks. Er schiet een ree weg, vlak voor ons, tussen de bomen door.

Ik denk aan mijn ouders, hoe zij na hun studie in Amsterdam ook een huis hadden gekocht op het platteland. Zij moeten in het begin uren hebben gewandeld, samen dromend over nabije of verre toekomsten, nog onwetend over het lot dat hen voortijdig zou scheiden.

We nemen een paadje omhoog, tussen de heide en de bramen door, een heuveltje op. De heuvels zijn oude stuifduinen, deze vallei is ooit uitgeschuurd door landijstongen en het riviertje dat hier kronkelde ligt nu als een braaf kanaaltje een paar kilometer verderop, vol met sluisjes en lage motorbootjes met grijze mensen. Hier in het bos zie je ze niet. Hier is het rustig, het mos onder onze voeten is zacht. Alle bomen zijn nu donkergroen, het loof hangt zwaar aan de takken. Het is windstil.

Ze haakt haar hand in mijn hand.

'Het is nu net zo stil als toen op Vlieland,' zegt ze. 'Weet je nog?'

We blijven staan, op een van mijn favoriete plekken in het bos, waar het loof overgaat in donkere naaldbomen, en als ik niet al te lang nadenk kan ik doen alsof het niet een klein bos in Friesland is maar een groot woud in Zweden, waar Birk en Ronja wilde paarden temmen en de aardmannen om je heen scharrelen als het donker wordt. Ik weet dat het onzin is, maar ik doe altijd alsof het bos niet ophoudt, alsof je hier, vlak bij mijn huis, het woud in kunt lopen en voor altijd kunt verdwalen.

'Echt stil ja,' zeg ik.

En ik denk: het is eigenlijk nog stiller dan op Vlieland, toen bij de vuurtoren. Er klopt iets niet. Hoe kan het nog stiller zijn dan stil? Hoe kan iets minder zijn dan niks?

Maar het is waar. En dan realiseer ik me wat er aan de hand is. Hier, in het bos in Friesland, waar het echt stil is, hier lukt het me voor het eerst om de tinnitus bewust niet waar te nemen. Ik weet dat het er is, ik hoor het wel, maar ik kies ervoor om het niet te horen. Een beetje zoals je ademhaling registreert: als je je er bewust van bent is het bijna onmogelijk om je voor te stellen dat het volledig automatisch gaat, zonder dat je er enige moeite voor hoeft te doen – maar op de meeste momenten is dat toch hoe het gaat, je weet dat je ademt, je hoeft er niet aan te denken en het speelt geen rol in je dagelijks leven.

Ik knijp in haar hand.

'Jezus,' zeg ik. 'Het is echt bizar stil.' Ze glimlacht. Ik doe mijn best om niet te huilen.

Ik weet dat het terug zal komen, dat er in stressvolle nachten weer knoppen worden omgezet en dat ik weer volop in het lawaai zal zitten en dat de paniek weer terug kan keren, maar het besef dat het in principe mogelijk is om te kiezen voor de stoorzenders is zo bevrijdend dat ik er emotioneel van word.

'Ik ben bijna jarig,' zeg ik.

'Ja,' zegt ze.

En ik vraag me ineens af of het gelukt is met de balans opmaken. Ik spring in gedachten naar het strand in Venice, waar Jim vanaf de muurschildering uitkijkt over het opgeruimde strand, naar de heuvels van Laurel Canyon waar ik begon met schrijven, nu meer dan anderhalf jaar geleden. En even zit ik weer met Bojan vast met mijn auto op de Vliehors en zie ik de vuurtoren van De Cocksdorp schitteren in de verte terwijl hij met de zeehonden praat. Daarna het moment dat ze een gordijntje openschuiven en ik het glimmende podium van studio 8G in het Rockefeller Center op word geduwd, om grapjes te maken op de Amerikaanse televisie en we het vieren bij de italiaan in Midtown, dan weer terug in die eeuwige auto op de Nederlandse snelwegen waarin ik boos ben, blij ben, verdrietig ben, extatisch ben en uiteindelijk een hernia oploop, maar ook het eindapplaus in Luxor, Carré en al die andere zalen en tot slot het roodwitte vakantiehuisje in Zweden in zon, regen, zon, regen, zon, regen, zon.

Dit is helemaal geen balans, denk ik. En dat hoeft ook niet. Wie een balans opmaakt en daarmee een gewicht toekent aan de ene kant, probeert uit te vinden wat het gewicht aan de andere kant zal zijn. En dat is nou net wat ik niet wil weten.

Eerst wil je vrij zijn, dan ben je vrij, dan zou je willen dat je weer zo vrij was, dan weet je dat je nooit meer zo vrij zult zijn als toen. Dan ben je alleen nog jong in verhouding tot je ouders. Dat is het moment waarop het ongeloofwaardig wordt als je zegt dat het meeste nog moet komen.

'Veertig,' zeg ik gespeeld somber. 'Waar slaat dat op?'

'Ik weet het,' zegt ze. Ze knijpt haar ogen dicht tegen de zon.

‘Veertig? Echt?’ zeg ik nog een keer. Ze lacht.

‘Ja, veertig,’ zegt ze. ‘Nu ben je oud.’

Verantwoording

Het motto van Arthur Chapman bij het deel 'Los Angeles' is een strofe uit het langere gedicht 'Out Where the West Begins' uit 1917, dat ik schaamteloos heb overgenomen uit een essay van Joan Didion met de titel 'John Wayne: A Love Song'.

Het nummer waarin Jim Morrison zong over de 'city of light' is 'L.A. Woman', van het gelijknamige album van The Doors uit 1971.

De Canyon Country Store en zijn creaturen worden genoemd in 'Love Street', van het Doors-album *Waiting for the Sun* uit 1968, en bevindt zich aan 2108 Laurel Canyon Blvd.

Het artikel over de arnica-zalf heet 'Arnica werkt nog steeds niet' en is geschreven door Broer Scholtens. Het is gepubliceerd in *de Volkskrant* op 1 maart 2003. Het werkt nog steeds niet.

Het motto bij 'Vlieland' is van Heinrich Heine en komt uit *Memoires en bekentenissen*, verschenen in de reeks Privé-domein, in de vertaling van Jan Sietsma.

Het boek dat in het vakantiehuisje op Vlieland ligt, waarin over het plaveisel van de Kerkstraat in het verdwenen dorp wordt gesproken is: *Het Eiland Vlieland en Zijne Bewoners* van Francis Allan, uit 1857.

Het motto van Tina Fey bij het deel 'New York' komt uit haar boek *Bossypants* (2011).

Het hotel in New York, het Lotte New York Palace Hotel, werd door Bassie en Adriaan gebruikt in de serie *Bassie & Adriaan: De reis vol verrassingen* uit 1994.

Het motto bij 'Friesland' komt uit *Adventures of Huckleberry Finn*, van Mark Twain, oorspronkelijk verschenen in 1885 en als *De avonturen van Huckleberry Finn* vertaald door Eugène Dabekaussen en Tilly Maters.

De citaten uit *Vaders en Zonen* van Ivan Toergenjev komen uit de vertaling van Karel van het Reve, verschenen bij uitgeverij Van Oorschot.

Het motto bij 'Zweden' komt uit *Ronja Rövardotter* van Astrid Lindgren, oorspronkelijk verschenen in 1981 en als *Ronja de roversdochter* vertaald door Rita Törnqvist-Verschuur.

De tekst van het refrein van het liedje dat in de broodbak naar het stiltegebied voor vrouwen ging komt uit 'Miss You' van Kashmir, van het album *The Good Life* uit 1999.

Het citaat 'You do it to yourself, you do / And that's what really hurts' komt uit het nummer 'Just' van Radiohead, van het album *The Bends* uit 1995.

Het motto voor 'Amsterdam' komt uit *Max Havelaar* van Multatuli.

Ook het citaat dat de stamgast in het café zou moeten opzoeken ('Hij is geestig en onderhoudend wanneer hij gevoelde dat zijn geest begrepen werd, maar anders stug en teruggetrokken') komt uit *Max Havelaar* van Multatuli en gaat over Max Havelaar.

Dank

Dank aan iedereen die ik al dan niet onvrijwillig opvoer in het boek: Martine ({), Janine, Bojan, Joost L., Midas, Alwine, Sacha, Tex, Pieter, Vincent, David, mijn vader, Carolien, K., Katja, Ashley, Seth, Julius, Jan, Jan, Tony en alle naamlozen.

En degenen die onderdeel zijn geweest van de totstandkoming van het boek, met name mijn redacteur Willemijn Lindhout en uitgever Joost Nijsen.

Van Arjen Lubach verschenen eerder:

Mensen die ik ken die mijn moeder hebben gekend (2006)
Bastaardsuiker (2008)
Magnus (2011)
IV (2013)